最后的粉匠村落

曹保明 著

吉林人民出版社

图书在版编目(CIP)数据

最后的粉匠村落/曹保明著. -- 长春：吉林人民出版社，2022.11（2024.1重印）
ISBN 978-7-206-19661-4

Ⅰ.①最… Ⅱ.①曹… Ⅲ.①纪实文学—中国—当代 Ⅳ.①I25

中国版本图书馆CIP数据核字(2022)第231098号

最后的粉匠村落
ZUIHOU DE FENJIANG CUNLUO

著　　者：曹保明	
责任编辑：张文君	书名题字：冯骥才

出版发行：吉林人民出版社（长春市人民大街7548号 邮政编码：130022）
咨询电话：0431-85378017
印　　刷：北京一鑫印务有限责任公司
开　　本：787mm×1092mm　　1/16
印　　张：18.75　　　　　字　　数：280千字
标准书号：ISBN 978-7-206-19661-4
版　　次：2022年11月第1版　　印　　次：2024年1月第2次印刷
定　　价：55.00元

如发现印装质量问题，影响阅读，请与出版社联系调换。

前　言

《最后的粉匠村落》一书，以吉林省长岭县三青山镇粉业文化为核心，真实记述了东北农耕文化的产生、发展及成果。故事以清代的兰氏、陈氏、李氏、杨氏等家族闯关东来到东北谋生为线索，记述了他们如何将制粉手艺从中原带到东北，最后形成了众多粉匠村落的艰辛而又曲折的故事，充分展示了东北农耕文化，特别是土豆的栽种、加工以及粉条制作技艺的独特魅力。破解农耕生活中看似普通的手艺，却被忽略了的不普通的过程。

该书通过对粉条加工、粉条交易、遭遇匪患、粉业传承等种种粉匠坎坷经历的记述以及对非物质文化遗产细致的梳理，形成了非物质文化遗产的读本，使人们深刻了解粉匠的生产和生活，给我们感触最深的是现今已92岁高龄的李大粉匠。偏瘫在床的他，提起制粉手艺，便会滔滔不绝地讲述祖上的手艺。这种讲述，使人们明白了，从红沙地里挖出的土豆，不单单是草甸上的一种物产，还是北方草甸上独特的生命记号。同时，它还连接着一张张古老的绢制、丝制、土纸制，或刻或绘或写的族谱里面的故事。表面上看，它悬挂在家里的土墙上，可其实已深深地印在粉匠的心里。对吉林和东北乡村振兴及人类生存文化具有重要的价值，将产生深远的影响。

迄今为止，还没有这种记录农耕文化的完整读本和文献。全书通过独特、生动的纪实，展现了长岭县粉匠村落的忠义故事和独特、完整的生态技艺，具有重要的文献价值和历史价值。特别是粉匠的生产、生活，粉房的习俗，粉家的规矩，粉的做法、用法及各种神奇工具的使用等文化，组成了一幅东北的农耕文化的"清明上河图"，填补了东北农耕文化遗产的空白，是反映人类非物质文化根脉和走向的珍贵读本，文化遗产具有自己的独特规律和普遍规律两个属性与特征，独特规律是在普遍规律中逐渐形成的，这个规律就是人类渴望获得的文化收获；人类遗产的普遍规律又往往与生活本能地融合在一起，最终具有遗产的特征。

文化遗产是人类伟大的文化，所有绚丽的文化，起初都给人一种非常平常的样子，仿佛那就是生活的本身。文化存在是一种经过岁月不断沉淀的结果，而这种文化的存在，是经过了千百年的时光磨洗最后才脱颖而出的。

我们今天的这个读本，就是这样一种具有代表性的文本。形成这个文本最主要的过程就是自始至终与生活捆绑在一起，对遗产进行梳理的过程。人们在这种文化自身的发生地当中，去见证遗产，进行最后的总结。而总结是在整个过程中不断地参与生活、走进生活，并在生活当中捕捉它的每一个具体环节，包括使人惊讶的生活演变，这种演变具有生动的独立性，都被我们——捕捉并记录下来。是一种准确的思想和时代发展的动力引导我们走进了这片土地。在这样一片文化遗产具有典型性和代表性的土地当中，我们有针对性地对最具有代表性的生产和生活方式进行不断地记录、挖掘和提炼。这种提炼是把生活中最生动的实例和个案进行比对，我们反复与它们谋面并进行种种碰撞。当我们和那些具体的传承人面对面并走进他们生活的时候，这种经典性就会被发现。

在那些看似很普通的生活实例当中，其实已深深地蕴含着一种永恒的规律性的东西。这种永恒的规律性的东西在文化发生地中仿佛是普遍存在着的，是看似与生活的本身完全相同的一种文化的类别，但是它已成为成熟、珍贵的遗产。

恰恰是由于这种文化类别具有普遍性,因此许多人并没有细心地去思考它、打量它。而我们就是要从这种文化生成过程中,提炼出这种同一性和普遍性。我们从中提炼出来的是一种具有重要意义的代表性,这种代表性给了我们走进历史的方式和沉入到生活底层的体会,我们再把它交给社会、交给人类。

《最后的粉匠村落》的文化性和属性价值使我们看到了一种典型性、代表性的真正价值,这种价值是书写在大地上的、展示在生活当中的,最后指导生活的前进方向和文化的发展方向。在科尔沁草原,在那茫茫的长岭大地上,许多生活和文化具有自己的代表性,而所有的代表性都需要人们去认真地梳理和概括、认真地挖掘和书写。所以,我们就和这块土地上的人们一同走进了自己的历史岁月当中,并在传承人的记忆中打捞过往。

走进历史,最重要的是表现出历史的特征性。所以,特征性是这种历史当中最重要的认同性。人们在这种被认同的生活当中经历了久远的岁月之后,往往会回望,回望自己难以磨灭的记忆。回望,同样是人类自己对自己的提炼,而自己对自己的提炼和认知,却需要有人科学而真实地记录。这种记录,就是一种面对面陈述时的真实状态,是不要改变也不可能改变的本真。这种陈述,需要我们进行系统的对照和系列的排查。而这种对照和排查,实际是一种科学的遗产记录过程,也是一种创造经典的过程。创造经典需要人类诸多智慧的碰撞。此书就是一种人类智慧重要的经典碰撞的结晶。我们将其交给人类,交给现实,交给历史,也交给未来。

目 录

第一章　久远的记忆 /1

七月粉乡 /3

石雕磨盘 /6

辕马救主 /12

落户粉乡 /17

忠义抉择 /27

逃出生天 /34

婚姻巨变 /42

碧水之缘 /49

粉帮探秘 /54

义发阖情 /60

忠义之魂 /70

粉乡奇遇 /76

祸起萧墙 /82

兰家粉房 /90

真假粉匠 /94

粉匠情怀 /102

拨开云雾 /107

沈家染房 /112

绝技久长 /117

印痕岁月 /121

粉业盈光 /127

第二章 传　说 /133

丰收之神 /135

闯关东与土豆 /137

土　豆 /139

粉　娘　子 /144

第三章 粉匠口述 /149

栾永庆口述 /151

王明达口述 /153

孙宝珍口述 /155

阚家奎口述 /157

孙永忱口述 /159

李俊歧、唐桂荣口述 /161

李忠元口述 /163

李万祥口述 /165

邱守先口述 /167

韩玉华口述 /169

邱守宝口述 /171

李士刚口述 /173

沈殿军口述 /176

侯树凡口述 /177

葛凤兰口述 /179

陈显刚口述 /180

张令江口述 /182

吴景海口述 /183

孙国珍口述 /185

崔岗口述 /186

刁琳口述 /187

张喜口述 /188

王福民口述 /191

第四章　粉匠传承谱系 /195

栾家窝棚（兰粉房）栾明粉匠传承谱系 /197

下头子屯李龙海粉匠传承谱系 /198

大房身屯李永庆粉匠传承谱系 /199

前柳条沟屯单义太粉匠传承谱系 /200

前借贷庄屯王深春粉匠传承谱系 /201

大房身屯李氏谱系实录 /202

三青山大粉匠名录 /203

第五章　粉匠村落代表性村屯地名的由来 /207

西山头屯 /210

王大院屯 /211

大　会　屯 /211

沈染房子屯 /212

崔　山　屯 /212

东岗子屯 /213

王明福屯 /213

三门唐家屯 /214

前借贷庄屯 /214

后借贷庄屯 /215

碗　铺　屯 /215

阚　家　屯 /216

大房身屯 /216

大侬家坨子屯 /217

吴麻席屯 /217

前柳条沟屯 /218

后柳条沟屯 /218

邱　家　屯 /219

張纯英屯 /219

西三不管屯 /220

初　家　屯 /220

东范马架屯 /221

西范马架屯 /221

前夏家窝堡屯 /222

后夏家窝堡屯 /222

于平房屯 /223

包　家　屯 /223

西宝青山屯 /224

东宝青山屯 /224

小榆树屯 /225

西伏山屯 /225

第六章　粉匠村落传统工具 99 例 /227

第七章　行话和生产过程 /255

行　话 /257

生产过程 /260

第八章　谚语和歌谣 /265

谚　语 /267

歌　谣 /272

第九章　视觉粉文化 /279

三青山秧歌《水中取财》/281

三青山秧歌《水中取材》主要人物及扮相 /284

后　记 /286

第一章

久远的记忆

七月粉乡

阳光照耀着北方的这片土地，这是七月的一天，我们中华民族的传统节日七夕。

七夕节又叫乞巧节，是农历的七月初七。从这天开始到七月十五，在东北百姓的生活当中，这是民间祭祀已故亲人的节令。

在粉匠村落的村头和青纱帐的交汇处，会看到村民们拿着他们精心购买来的一捆一捆黄色的烧纸，还有扎彩匠用巧手扎成的各种花束。他们虔诚地来到了亲人们的坟墓前，或者通往坟墓的青纱帐的入口，通过烧纸和鲜花来表达他们的哀思。

这是粉匠村落村民们深深的一种情啊！

坟头下边的人也许就是一个老粉匠，或是与粉匠相关的匠人。

这些人世世代代在这里从事着制粉的行当。现在他们已经故去了，但世间的亲人们在炎热的阳光下来祭祀他们，足见那些祭祀是多么的古老和庄重。

这种祭祀，常常是家里的主事人或者是后代，带着这些祭品到这里点燃，让紫色的青烟在骄阳下渐渐地升起，飘散在遥远的田野间……

这些祭祀祖先、祭祀故去的老粉匠和祭祀故去亲人的活动，在粉匠村落极其普遍，几乎就是粉匠村落的一种生活民俗。因为这种习俗的核心是讨"巧"。巧，在民间指一种智慧，也就是人们世代相承的一种手艺，人们是在自觉地接受一种手艺，记住一种手艺。

那么，在这里，那种世代相承的手艺是什么呢？

我们来到的第一个村口，是陈磨坊屯。陈磨坊这个名字，就代表了一种久远的手艺。

磨，是人以石头做成的物件，用来磨谷物，加工粮食。可是在这里，在陈磨坊屯，它还有一种独特的用处，就是用石磨来做粉条。

所以，有粉匠就得有石匠、铁匠等。他们祭祀的，也许除了粉匠之外还有石匠、铁匠、木匠、皮匠。总之，那是他们的先人，祭祀他们，更是为了让他们的手艺传下来。

在这种祭祀当中，我们听不到家人们的哭声，但是我们能看到他们眉宇间那深深的沉思。这种沉思就像粉丝一样绵长，就像粉丝一样飘荡在人们的记忆间。

粉丝飘荡在我们眼前，是生活中的粉丝；而怀念的情怀，是人们心灵的粉丝，这种粉丝我们看不见，但我们能深深地感受到它。

我们从那一张张带有表情的脸上，更能感受到这片土地粉文化的久远，还有那飘在茫茫原野上的粉香……

在这里，人们送别和思念的方式是独特的，很多时候，当人故去了，北方人讲究去"送"，从故去那天开始，家人就开始守灵，然后家家都来人送别。

送别过程中，在棺材的前边，往往要盛上一碗手拍水粉，摆上一束"粉条花"，粉匠们叫"粉花"。"粉花"，是将粉条用油炸过后形成的，犹如一大朵洁白盛开的鲜花。

在粉乡，人们都相信，这朵花是有生命和灵气的，只有这朵花，才能寄托对老粉匠的哀思和对他手艺的颂扬。

在粉乡，每逢家祭，如春节上供或重大祭奠活动时，"粉花"都是必不可少的供品，在这里已经成为一种习俗。

手拍水粉极其好吃，而且家家都把手拍水粉作为送给自己亲人最好的食物。

也许这个老人活着的时候，逢年过节才能吃上一碗手拍水粉，而且粉匠们把手拍水粉作为他们自己的一个最深厚的表达。

平时，每当你来到粉房，粉匠们便会给你盛一碗手拍水粉。然后，巧手的家人炸上香香的辣椒酱、鸡蛋酱，拌在手拍水粉里，叫人吃得连声叫绝。

可是如今，这些在茫茫的野地间，祭祀自己先人的粉匠的后人们，他们没有端来水粉。也许当初这个故去的老人在走的时候，家人已经给他盛了一碗粉，放在棺材的前边，告诉老人，生的时候，把自己的手艺留在了粉匠村落，故去的时候，这手艺我们记下来了。

粉匠其实有一种深深的情怀，也许他很讲究，他端着这碗粉来到了阴曹地府，他要答对小鬼儿，他甚至端给阎王："尝尝吧，这是我们三青山这片久远的土地上老粉匠的一种手艺。"

其实所有的自然神话、生活神话，都来自于人们对生命的理解，这些理解，深深地表现在七月。

阴历七月的日子，特别是七月初七，是牛郎织女相会的日子，称为鹊桥会。而在民间，七月十五称为中元节。这一时期，已有很多农作物成熟了，民间按惯例要祭祖，向祖先报告收成。因此，每到中元节，家家要祭祀祖先，上坟扫墓。

中国民间，包括东北把三个月圆日当作重要节日，也就是正月十五、七月十五和八月十五。这是中华民族农耕文化对自然文化的深刻剖析，这种剖析使得我们把一个地域的、地区的民俗文化深深地记载下来，而这种深刻的记载，就来自于长岭县三青山镇这些村屯当中村民的习俗。

今天，我们和村民一起过着七月的习俗。

北方的平原，就像萧红的《呼兰河传》一样，我们品读着长岭县三青山镇一个又一个粉匠村落的故事，其实我们也是在读着萧红的《呼兰河传》。

在萧红的故居当中，除了和粉匠村落一样保留着马圈、猪圈、牛圈、仓房等以外，十分巧合的是，萧红故居也保留了自己家的粉房。可见，粉房在东北这块土地上是多么地深入人心。

北方的原野上，不断升起缕缕的、淡紫色的青烟，我们便跟着这缕缕青烟和祭祀的人们，一起走向岁月久远的过往……

石雕磨盘

大约是清光绪年间的一天，天气渐有凉意，正是满山秋色的季节。从老边道上走来一个人，这个人打眼一看，能有 30 岁左右的样子，他穿着一身蓝布衫，头上戴着一顶破毡帽，汗水已湿透了他的布衫。

他往前走，发现前面有一个村子，在村口的一棵大柳树前，有一个女人正在喂鸡。

此人便上前打听："妹子，这叫什么屯子？"

"俺们这叫东树林。"

"东树林？"

"对呀，旁边那个叫西树林。"

"还有西树林？"

"对呀！"

"你们东树林、西树林，种地吗？"

女人笑着说："种地呀。"

"都种啥呀？"

"瞧你问的，当然能种啥种啥了。"

"种得最多的是啥呢？"

"当然是栽土豆了。"

"栽土豆？"

"对呀。"

"栽土豆干啥呀？"

"漏粉呀。"

一听漏粉二字，此人眼睛一亮，就说："大妹子，我渴了，能进你院里喝口水吗？"

女人说："那你还客气啥，大老远来的，走，到院。"

女人说完话，领着这个人就来到了院子里。院子里有一口老井，女人从井中用柳罐斗子打上了一桶水，然后拿葫芦瓢舀了一瓢水，只见她顺手就从地上抓起一把豆秆土，扔到瓢里，然后递给他说："喝吧。"

这个人生气了，心里想，这真是穷山恶水出刁民，我喝一口水，你竟然把土给我扬上来。可是，由于渴得没办法，他只好一边吹着一边喝，一边吹着一边喝，终于喝饱了。

他刚想把这瓢扔掉，来损女人几句。女人却哈哈笑了，说："你呀，你呀，亏俺给你扔把土，俺看你走得气喘吁吁的，如果你着急忙慌地喝了这瓢水，你就会坐病。"

啊！原来是这样。

这时，他抹了一下嘴，感激地说："大妹子，我看出来了，我以为你是跟我开玩笑呢，你是怕我坐病啊，你真是心地善良。那你们做这个粉条最需要的是啥呢？"

女人说："别提了，俺们这里呀，地大、土肥、水好，可就是没有磨呀，磨少不出米呀。"

此人点点头。

女人就问来人："您贵姓啊？"

他说："免贵姓南，叫南丁，我是从南边过来的，您叫我南先生就行。"

女人叨咕着："南边来的，南先生。"

他说："您放心，明年此时此地，我来给您送磨。"

女人大吃一惊，"啊？你送磨？"

于是这个人转身就走了，此人是谁呢？他是南方浙江一带的商人。这南方商人的眼睛非常独到，他千里迢迢来到北方的一个个村子，就是专门寻找各个村落最需要的物件，现在来说叫寻找商机。

他越过盛京，也就是今天的沈阳，穿过四平，再经过宽城子，也就是现在的长春，再经过黄龙府，也就是今天的农安，然后来到了今天长岭县三青山镇西伏山村这个地方。

他眼毒啊！为啥说他眼毒呢？因为他打眼一看，这个村子家家院里都晾着粉条，这说明家家都漏粉。作为北方村落，只要你漏粉，那一定缺东西，缺啥呢？我不说大家已经猜到了，缺磨呀。因为此地到处是土，没有山，也没有石，怎么做磨？

转眼到了下一年的秋末冬初。有一天，就听外边大道上传来"驾！驾！驾！"的赶车声音。

大车停在院外，女人出门一看，见这车上坐着的人怎么这么眼熟呢？

"你——"女人的贵姓二字还没能说出口，就听车上的人大笑起来："哈哈！大妹子，您忘了我是谁了吗？你再打量一下。"

女人上前再一看："这不是南先生吗，你咋来啦？"

再往车上一看，只见后边三挂马车上拉着许多大石头，这些大石头，都是方石。

这个南丁，他觉得人生发财的机会随时可以找到。上次离开以后，他就想做石磨生意，虽然自己家乡到处是石头，可运过来就得不偿失了。所以，他就辗转来到河北一带，雇人开采了大量石块，拉到东北做起了这种生意，专门给做粉条的人家做石磨。

不久，村子里的大人小孩都围过来了，一个个说："你认识他呀？"

又有人问："你和他咋这么熟悉呢？"

于是，女人就把发生的事情一五一十地说了一遍，又加了一句："南先生给咱送宝物来了！"

当年在西树林和东树林这一带村子，许多人家开粉房，但石磨都是花大价钱从别处买来的，有很多磨已经老了，掉碴了，根本磨不了粉了。

这南丁打眼一看，机会已到。于是，他领着一伙人把河北的石块拉到了这里，号称南方家乡的石料。

他一来可倒好，这周边几个村子开粉房的，家家都来到女人家门口，因为这时候女人已经开始招待起来了。

我们知道，三青山这一带的人都是热心肠，不管认不认识，来了先进屋，进屋先上炕，上炕先吃饭，先喝酒。

这个女人原来是兰家粉房的七姑娘，年轻时由父母做主，嫁给了吴麻席屯的吴家公子。吴家公子和兰七姑娘生了两个儿子，可是吴家公子命运不济，小儿子刚三岁，就得病亡故了，剩下兰七姑娘带着两个孩子生活。

因为兰七姑娘从小就在兰家粉房长大，又是个有心眼的姑娘，很快就掌握了一套过人的手拍粉手艺。

嫁到吴麻席屯后，就雇了几个伙计，自己开起了粉房，自己亲自当粉匠，平时和吴家公子与伙计们编麻席，漏粉时节就经营粉业，家境十分殷实。

但吴家公子的故去，日子就大不如前了，编麻席的生意就全交给吴家另一枝的人了，她就领着儿子到了陈磨房屯，到漏粉时开工漏粉。

她家漏出的粉都是一等一的好粉，在周边村屯都很有名，加上她的

为人处世很是让村民们佩服，后来，年龄大的都管兰七姑娘叫粉娘子，年龄小的管她叫粉娘。

粉娘马上杀鸡，再炖粉条。那时候没啥吃的，就是炒了几个菜，烫

两壶酒。

粉娘把这南丁接到炕上，先让他喝上酒，解解乏。此时在院子里，来了许多人，他们开始你村四块，他村两块地卸石块。

南丁上了炕，吃喝完了之后，到院才看见几个石匠正在等他。大家上前施礼说："兄弟，多亏了你来呀，我们村子可有磨了，可咋锉呢？"

南丁忙说："别急别急，我来告诉你们，这石头是怎么去把它锉成磨的。"

话音刚落，就见这南丁从后腰上抽出一把凿子来。大家打眼一看，这把凿子的凿尖已经磨秃了半边，而且是那种铁匠打的、淬过火、锤出来的钢口，已经磨了半边秃。有懂行的人知道，那根本不是凿子，而叫"冲子"，是专门用来"缠"磨的。这一看就知道此人是一个锉磨的好手。

于是，南丁就对这几个石匠说："锉磨首先要把方石锉成圆石，锉完之后再把中间锉出磨眼，锉磨眼要七七四十九天，而且要在每天晚上月亮升上了中天，天边星星出齐了，要把你的锉蘸着露水，放在磨眼旁边，一下一下去锉，锉时心中念念有词，要保持心静才能锉好，要保持心诚，磨眼才宽，记住没有？"

这些村里的人们低一声高一声地回应道："记住了！"

"记住没有？"

"记住了！"

"记住没有？"

"记住啦！"村民们虔诚地回答着。

在院子的人群当中，村子里的大户陈五爷一次领了四块方石，这样他家就会多出两盘石磨了。

缠磨是手艺活，家家争着请南先生去教手艺。

请师傅，饭食要"硬"。村子里最精明的莫过于陈五爷。他想，这南丁一定有啥看家的本领，于是他就天天好吃好喝地供着南丁。一天夜晚，一轮明月挂在天边，陈五爷家的院子里，南先生正在教陈五爷如何缠磨，媳妇在一旁殷勤地端茶倒水。

只听喝过一口浓茶的南丁说:"头套磨一起,你就要记住听动静了。"

陈五爷问:"啥动静?"

"石磨碾浆子'苏苏苏',可一旦'噜噜噜',就有石头豆子啦!"

"石头豆子?"

"对,就是石磨掉碴,滚进浆子里了,这时要立刻停磨,把磨盘翻过来,要学会摸豆子,蹚浆子。"

"蹚浆子?"

"就是寻找石碴子,一旦错过时辰……"

"怎样?"

"磨就毁了,所以要记住。"

"记住什么?"

"一听'噜噜噜',停驴翻磨盘;动作稍一慢,就插手磨眼;粉匠插磨眼,活计全玩儿完!"

陈五爷一听,乐了,说:"快,给先生上酒!"

媳妇早已把酒菜递上去了。

就这样,南丁又在陈五爷家多住了两日。

在南丁走的那天,热心的西树林、东树林的村民们给他拿了许多土特产。

村民哪有什么好土特产啊,那都是家家舍不得吃的鸡蛋、鸭蛋啥的。这个带一串辣椒,那个带两辫子大蒜,有的还送来了村里年轻媳妇巧手做的黏豆包,最后再拿一桄粉条。总之,南丁足足拉了半车好东西,大伙儿一起喊:"谢谢你,南先生。"

南丁乐呵呵地赶着车走了。从此,这南丁每两三年就拉着石头来一次,每次都在屯里粉娘家或者是开得最大粉房的陈五爷家住上小半年,凿磨的手艺也在这里传授。一来二去,此村就不叫东树林、西树林了,因为这里最早是老陈家立的屯,所以叫陈家磨房了。

辕马救主

话说当东树林、西树林的名字渐渐被陈家磨房代替之后，这一带的粉条生意更是兴旺起来。每到秋天，土豆产下来之后，家家的院子里都堆着像山一样高的土豆，然后就是加工。

当冬天第一场雪飘落的时候，家家都要将漏出的粉条经过冻干、捆好后装上车送走。

当年，三青山的陈大粉匠家里养着三十匹马，其实养这些马主要是为了送粉。一挂车最少套三匹马，如果粉条装多了就套五匹马，再多了再加两匹马，就是七匹马。辕马旁边要有两匹帮马，这个帮马又叫帮套，民间叫拉帮套。拉帮套就是帮辕马拉车的马，民间又叫"辕拱子"，是指帮着辕马来回拱。

话说这一年，陈家大粉房一气儿就做出了十几万斤粉条，他的大院堆着山一样高的粉条，眼看来到年根儿了，就决定要卖。当年他们联系到的是宽城子"福常源"掌柜，要八万斤粉条。

于是，他们就套了五挂大马车，东家陈五爷在头一挂车上押车，后车有几个炮手跟着。

当年在东北黑土地送粉，就怕人劫道。土匪劫道不是抢你的粉条，而是牵你的马，卸你的马，叫"压连子"。土匪管马叫连子，压了连子就发财了，可是粉匠就完了，白漏了一年的粉哪，一匹马顶多少粉哪。所以送粉的车要前有开路，后有押路。开路往往是老爷子跟俩炮手，俩炮手一边一个坐在老爷子左右，后边这辆车上要有三五个炮手背着"老抬杠"（枪）押车，跟着去送粉。

送粉的五挂大马车，就直奔宽城子去了。

马蹄踩着雪地上的冰"踏踏踏"地响着，前边有一道长岗，在三青山这一带没有太高的山，都是一些连绵起伏的土坡，当地人管它叫岗。但是在冬天，北方的冰雪一落，上岗和下岗非常不容易，而且那时的马车上道之前，都要找村里的铁匠给马打马掌。拉粉条车的马的马掌被称为蝴蝶翅，当那马掌一蹚在冰上，"啪"的一声，那掌钉就变出了三个刺托住了掌子，这个掌钉就叫蝴蝶翅。

说来也奇怪，这五挂大车都顺利地上了岗，可是往下一走，这辕马就浑身哆嗦上了。古语有一句话，叫上山容易下山难。也就是说，车出行在外，特别是冬天冰天雪地，那马最害怕的就是失蹄打滑。

所说失蹄打滑，就是蹄子一触地就趾蹄了，马蹄子一打滑，那车就站不住了，就要误车或翻车。

送粉条的大车刚从岗上向下走，就听"扑通"一声，有人喊道："哎呀，不好！"

大家一看，就见头车押车的东家，在马车突然一停，车辕下沉的工夫，一闪神儿，"啪"地就滑到在冰雪的路上，眼瞅着车轮就奔他压过来了。说时迟，那时快，就见这辕马雪里站一弓腰上去一口，叼着他的棉袄就拼命地把他叼到了空中。这时候其他的马也拼命地往后坐，而且其他车上的几匹马也都嗷嗷地叫着，人们急忙赶上来，把东家救了下来。

可是此时，那雪里站两条腿的膝盖都卡破皮了，鲜血直流，而前两条腿已经为了救主卡跪在地上，露出了骨头。

东家上去一把搂住雪里站，就哭开了："雪里站哪，雪里站哪！是你救了俺哪！"

雪里站眼中也含着泪，仰起头冲着西南天空"嗷嗷"地叫了两声。这种叫声仿佛在告诉主人，"嗨，没啥没啥，咱俩是亲哥们，你忘了吗？你忘了吗？我也是三青山的一员哪。"

所说的雪里站，是指这个马浑身枣红，可是四个蹄雪白，外号叫雪里站。说起这雪里站呀，和东家是真有缘。

那是一个冬天，陈五爷去中旗甘旗卡送粉条，在一个牧场的雪堆里，一匹小马驹病在那里，他脱下自己的棉袄，把它包好就买回来了。

没成想，这匹雪里站，就像懂事儿一样，每当过年，雪里站都会舔舔喂马料主人的手心，主人也立刻会对屋里的喊道："来，端一碗饺子！端一碗饺子！"屋里的立刻端一碗饺子，喂喂他懂事儿的雪里站。

有一天，他领着家人在土豆地里铲地薅草，就把雪里站拴在地边的土道上。

东北的庄稼地垄都长，叫大长垄，这大长垄从这边望不到那边。铲土豆拔草的人正干活，就听那边雪里站不是好声地叫唤，打头的立刻领着人就往回跑，远远的就看见几个人已经把雪里站给拴上了，另几位已经把另几匹马拴到了别的马上。

原来是胡子三里三的手下趁机抢马来了。幸亏雪里站"报信儿"，大伙儿便一齐开始追这帮胡子。

胡子一看主人来了，这才扔下马立刻逃走了。此后，雪里站和东家更结下了不解之缘。

牲口懂得人性，人也懂得动物，这是东北农村的一种血脉相连。

所以从那时起，每当出远门的时候，东家都带着雪里站。

就比如说这次送粉吧，老爷子选来选去一定要雪里站做头车。果然，眼看东家就要被卷进车轮底下，却被雪里站奋力叼着棉袄把他救起。

这东家心疼啊，就赶快派人骑马上村子里去找兽医。一打听，说村里有个出了名的兽医，东家说俺认识他，不管啥价，赶快给俺接来。

当年，大家都知道，其实钱挣熟人，只要你需要他了，他就跟你要高价。但是东家说了，不管你啥价，只要给俺的雪里站这俩腿治好，给它接上，你要啥有啥！

你还别说，他这么一叫号儿，倒把兽医给感动了。兽医说："啥也别说了，今后咱俩交个哥们，你就把这个雪里站交给我，我如果治不好，我头拱地来见你。"

东家说："你不用这么说，俺早就知道你这手艺，你就动手吧。"

我们知道人伤股骨，那是最大的伤，马也一样，但是接马骨，这个兽医有一套绝活儿，是他在草原上跟蒙古人所学的接骨术。

就见兽医来了之后，手里拿着八块木条子。其实，接马骨和人是一样的，我们现在接骨，是打石膏，古代没有石膏，必须用木坯子来把断骨缠上，然后经过一定时间的修整，让那些骨渐渐地恢复。

这时兽医来到雪里站跟前，雪里站一见兽医来了，浑身发抖。兽医摸摸雪里站，说："别怕，别害怕，来，我看看你的伤口，来，来，我看看你的伤口。"他说完了就掰开了马的嘴，当马嘴张开的一瞬间，他顺手掏出三粒金丹，"啪"就打进了马的嘴里。

奇怪的事儿发生了，就见这马本来颤抖的身体渐渐平稳了，而且趁此时，这兽医掏出来榆木夹板，迅速给马的腿缠了四块板，然后又用皮条紧紧缠住，又把这雪里站卸下来，抬到村里，抬到他院子里的草垛旁，让马去休整。

而此时，东家心疼地摸着雪里站的头说："雪里站啊，雪里站，你好好养着啊，俺把粉条送完了再来看你，接你回家。"

这雪里站像孩子一样，"嘶嘶"地叫了几声。

东家出门重新套上了另一匹辕马，这五挂大车拉着粉条又上路了。

这次送粉条在宽城子非常顺利，而且在快过年的时候，拉粉条的车回来了。回到三青山后，就到长岗村旁边的兽医家一看，神奇的事情发生了,就见那雪里站像好马一样,从院子里跑出来,迎接它的主人。

仅仅几周的时间,就被兽医治好了,这简直是一个奇迹。自从治好了辕马雪里站的腿,东家的财运也一天比接一天好,生意更好了。

又过了五年,雪里站已经到了老口了。老口,是指马老了,吃东西也费劲了,费劲不要紧,老粉匠是个有情有义的人,当年雪里站冒死救他,所以他每天亲自给他喂豆饼和水。

又过了三年,雪里站越来越老了……

这一年的春天,雪里站实在不行了。这天,雪里站"咳咳"地叫着,像是召唤主人,家里人马上骑快马去给东家送信儿。正在洼中高拉堡子的东家听说雪里站不行了,立刻骑快马赶回了村庄。

回到家里一看,雪里站仿佛正在等着主人回来,当东家上前抱住雪里站的头时,雪里站的眼中流出了泪水……

最后,雪里站在东家的怀里,咽下了最后一口气。

老粉匠知情重义,他告诉家人,把雪里站埋在咱家的地里。于是,人们把雪里站抬到了村外,找到了东家坟地旁边一块地,把雪里站埋葬了。

至今在三青山一带,人们一提起老粉匠和雪里站的故事,一个个都竖起大拇指说:"粉乡人,真是讲究的人。"

一匹老马真是神,舍生忘死救主人;主人不忘马救主,粉匠忠义传到今……

直到今天,这首歌谣依然在三青山粉匠村落一带广泛流传着。

落户粉乡

清咸丰八年，一个寒冷的冬月，在东北的大道上，走来一群闯关东的人，其中走在前面的是一个壮汉，肩上挑着担子，双手推着挎车子，旁边媳妇身上也背包摞散地装着一些生活用品等物件。

他时而还把显然已有了四五个月身孕的媳妇，扶到他的挎车子上，就这样，从南往北地走着。

这伙人走啊走啊，走到前边一个十字路口，其中有一个岁数大的就说："乡亲们哪，咱们都是山东登州府车家庄逃出来的人哪，现在到了十字路口了，这么多人在一起走也不方便，咱们分开吧。"

这些闯关东的人，都听这个老人的，于是说："分吧，分吧。"

为了给分开的各家留下一个记号，这时，年长的老爷子就把背着的一口铁锅举过头顶，"啪嚓"一声摔到地上。铁锅被摔碎之后，他拿起一块儿一块儿的锅碴儿分给每一个家人说："咱们今天分手，说不上日后什么时候才能相见，若干年后，如果咱们能遇见，拿这个锅碴儿，也知道咱们都是车家庄的人。"

这也是当年同姓氏闯关东人家，在分开时的相同做法，或锅，或瓷盆，或是其他物件。

大伙儿都给老爷子跪下了。老爷子安慰大家："闯吧，闯关东，咱就是闯。"

说完，一人拿一块锅碴儿就分别走了，其中那壮年汉子推着挎车子和媳妇，就直奔东北一条小毛道儿而去。

此人名叫车顺，山东登州府车家庄人，当年中原连年大旱，颗粒无收，中原土地又少，于是人们就下定决心到东北闯生路。

车顺听人说，关东好混穷，弄点啥都值俩钱，也可能救活条命啊，于是他就领着怀有四五个月身孕的媳妇，跟着大伙儿闯关东来了。

他领着媳妇往前走，冒着北方的风雪走啊走。这一天，来到了一个十字路口，打眼一看，左侧的东北方向，好像有许多人都从一个柳条边的豁口走过去了,也没有兵丁拦着。原来,这是一条边墙,被民间称为柳条边。

柳条边是指清代顺治年间,朝廷为了保护长白山的祖先风水,也为了感谢蒙古贵族帮他们推翻明朝建立了大清,就修了这柳条边,目的就是阻止人们闯进来。

可是墙没有用,边也挡不住。一直到了道光、咸丰年间,中原大量的难民们就越过了柳条边,来到东北开荒种地。于是,朝廷所立的边墙就这样逐渐失去了作用。

朝廷已逐渐管不住难民,于是只好顺其自然。所以,此地自从道光和咸丰年间之后,大量闯关东的难民拥过山海关,闯进了东北的柳条边,进入了大片的从前郭尔罗斯王爷的土地,跑马、开荒、占草、租地、借种,而且先期闯进的大量闯关东人家,有的已经逐渐发展成了大户,也当起了东家。

车顺到达的地方就是柳条边当中划给蒙古族王爷的一块地界。

说来,也是这样的方向,也是这样一个奔头,而且那时候车顺就想,老话说得好,车到山前必有路。

在弥漫的风雪中,他抬眼望着前方,在雪花飘荡的荒野上,已经有人在那里放牛了,而这时候,媳妇实在是渴了,就对丈夫说:"当家的,你给俺找碗水喝吧。"

车顺对媳妇说:"你等一会儿。"

他放下挎车子就奔前边一个放牛的老头儿走去。

那放牛的老头儿背着的葫芦里装着水,一看车顺的样子,就是逃难的人,于是就问:"小伙子,你有事儿吗?"

车顺说:"老爷爷,俺想麻烦您呢。"

"你说吧。"

"老爷子,俺这屋里的,怀有身孕,她渴得要命,想向你讨口水喝。"

老头儿说:"那还说啥,给你,你把俺的葫芦拿去,快给她喝两口吧。"

于是车顺就拿着老头儿的葫芦,奔到了挎车子前。媳妇喝了两口,又回去还给了老人家，千恩万谢后问："谢谢您老啊，老爷子俺还得打听一下，这是什么地方啊？"

老头儿说："你是逃难的吧？"

车顺说："是啊。"

老头儿说："什么地方来的？"

车顺说："山东登州府车家庄。"他把自己逃难的经历一五一十地说了一遍。

老头儿说："车家庄，哎呀，那俺是车家庄旁边不远的陈家庄啊。这么说咱们也算老乡啊！"

车顺说："对呀。"

老头儿说："你往哪里奔呢，有落脚的地方吗？"

车顺说："没有啊，老爷爷，所以俺打听这里离村庄还有多远？"

老头儿抬头望了望漫天的风雪，指着前面一个模糊的村影说："你再往前走，大约有二里地，就有个屯子。"

车顺说："那这地方叫什么屯呢？"

老头儿说："那个地方也没什么固定的名啊，现在东北这地方除了叫窝棚就是马架子，说的这个地方，那就叫洼中高。"

车顺说："什么？洼中高？洼中怎么还有高？"

老头儿耐心地给车顺解释一番，并告诉他如何进村去找到好人家，车顺告别老头儿就向前赶路了。

前边就是风雪弥漫中的村落，车顺想："俺还是赶快推着媳妇到村里避避风雪吧。"于是，他推着挎车子就直奔那风雪中隐隐约约的一个村落走去了。

实际所说的这个洼中高，就是如今的长岭三青山一带。

三青山如今是长岭县的一个镇，可是当年，这一带，统统就叫洼中高。为啥是洼中高？是因为这个地方的土地、山水、草甸、湿地非常奇怪。你在这个地方往前面一看，哎，总觉得前边那个地方高，可是你到那儿再一看，嗨，还有比这高的地方，所以这个地方就叫洼中高。

洼中高这个地方更奇怪的是，表面的黑土之下，很快就出红沙土。这红沙土既吃水，又怕水，但是真来水了，又吸水，因此在这个地方，老百姓除了种大田之外，还种着一种最古老的植物，叫马铃薯。

马铃薯也叫土豆。土豆本来是来自于遥远的北美洲，是北美洲的一种植物，大约是在五千年前的时候，北美洲人发现了野生土豆，然后经过漫长的生活岁月，野生土豆逐步被改良成能食用的土豆了。而土豆传入中国，却是明朝之后的事了。

最早的土豆，老百姓是吃不着的，那是皇帝餐桌上的一道独享的美食。后来由于土豆这种植物，多半是在春天种下去，两三个月就结出了土豆，能在百姓闹饥荒的时候得到及时接济，因此人们喜欢种植它，渐渐地土豆被中原和东北人栽种开来了。三青山就是以种土豆为主。

车顺推着媳妇直奔前面的村落走去，来到这个村落的时候，天已经渐渐黑了。

车顺按照放牛老头儿的指点来到了村口，他记得当时老头儿告诉他："你进了村，往第四户人家走，那家人姓陈，是个大户人家，看看你能不能在那儿找个落脚的地方。"

天晚了，东北人家都是两顿饭，人家也吃完饭了。此时，车顺就把挎车子靠在了从西边数第四户人家的墙头处，然后上前敲门。这一敲门，就听"呼"的一声，一只大黄狗顺势窜出了院子，直奔车顺咬来，东北的狗都非常厉害。

车顺早有准备，闯关东的人有一个外号叫山东棒子，所说的山东棒子，并不是今天我们所说的这个人脾气不好的贬义词，而是指他们勤劳，不惧苦难，挂着一个棒子上山就可以防身。

狗也害怕呀，一看他拿着扁担，马上就撤了回去。可是狗一叫，院子里的人就走出来了。

走出的这个人，是这个洼中高老陈家的当家人，叫陈有福。他一看车顺就是个逃难的，忙问："兄弟啊，你打哪来？"

这时候，车顺上前便拜，差一点跪下，说："东家，俺是逃荒的，俺求求你，俺屋里的有了身孕，风雪这么大，俺能不能在你家住一晚，俺们就在草堆里面猫一宿也行啊！"

这陈东家一听，哈哈笑了，又见挎车子上躺着个女人，果然挺个大肚子，于是就说："逃难的兄弟，没啥可说的，你到院子里来，咱庄稼人家别的没有，这房子有的是，你就暂时先住在马房旁边那小仓房里，我马上叫伙计给你烧炕。你是长住还是短住呢？你准备去哪里呀？"

这时候，车顺就说："哎呀，俺现在没有目标啊，看看再说吧，先谢谢东家收留俺们。"

说完，他上前推起车子，陈东家已经打开了院门，把二人领到马房旁边的仓房里。

再说这陈家，当年那真是洼中高三青山一带的大户人家，他的祖上也是早期到达科尔沁的中原人，租种了郭尔罗斯王爷的土地，逐渐又把一些荒地租给了后来的那些闯关东的地户，人称揽头。揽头就是他从郭尔罗斯王爷租的地，再转二道手，让给后来的那些地户，于是他就成了拥有土地的大地户。

当年的陈家，不但租种郭尔罗斯王爷的土地，而且家里还开了粉坊、豆腐坊、油坊等很多店铺和作坊。

车顺住下以后，自己就想："按照放牛老头儿说的，这洼中高老陈家是大户，如果他能收留俺，俺能在他家干点儿活，那可是俺一辈子的福啊。"再一想："俺相信这个车姓，他代表车到山前必有路，俺干脆就求求东家，看能不能收留俺。"

当天晚上住下之后，车顺拍打拍打身上的泥土，就直奔上屋而去。

上屋住的陈东家一见车顺进来了，就很客气地说："来啊兄弟，坐下，坐下，有什么事，你说。"

车顺说："东家，俺想有个事求求您，看看您能不能收留俺们在您这里干几个月活，等挣点盘缠，俺们再往北走，再寻找俺们车家庄的人，听说黑龙江的呼兰县（现为呼兰区），有俺先期到达东北闯关东的本家。"

陈有福说："嗯？你要到呼兰去？那可还有好几百里地呢，现在马上春天要种地了，我看你体格还不错，你要信得着俺，这一春天，你就在这儿先帮我干活，等到夏天了，天暖和了，你这屋里的生完孩子了，你们再走。"

听到这里，车顺扑通就跪下了，"哐哐哐"地给陈东家磕了三个响头说："东家呀，谢谢您啦，谢谢您的大恩哪，是您救了俺一家呀。"

陈有福上前扶起了车顺："哎哎，不要这样，不管咋说，咱们也算是老乡嘛。"

就这样，车顺就在陈有福家当上了季节帮工。这季节帮工，就是说，你从春天开春，帮着人家把地种上，到铲地农闲之后你就可以走了，这是第一季。从锄草到秋老虎，这是第二季。第三季，就是庄稼成熟了，开始秋收了，你如果想干到第三季，还得和人家东家说。

还别说，当车顺住下之后，给东家陈有福的印象特别好。

车顺当年，是一个二十八九岁的小伙子，体格也好，身子骨硬朗，而且那勤快劲儿，真是没说的，无论是赶车、喂马、放牛，他样样是提得起、放得下。

在陈有福家里，车顺每天早晨把几挂大车套上，到地里送粪、犁地，帮助东家干一些应急的活计，而让车顺感到特别开心的是，他过去学的手艺都用上了。

其实陈有福并不知道，车顺虽然来自于山东登州府车家庄，可是从前车顺和他父亲却是庄里有名的粉匠和木匠。木匠就是对犁杖、锄头、推车子等一些农具进行修修打打，是一种农耕手艺。

这个春天，车顺那真是顺啊。正像二人转说的那样：

正月里来正月正，

正月五哥来上工；

上工先挑三缸水，

接着再把车来拱。

这车顺干什么都非常利索，所以头一个季节刚过，东家就说："车顺哪，俺这儿真需要你，这个时候你就别走了。"

车顺一听，感动得都要哭了。因为当时正赶上妻子快临产了，所以他正等着东家这句话哪。他赶紧说："如果您能留下俺，俺这不就是有地方待了嘛，俺屋里的这么大个肚子了，俺真是太谢谢您啦！"

东家忙说；"那好，那就等秋天看看再说。"

一天夜晚，车顺媳妇突然临产了。车顺媳妇三四个月的时候肚子就显怀，到五六个月那肚子就像人家七八个月那样，万万没有想到，这车顺的妻子一生就生了一对千金。

这一对小千金，从生下来打眼一看，唉呀，那大眼睛，滴溜溜地转，小脸蛋儿一边一个酒窝。长大后，更是特别的漂亮，而且成天带着个小笑脸。

孩子生下来不久，把妻子乐得就跟车顺说："当家的，快给孩子起个名吧。"

车顺一想，自从冬天逃荒来到了这里后，一切都那么顺，现在又生了这样一对漂亮的女儿，看来真是车到山前必有路哇，于是车顺立刻给两个女儿起名，老大叫山前，老二叫有路。

简直无巧不成书，就在车顺媳妇生了一对女儿的前三天，东家陈有福的妻子也生了一对双胞胎，是两个儿子。听说车顺给姑娘起名叫山前、有路，他大受启发，于是就给儿子起名叫招兵、买马，大儿子叫陈招兵，老二叫陈买马，希望招兵买马，保一方平安。

从小，这招兵、买马和长工的女儿山前、有路，就像两对幸福的伙伴一样，成天在院里跑跑打打，而且这两对小孩儿，人们都看着非常喜爱。

转眼到了秋天，陈东家活儿也忙，于是就说："车顺兄弟，你别走了，俺再给你加两季咋样？"

所说的加两季，那就是加上秋冬。

古语说得好："三春没有一秋忙。"秋天的东北农家，家家要打场收割，特别是洼中高这一带，家家起土豆，就更加忙活啦。

东北民族自古就有一句话叫喜、藏、酿。

喜、藏、酿，其中就包括对土豆进行加工漏粉。洼中高这一带的许多村庄从前就漏粉，而老陈家人自己就有粉房，那时候虽然有粉房，可是粉条的制造工具都非常的笨拙。

这一天，农活忙完了，粉房里一帮人正拿着刀在削土豆，车顺上前一看就笑着说："东家啊，这不是笨了吗？咋能这么干呢？"

东家说："你有啥好招儿？"

车顺说："你看俺的。"

于是，车顺就拿出了他的木匠手艺，一天工夫就做了一个土豆轮子。所说的土豆轮子，就是把土豆先装在一个笼子里，而这个笼子中间有一个转轮，转轮上安着数把小刀，只要有人摇动着上边的摇把儿，那些刀"刷刷刷"便把笼子里的土豆转眼间削成小块，而这种小块再掉进磨眼，驴、骡子可以轻松地拉动磨飞快地旋转，土豆浆便会从磨盘的磨眼里流到旁边的桶里，再盛到缸里。

东家一看，大吃一惊："哎呀，车顺哪，车顺哪，你咋不早点动手啊？"

车顺就笑了，说："东家呀，俺害怕你信不着俺。"

东家说："俺信不着你，俺能留你吗？你还有啥招儿，还有啥手艺，都使出来。"

车顺说:"东家,你放心吧,其实俺还没跟你透底儿呢!"

东家问:"啥底儿?"

车顺说:"俺不光会种地。"

东家问:"那你还……"

没等再问下去,车顺就笑呵呵地说:"东家呀,俺在山东,家里就是开粉房的。"

东家大吃一惊:"啊?你家开粉房?那你咋还闯关东呢?"

车顺伤心地说:"别提了,当年哪,俺爹心眼儿好,有一年漏粉,家里收留了一个人,这个人是夜间跑到俺们家的,说是有人追杀他,让俺爹收留他,俺爹就收留了他。可万万没有想到,他竟是一个杀人放火的坏人,俺爹不知道啊,就收留他躲过了追捕。第四天,官府得知消息就把俺爹抓去了,说俺爹藏匿罪犯。俺爹是个暴脾气,他就说自己不知道他是有罪之人。可是衙门却不管你那一套,当时就把俺爹投入了监狱,押入了大牢。当俺们家倾家荡产把爹赎出来的时候,粉房也就倒闭了,又赶上车家庄连年大旱,于是这才闯关东来到了这里。"

他这么一说,倒把东家陈有福说乐了,他说:"哎呀,兄弟,闹了半天,这可真是不是一家人不入一家门哪,你来了,从此这个粉房你就伸伸手,帮我管行不行?"

车顺说:"那还用问吗?东家信俺,俺就帮你管好这个粉房。"

东家说:"兄弟呀,这回俺就放心了,你没看吗?其实家里并不缺种地的人,我缺的就是管理粉房的人,因为漏粉要技术啊。"

车顺说:"是啊,你这话说对了,粉匠是大工匠,所以关于漏粉、做粉,要没有一定的手艺,那是干不了的呀。"

东家说:"对呀。"

就这样,车顺成了粉房的主管。

光阴似箭,转眼之间,车顺的两个女儿渐渐地长大了,而且越长越漂亮。13岁那年,村里好多媒人都来给两个女儿找婆家。前边我们说过,自从车顺落脚陈有福家，东家陈有福的媳妇也生了一对儿子，这两小子，从小就舞枪弄棒，特别是老大，根本不管家里的买卖。

自从这两对孩子生下来以后，老陈家的院子里就多了许多欢声笑语，招兵、买马常常拉着山前、有路在一起玩，就连过年放鞭炮，招兵、买马也给山前和有路带一些鞭炮，然后提着小灯笼在雪地上放。

孩子们渐渐产生了感情。孩子们的成长过程，怎能瞒过大人的眼睛。说实话，陈有福也挺稀罕车顺的两个女儿，而且觉得能给他们做儿媳妇，那真是太好了。其实这件事儿，车顺和妻子也看出眉目来了，但他们不敢提呀，因为人家是东家，他家是长工啊，看出来有啥用。

其实在老人们看来，山前、有路越长越漂亮了，越来越乖巧了，好像命中注定就与这两位哥哥有缘了，因为按出生算，招兵、买马比山前、有路早三天，所以两个姑娘都管他们叫哥哥。

事情能按照人们的预想来发展吗？其实在生活中，好多时候，人们看到了爱情都以为是顺其自然，其实哪有什么叫顺其自然？一切的一切，都只是在发展中才能成为最后的结局。

转眼到了两个姑娘17岁这一年了，东家陈有福要给两个孩子张罗婚事了。可是，突然就出现了一件意想不到的事情。这种事情让后人想起来，也许是一种生活的必然。

忠义抉择

　　这一年，陈家和车家开始张罗儿子和女儿的婚事，并且定好了日子，就是在第二年的二月初二之前，为陈招兵和车山前、陈买马和车有路准备婚礼。

　　此时，已经到了深秋，步入了初冬季节，离过了年完婚的日子越来越近了。

　　大家都知道，在靠近年跟前儿，洼中高的所有粉房，开始把自己漏出的粉经过晾晒、打捆，像山一样地堆在院子里或粉窖里了，各家掌柜的都想着如何把粉条卖出去，好给伙计们开工钱。

　　陈家自然要比别人家更忙活。

　　陈有福家的粉堆在院子里准备拿出去卖，问了许多伙计，谁也不愿意出头去押车卖粉。

　　为什么？人们知道，东北关东大地的一个习惯，那就是年跟前儿，胡子红眼了。

　　北方所说的胡子，又叫土匪、马贼、响马，是指那些因为各种原因落草为寇的人，一到了冬天，他们到处持枪抢劫。

　　在夏季，当青纱帐起来的时候，高粱稞一没住了马肚子，他们将自己藏在高粱稞里，等到冬天，他们有的猫在庙里，有的回乡，说自己是做买卖刚回来。其实老百姓也知道他们是干啥的。而来到年跟前儿这个季节，他们一定会聚集开始大规模行抢，以便"分红"回家过年。因此，各个买卖人家都很担心，特别是粉房的东家们，都犯愁自己卖不出去粉。

　　陈东家问了几次，谁能帮我出去卖粉？可是都没有结果。

　　这天，他问到自己的儿子陈招兵。

　　陈招兵说："爹呀，说句心里话，我觉得我们一年一年地漏这粉，光这么干，有什么出息？我不想干，我想去找我的出息。"

　　他爹气得大骂，说："你小子，你疯啦？咱家祖祖辈辈就在洼中高漏粉，这就是出息，你还找什么出息？"

陈招兵几次想跟爹解释，爹也不理他，他也不带人出去卖粉。

越是这样，陈有福越是生气上火，几天的工夫，这陈东家的腮帮子就肿了，他犯愁啊，过年之前如果卖不出去粉，怎么给伙计们开工钱呢？

他犯愁这件事儿被一个人看在眼里。

谁？其实，就是他未来的儿媳，车山前。

车山前虽然还没有嫁到陈家，但是她是个心地善良的丫头，她看陈有福一天愁成那样儿，十分心疼。从小就在陈家长大，那不仅是未来儿媳和公爹的关系，更是一种近似于父女的关系。但她一个女孩子，又不好上前去劝说。

有一天，她来到陈招兵的屋里，说："招兵哥，你咋不心疼你爹呀？"

陈招兵说："我咋不心疼了？"

车山前说："你爹都愁成那样了，你就不能领着伙计们去卖一趟粉吗？"

陈招兵却说："你别管，他自己会有办法的。"

车山前说："他要是有办法，还会找到你这个当儿子的头上？眼看他愁成那样了，你当儿子的竟无动于衷。"

陈招兵却说："山前哪，说句心里话，其实我的志向不完全在漏粉上，我得想想，人这一辈子干啥的都有，为啥偏得在家种地、漏粉，就不能找一个别的出路吗？"

车山前说："啥出路你也得活呀，再说，任何出路你都得守着你爹这个手艺往前走啊，你不能三心二意呀。"

陈招兵说："啥叫三心二意，难道我一辈子就守着这破粉房子？"

车山前气得说不出话来。

最后，车山前也没能说服陈招兵，就生气地回到了自己屋里。

寒风中，东家的院里不断地飘来一股股熬药的味道。原来陈有福病倒了，可是大家也并没有把此事放在心上，因为生活中各家都有各家的过法，也管不了人家。

而陈家众多的伙计当中，有一个伙计，是义发坎屯过来的磨匠杨有民。磨匠，也称石匠，因为粉房得寻找这样的手艺人，铲好磨道，来保证在磨土豆的时候磨不坏。修磨为铲磨，当一堆土豆磨完之后，就要铲，所以磨和磨心以及磨刀、磨石、磨眼旁边的刀口都非常重要。

杨有民就是义发坎屯著名石匠的儿子，后来有后人搬到了前借贷庄屯和后借贷庄屯。

这几天，他看东家发愁，已经上火十来天了。他回家就跟爹说："爹，我陈大叔已经愁得腮帮子都肿了，没人押车卖粉，如果这粉条卖不出去，还开什么工钱呢？这帮伙计真是没良心。"

杨有民爹说："你怎么知道伙计没良心？"

杨有民对他爹说："我白天问这帮伙计，掌柜的都愁这样了，你们咋不帮着卖粉？"

伙计们说："谁帮卖呀，这眼看来到年了，胡子都红眼了，出去卖粉就等于玩命，我们才不去呢。"

杨有民对大伙说："你们呐，真是没良心，如果粉条不卖出去，咱们光在这漏粉，那有啥用？到过年开不出工钱，你们也过不了年哪！"

爹问："他们咋说？"

大伙说："你有能耐你去啊！"

而且大家说的时候，并未把此事放在心上。

杨有民把这个事情跟爹说完之后，爹说："你咋想的？"

杨有民说："我想听听爹的想法。"

爹说："有民啊，你就不能帮帮你陈大叔吗？你们年轻孩子在家待着干啥？我看你领着车队出去卖粉吧。"

此话正中杨有民的下怀。他说："爹，我也想了，虽然今年咱家粉房没开，而且我给人家打短工、修磨，虽然不管卖粉，可是我想，在这时候，我也应该出一把力。"

爹说："爹支持你，人活一世，草木一秋，人的一生，要人过留名，雁过留声。人过不留名，不知张三李四；雁过不留声，不知春夏秋冬。见人有难不帮，非君子啊！"

杨有民说："爹呀，你别说了，我干！"

第二天，他又来到了陈家粉房，直接奔到上房陈有福的屋里，看见陈有福正在喝药，急忙上前说："大叔啊，你别愁了，明天我带着伙计们去卖粉。"

"啥？啥？"陈有福简直不敢相信自己的耳朵，他抬眼疑惑地盯着杨有民的脸。

杨有民又说了一遍："大叔，明天我带着车队去卖粉！"

这时，陈有福才听清杨有民的话，于是，他上去一把拉住了杨有民说："有民啊，大叔咋感谢你呀？"

他说完这句话，又看了看杨有民说："你放心，我现在就下令。"

说完之后，只见陈有福喝完了一碗中药，反身就来到了院子里。当时，院子里寒风刺骨，有一把梯子支在房头，陈有福直接就爬上了房，站在房上就大喊："伙计们，都出来！"

他的话音刚落，只见粉房里的伙计们都纷纷地走了出来。

陈有福大声地说道："你们都听着，从今天开始，陈家粉房的所有生意，都由杨有民负责，他说怎么干就怎么干，他要领着你们出去卖粉，他说怎么卖就怎么卖，他说往东，不能往西，他说往南，不能往北，一切权利我交给他了，听到没有？"

这时候，伙计们低一声高一声地说："听着了，听着了。"

各种声音，有的是答应，有的是带着嘲笑，有的是带着讽刺。

陈有福也知道伙计们的心思，毕竟到年关了，又想拿到工钱回家过年，又不想冒这个风险。

陈有福环顾了一下院子里的人群，大声说："为了大家伙儿能过上一个好年，俺也豁出去了，大家伙儿跟着杨有民去卖粉，说真的，俺也知道这不可能一帆风顺，就希望大家伙儿别拆帮，俺相信有民，如果这次不出现闪失，俺给各位付双倍的工钱。"

大家伙儿的劲头这才上来一些，一起喊道："谢谢东家！"

说是说，大家伙儿的心里还是没底儿呀。

陈有福接着说:"真的遇到危险,咱们都记住,舍财不舍命,俺也不会怪大伙儿。"

杨有民说:"东家,我们会尽力保全的。"

"那就多谢大家伙儿,多谢有民了!"

陈有福说完从梯子上下来,进到屋里,又一头扎在炕上不起来了。

而院子里那些伙计们,都围住了杨有民说:"你小子,出啥风头啊?你知道吗?你这回算手插磨眼了,现在这时候,谁都不去,你出这个风头,你去卖这个粉儿,你出了事儿,没人管你。"

可杨有民不但不灰心,反而说:"你们呢,那是没良心,你们才是手插磨眼,你们想想啊,给东家漏粉干活,如果粉条卖不出去,我们开啥工钱?不是我没良心,是你们没良心,不是我手插磨眼,是你们手插磨眼!"

说完,他理直气壮地反身回家,准备第二天出发的事项。

再说事儿也凑巧,陈招兵这几天正忙着在镇上报名,准备参加兵营的招兵,他没在家这几天,恰恰是家里发生重大变化的时候。

第二天早上,杨有民来到院子里,只见他穿着一件洁白的皮袄,戴着一顶貂壳皮帽,脖子上围着一条厚厚的围脖,腿上的马靴里插着两把刀,那是他亲手做的两把尖刀,这种尖刀非常快,而且出门在外,如果车套绊住了马,在紧急时刻,这种牛耳尖刀一下便可以解决问题。

同时,杨有民还自己制造了一把"铁公鸡"。"铁公鸡"这种枪在当年的民间十分流行,东北人出门在外,为了防身,常常做一把"铁公鸡"带在身上,而且当年狼非常多,也是为了防身用。

进了院之后,因为有东家的话,他告诉伙计们:"准备准备,跟我走!"

东家已经发过话,别人不听他的也没有用。于是,大家伙儿就套车的套车,装粉的装粉,转眼间,五挂大车的粉条垛好,马也都套好了。

这时他回身走进马棚,走到一匹叫灰兔子马的跟前。这是他当年上长春送磨的时候曾经用过的辕马,是他在陈家粉房干活这些年最喜爱的一匹马,他自己平常还到马圈里喂它草料。

当他拉起马转身刚要往出走时,突然有一双柔软的手紧紧扣在了他的腰上,而且此时他还听到了一种嘤嘤的哭声。

奇怪呀,谁呢?

其实我说到这里,大家也早已猜道,她就是车山前。

车山前是个人人喜爱的姑娘,本来爹妈已经为她订了婚,把她许配给了陈招兵,可最近两人多次都谈不拢,特别是谈起将来的时候,陈招兵都在那里说,人各有志,他根本不想在农村当一辈子农民,漏一辈子粉,他要参军,他要到兵营当兵,他要走另外一条路,为此两人间的裂痕也越来越大。

说心里话,陈招兵的内心深处是喜欢山前的,但是他又觉得山前和他不是一种想法,他担心自己被山前所束缚,于是后来逐渐开始疏远山前。

当老爹老妈为他促成这门婚事的时候,他也是带搭不理,并没把婚事真正放在心上。慢慢地,车山前也渐渐对这门婚事不抱有希望了,只是双方都没挑明罢了。

其实,车山前心中没有更多明确的选择,不过就是在卖粉条这件事上,让她犯愁,让她着急。

她看到没有一个伙计肯站出来,领着车队出去卖粉,而她最盼望的人陈招兵,此时却不在家中,可是让她万万没有想到的是,就在此时,一个人出现在他的眼前,那就是义发坎的杨有民。

特别是杨有民那天对她未来的公公说,自己要带人去卖粉的时候,接着陈有福在房上宣布今后粉房的事要由杨有民来负责、来掌管的时候,她心中暗暗产生了一种佩服。

佩服是什么?其实佩服就是人类最朴实的爱,所有男女之间的感情、爱情,最初都是由一种佩服产生。但那种微妙的关系,其实在山前姑娘的内心已经开始朦胧地涌动。

那天,山前在仓房里透过窗户缝,第一次认真打量杨有民这个小伙子。特别是杨有民对伙计们说:"你们是最没有感情的人,东家做粉让我们去卖,我们就应该是把这事办到底,没有你们这样半途而废的。"

一瞬间，山前想到了人生命的珍贵，因为她知道，年前出门卖粉，确实是太危险了，而且这种危险年年都发生。

前年，陈家磨房屯就有一个卖粉的车队被土匪们抢去了马，而且掌包的和老板儿都被绑在树上给冻死了。她知道，敢于带领车队去卖粉的人，那应该是生活中的英雄。而且她明白，这些人是在玩命，况且这粉房也不是他杨有民家的，但是他却能挺身而出。

此刻，一个姑娘的芳心渐渐地移向了杨有民。当第二天早上，在杨有民到马圈去牵灰兔子马的一瞬间，早已经思考了一宿的山前，用自己的小手绢包着两个煮熟的、热乎乎的鸡蛋，偷偷地进到马圈。在别人看不着的马圈里，她深情地抱住了她佩服的青年杨有民，并把两个热乎乎的鸡蛋和她的小花手绢塞进了杨有民的皮袄里。

杨有民的感觉没有错，他微微一回头，才看见是山前。那时候，山前已经是村里的一枝花，多年来，山前的美貌和善良是出了名的，多少年轻人都想追求她呀，可那都是痴心妄想。

而此刻，杨有民深深地感觉到，山前抱着他的那双胳膊在颤抖着，而且低声地说了一句："哥，我等你回来，你可一定要安全地回来呀！"

杨有民回过头来，才看见山前漂亮的脸上大颗的泪花流了下来。于是杨有民给她擦了一下眼泪，说："妹子，你放心，我死不了。我杨有民不但有浑身的力气，我还有这玩意儿。"

他得意地拍了拍别在腰上的"铁公鸡"，接着他又拍了拍插在他两腿外边的"腿刺子"，就是他亲自打造的两把牛耳尖刀。

这时，山前擦了一把眼泪，说："哥，你记住我的话，出门很危险，也可能有你想不到的事儿发生，可是到最难处，你要想到，有一个人在等你……"

杨有民说："你放心吧，妹子，我记下啦。"

他轻轻地推开了山前的胳膊，接着牵起灰兔子马，一步就迈出了马圈。

门外，五挂大车各套着七匹马，立刻就武装成了一支卖粉的车队。

逃出生天

我们知道，在当年的东北平原，年前土匪遍地，但是土匪的目的不是为了抢你的粉，他是为了抢你的马。

土匪管马叫连子，当卖粉的车队走道的时候，往往就会出现一伙一伙的土匪，专门打劫这些马。

杨有民威武的打扮，使得陈有福心里有了底儿。

陈有福把车队送到门口说："有民，你放心，卖不好、卖不完俺都不会怪你，卖不了你给俺拉回来，俺姓陈的，只需要你平安地给俺回到洼中高，听着没有？"

杨有民说："东家，您放心。"

于是，他回手抄起手中的鞭子，"啪"的一声在空中打了个响鞭，这五挂大车随后就踏上了卖粉的征程。

车出门了，本来往扶余走，从洼中高出来，应该奔正北，可是，头车走着走着，杨有民却突然指挥："转弯，向东走！"

这时有的人就互相议论说："哼，连方向都不知道，老扶余三岔口在正北，他往正东走。"

有人接茬说："算了算了，你别插言了，东家都说了，杨有民往东你就往东，杨有民往西你就往西，杨有民往南你就往南，杨有民往北你就往北，少废话！"

大伙说："好好好。"

其实大家的心情都不一样，说啥话的都有。

而听到这些不同的议论，杨有民根本不动声色，他依然押着车队直奔正东方向而去。

天，飘着小雪，腊月的北风像刀子一样割着粉匠们的脸。

天渐渐黑了，走到半夜五时，杨有民突然喊："停！"然后他命人调转马头奔正北，去往扶余。

这时候再拐往正北，恰恰是杨有民的巧妙安排，因为他先奔正东，然后奔正北，一下子甩掉了"老头好"，也就是埋伏在正北方向的第一批土匪。

老头好这群土匪，当年最早起于洼中高，这伙土匪既凶狠，又聪明，他们派了许多"花舌子"，也就是民间所说的那种在村子和土匪之间打探送信儿的人。这些人表面上可能是卖布的、收皮子的、货郎子等手艺人，其实他们却是那种专门给土匪报信儿，来查探民间大户人家线索的人，因为他们能说会道，所以人叫"花舌子"。

这类人在当年，遍布洼中高的各个村，因为按今天的话说，那叫有商机呀，他知道你拉粉出去哪，这种消息那是极其珍贵的，所以往往江湖上的匪队派出自己的花舌子在四方打听。

而老头好，他也派出过很多密探和花舌子在村子里走动。记得有一年，老头好亲自和另一个土匪在陈家磨房的周边打探。

陈家磨房旁边，还有一个村子叫吴麻席，吴麻席也是山东闯关东过来的吴氏一族立的户，因为有一身编麻席的手艺，就被人将村子叫作吴麻席了。吴麻席紧挨着老房身，东靠近农安的伏龙泉，西靠近三青山的西伏山、大房身一带。

那是个夏天，也是刚来到雨季的六七月，东北长岭的荒甸上阴雨连绵，连做饭都缺少干柴火。

雨季来的时候，粉娘领儿子在家，突然，就看见门口来了两个人，这两个人打眼一看，每个人肩头上都背着一个包袱，而且进门就喊："老乡，老乡，吃顿饭！老乡，老乡，喝口水！吃顿饭，喝口水，我们就走！"

儿子说："没有饭，这阴天吧唧的，没有干柴火，做不了饭了，我们自己还饿着肚子呢。"

儿子说完，只见两个人站在院里，却不动声色。

这时，粉娘从门缝打眼一看，她发现这两个人有与众不同之处，他们俩都是左肩膀低，右肩膀高。

粉娘心里一颤，她想到男人活着的时候曾经告诉她，有人肩膀一边低，那就是扛过"铁公鸡"的。

粉娘立刻出门把儿子扒拉到一边,对那两人说:"到屋,到屋,快到屋!"

儿子瞅他娘,生气地说:"到啥屋啊,雨下得这柴火净湿啊。"

粉娘狠狠地瞪了儿子一眼,说:"别多嘴,赶快想法抱一捆干柴给客人做饭。"

儿子不敢再和娘吵吵,重新返身走到雨里。

此时,这两个人已经在粉娘的招呼下走进了屋。

不用说,儿子不敢违背娘的话呀。于是,粉娘做了小米捞饭,用米汤熬了一个酸辣汤,然后摊了一大碗鸡蛋,炖了两碗粉条,给这两个人端到了炕上。

粉娘在往上端鸡蛋的一刻间,她细细地打量着这两个陌生人的手。果然,她发现这两个人右手的食指都勾勾着,这哪是什么卖布的呀!但是粉娘不动声色,对两人说:"吃吃吃,喝喝喝!"

这两个人吃了香香的一顿饭,吃饱了之后抹下嘴,说:"好了,老太太,咱们成了亲戚了,啊。"

粉娘说:"嗨,出门在外,谁没有个为难招灾儿的时候?今后有啥事,你们尽管回来。"

就这样,两个人高兴地走了。

这两个人刚一出门,粉娘回头就把儿子拉进屋,把门插上,对儿子说:"你不长眼,你没看出他们那样吗?那是一般卖布的吗?"

儿子说:"那他们是干啥的呀?"

粉娘说:"他们就是胡子,别看他们比你大不了多少,他们一定是有名的胡子堆里的探子。"

儿子听了之后,吓出了一身冷汗,也不得不佩服娘的这种独到的眼光。

其实话又说回来,粉娘招待这两个人是白招待吗?因为在产粉条的三青山,洼中高这个地方,所有的粉房人家都不得不小心地过日子,谁家做好了粉不卖啊?谁家不是冬天做粉哪?谁家不是在年前把粉卖了才回来过年哪?

土匪、胡子、绺子等都是江湖浪子，人们盼着江湖浪子回头啊！

所以，这粉娘那眼光和她处理问题的方式，那真叫人称绝，首先称绝的就是儿子。

记得三年后的一天半夜，突然听见屯子里的狗在四面八方叫了起来，而就在这时，在狗的叫声中，又听着枪声在四处响起，人们听到外边喊道："给我压，从西到东，给我压！"

压，那是土匪的黑话，就是从西到东给我抢。一袋烟的工夫，就听门外又喊："这家是咱们蛐蛐！"

土匪管老朋友、亲戚什么的不叫亲戚，而叫蛐蛐。就是咱们民间说的蟋蟀，但是黑话蛐蛐就是亲戚。

亲戚？粉娘在屋里一听，愣了一下。

可是，顷刻间，就见大墙外边，从隔着的墙头撇进来皮袄、棉被，还有几只绑着腿的鸡。

是谁能给她们家送这些东西呢？粉娘点着灯笼，大着胆儿走出了屋。

她来到墙头处，提起灯笼一看，觉得骑马的这个人怎么这么面熟呢？她正在犹豫之间，就听那人说："你不认识我了？咱们是蛐蛐，那年下了一夏天的雨，没饭吃，你给咱们炒的鸡蛋，炖的粉条，捞的米饭，哈哈哈……"

笑声中，粉娘再打眼一看，妈呀！这不是当年卖布的那两个人吗？而且后来她打听到，这就是洼中高地带著名的土匪老头好。

这件事儿对儿子教训极大，当老头好的队伍席卷了陈磨房之后，粉娘又偷偷地把抢来的各家的被、皮袄、小鸡又一家一家地还回去了。

当年，胡子、土匪进村屯，啥都抢，连衣服都抢，抢得十几岁的年轻人下地干活都没裤子穿，只好用一个麻袋片围在腰上，农民和粉匠的日子都苦哇。所以，在洼中高一带，一提起粉娘子，大家都伸出大拇指说："好人，真是好人啊。"

言归正传，此刻，杨有民领着队伍，先奔正东，半夜才拐向正北，一下子甩掉了老头好。

甩掉老头好，他们第一站奔往老扶余，连夜走到天亮，进了五嫂子店里。五嫂子店旁边有一个地方，叫北坎子庙，北坎子庙当中的许多僧人都愿意吃粉。

一看，是三青山陈家磨房的粉来了，僧人们乐坏了，上前帮着卸车，而且一个个地围着伙计们算命、抽签、看卦，高兴了一宿。第二天早上，天刚亮，他们卸下一车粉，就赶着大车直奔老扶余而去。

走着走着，太阳升起一竿子高的时候，前边出现了一片黑松林。杨有民领着伙计们正往前走，突然，就听黑松林里传出一声大喝："住下，压连子！"

压连子就是卸马，土匪的黑话。

粉匠在惊慌的时候，就见四匹快马随着寒冷风雪的吹刮，转眼间来到了车队面前。

就听那人哈哈地笑了起来，说道："你小子不错呀你，你胆儿不小啊你，你出屯子先奔正东,你不奔正北,让我白等你一天一宿哇!这下好了,这笔账咱得好好算算。"

听到这里,不用说,此人一定是老头好。

老头好早已经知道陈家粉房的车队是要奔往老扶余,可是他在老扶余道上等了半宿,也不见来,老头好那个气呀,他急忙命令转头到此堵截,这第二天,车队终于在黑松林被老头好堵住了。

老头好大声地吼道:"连子给我压下来。"

这时杨有民沉着地说:"大柜,不能压连子,我们也得用连子。"

老头好说:"你是谁?"

多年走南闯北,杨有民熟练地说:"我是我,压着腕,闭着火!"

嘿,他会黑话。因为当年杨有民跟爹走南闯北去缠磨、买石头,所以见多识广。

可是,老头好早已经发怒了,因为是这小子让他等了一夜。老头好冷笑地说:"小子,这一劫你过不了,压连子。"

这时候,机智的杨有民说:"我有叶子。"

叶子,这是土匪的黑话,就是书信或票。

当年在东北这块土地上,土匪们要提到叶子,他们也得看,因为那是朝廷所运送各种物资的路条。

杨有民为了保证把粉卖出去,他早已做了充分准备。

老头好说:"递上来。"

这时候,他已经和老头好近在咫尺。他递上去以后,老头好接过这个票子,一看是一个皮子写的通行证,但根本不是真的。

当年你要想得到朝廷的票,上哪弄啊?可为了能躲过一劫,顺利地避开老头好,他弄了一个非常像的戳刻在上边儿,是朝廷内务府的。

可是一眼就被老头好看破了。老头好冷笑一声:"这是你的票?"

杨有民说:"是啊。"

老头好又说:"那我来问你,你从哪弄来的?"

杨有民说:"大柜,这话你不要问,你仔细看就是了。"

老头好说:"我看个屁,呸!"吐了一口,"咔咔"就把票给撕碎了。

撕碎之后又说:"压连子。"

杨有民说:"我还有票!"

老头好说:"还有票?递上来。"

就在此时,老头好和杨有民已经是面对面了。

杨有民说:"你自己来拿。"

于是,他把一个皮套筒递了过去。老头好非常自信地把手伸到皮筒里去拿票的一瞬间,吓得一激灵。

他捏到啥了?当然不是票了,是铁公鸡的枪筒子!

这时,就听杨有民小声说:"别松开。"

老头好知道,在此刻,如果他不答应,那只要对方一扣动扳机,他的命就玩完了。

他心一颤,杨有民趁机抓住他的腕子,一下就把老头好拉到了自己的马上。

然后,将"铁公鸡"对着他的腰眼儿说:"发话,让我们过去!"

老头好万万没有想到他还有这一招。于是他赶快大声说:"弟兄们别动,弟兄们别动,这是咱们蛐蛐,是咱们蛐蛐!"

土匪们能不听老头好的吗?于是大家就立刻把枪头冲向地。

此时,杨有民也发号施令:"告诉伙计们,起车!"

伙计们不敢怠慢,各个老板子"啪啪"地甩出鞭子,四挂大车,转眼间就从土匪马队中间穿越而过。

而这时,老头好又冷笑了一声,说:"小子,你不错呀!"

杨有民看看马车走远了,说:"什么也别说了,咱们交个朋友。"

然后杨有民一下子把他推向雪地里,用枪指着老头好说:"在我们没有走远时,告诉你的弟兄们,不要开枪。"

因为那时,杨有民出门的时候也带着自己的炮手,这些炮手已经把枪架在粉条垛上了。

老头好从雪地上爬起来喊道:"小兔崽子,给我打。"

于是，双方的枪声在东北平原的长岭大地、北方原野爆豆般响起。

土匪追赶杨有民，杨有民的人马抵挡土匪，这消息迅速地传遍了各地。

特别是洼中高一带的粉房，家家都在讲："完了完了，出事儿了，过不好年了。"

家里，陈掌柜哭了好几场儿，起来后就对家里人说："俺相信有民这小子没事儿，他一定会回来的！"

而更伤心的，就是车山前，这丫头猫在屋里，默默地点燃了三炷香，祈祷着："有民哥，平安回来吧，平安回来吧。"

到了年三十晚上了，车队也该回来了，可是陈家粉房依然不见卖粉的车队回来。

陈有福掌柜的又搬来了梯子，支在房上，爬上去，站在寒风中瞭望，别人劝也没用，就这么站着、眺望着……

夕阳渐渐地落山了，寒风吹刮着风雪在荒原上滚动。

许久，就见地平线上起了一趟黑线，人们再望去，渐渐地才看见，一个车队浩浩荡荡地回来啦！

陈掌柜下了房，迎到了门口。这时候，杨有民带着车队已经进了屯子。当回到陈家粉房门口的时候，陈有福才看见，那杨有民身上的皮袄已被火烧得灰糊，眼眉也被枪擦伤，但是他们终于平安地回来了。

杨有民见了掌柜的，拿出了一大包大洋放在了陈有福的怀里，说："东家，这回你的心就放下来吧，咱们能过一个好年了！"

陈掌柜的二话没说，他紧紧地拉着杨有民的手说："小子，好小子，俺今后就靠你了。陈招兵，他就是个逆子，今后这粉房的管理权就交给你了，你就给俺好好干！"

杨有民说："东家，没什么可谢的，这是我应该做的，你放心，今后有什么为难的事，我杨有民照样出头。"

婚姻巨变

陈招兵和车山前婚事有变的消息，在洼中高一带引起了轩然大波。

当时陈掌柜家的大儿子和老车家的大姑娘，要结婚事儿早已传开。可是万万没想到，陈有福的二儿子已经和车顺的二女儿完婚之后，临到陈招兵和车山前完婚的时候，却传来了这样的消息，这给车顺气得暴跳如雷，他觉得自己没有脸面见东家啊。而且山前从小在人家长大，人家收留了他们，现在女儿要变卦，这简直是给他脸上抹黑呀。

于是，他把老伴儿叫来了，说："这做的是啥事儿啊，咱们老车家这是哪辈子做损了，咋会有种事儿，不行，你把山前给俺找来。"

在这气头上，妻子就劝丈夫说："孩子的事儿咱也没法管啊，而且杨有民这小伙子真的不错。"

"不错？什么叫不错？自古以来，孩子的婚事得由爹娘做主，哪有当着这么多人的面自己做主的。"

车顺气得大骂，但是老伴儿拦着。这时，就听屋门吱嘎一响，是女儿车山前走了进来。

车山前说："爹，你不是找我吗？我来了。"

车顺顺手抓起炕上的一个笤帚疙瘩，就想去打女儿，老伴儿急忙上前拦住。

车山前冲到爹面前说："给你打，你打吧，可我告诉你，我没做啥错事，我没做啥见不得人的事儿，而且这个事儿，我也跟陈招兵说过，他陈招兵心里明白，我做的事可以让任何人知道。"

老爹气得说不出话来，恨不得撕了女儿，可是无论如何，孩子都大了，而且已经决定在五月中旬完婚。

当时，杨有民和车山前两人商量，婚后两人不回从前的老屯去住，决定搬到西伏山屯去住。

西伏山，当年人们只知道这个地方的粉特别好，也没有找到什么原因，只是听人说，从这西伏山的地形看，前边有一个山，像一条龙，龙头向东，龙尾向西，而且据说有个南方人一眼就相中了这里的水土，说有龙而行，地产金蛋，那金蛋是啥呀？指的就是土豆。

土豆花开结金蛋，百姓家家过大年。

但是，究竟什么原因，老百姓并不知道，人们对这种现象也不清楚，只知道这一带土豆长得好，所以开粉房的也多，几个村子里都开着粉房，而且都有粉匠走来走去。

这一天，传来一个消息，陈招兵要设宴招待车山前的丈夫杨有民。这件事儿又掀起了轩然大波，这不等于两个情敌"决斗"吗？那还有好吗？那还不得火拼呀。

而那时的陈招兵已经离开了村子，到县大队的剿匪队当了兵。

这个消息传来之前，杨有民已经娶了车山前，而且家已经搬到了西伏山一带了。人们听说当了兵的陈招兵要宴请杨有民，那不是鸿门宴吗？

首先听说这个消息的是弟弟陈买马，表示坚决不让见，因为他怕哥哥惹出是非，再加上妻子车有路来说服丈夫："你赶快去劝劝招兵哥，不要让他俩相见！"

可是，有路说完之后想了想又对丈夫说："我看这件事儿啊，咱们也无法阻拦，你想想，人生在世，两个山碰不到一块儿，两个人总有见面之时，我们能制止住吗？而且，他们早晚要见，依我看，我姐绝不是这样的人，我想姐夫杨有民也不是那样的人，所以他们要见面，就让他们见去吧，咱俩都是咸吃萝卜淡操心！"

丈夫觉得妻子车有路的话有一些道理，也就同意了这个建议。

"是福不是祸，是祸躲不过，到时只能见机行事了。"买马当时的心情是十分复杂的。他既知道哥哥的脾气，也了解杨有民是个不服输的主，可他哪个也劝不了。他只能在心里默念："千万可别出啥乱子呀。"

那一天，陈招兵已经在县里最大的饭庄三合馆子备下了一桌酒席，他扬言一定要见一见杨有民。

就在那一天，三合馆子的门前热闹非凡，因为当年，已经在县大队剿匪队当了兵的陈招兵还带来了许多朋友，他们扬言都要来会一会杨有民。

而在这件事情上，无论是杨有民还是车山前，他们都不同意见陈招兵。可是，陈招兵却放出了话，意思就是说，如果你不敢见，那一定是有见不得人的事儿。

这句话倒使很多想阻拦的人无法来阻拦了，事情显得十分棘手。

三合馆子的饭菜也做好了。就在坐在桌子正中间的陈招兵等着见杨有民之时，突然就听楼梯上响起了脚步声，陈招兵抬眼一看，原来是车山前来了。

结婚以后的车山前，显得更加丰满、漂亮，她特意在县理发店烫了那种团圆头，她穿着当年很时兴的一个旗袍，和妹妹车有路一起走了上来。

陈招兵大吃一惊，慌忙站起来说："你来干啥？我见的是杨有民！"

车山前说："你不见我？"

陈招兵说："对，我不见你，我见的是他。"

车山前说："我不让你见他，你想咋样？"

陈招兵说："那我就不见你，能咋样？"

车山前说："你不见我，我见你！"

二人四目相对。

这时，山前对妹妹有路说："你先上那屋去，我单独和他谈谈。"

但是有路也不敢离开姐姐，生怕出现什么麻烦。

车山前说："你离开，不要紧，他不会把我咋样？"

陈招兵也说："有路，你放心出去吧，我和你姐单独谈谈。"

车山前说："谈谈就谈谈，有啥不能谈的呢？有啥不能摆在桌面上的呢？"

于是，有路退出房间。

二人坐下之后，车山前说："有啥话你就说吧，你不要见人家杨有民，而且我跟杨有民是我自己愿意的，也不是他杨有民抢夺你的人。"

陈招兵说："我不问你这些事儿，我就问你，他哪个地方比我强？"

车山前说："他哪儿都比你强，浑身上下都比你强。"

陈招兵一愣："你这话咋讲？"

车山前说："咋讲？就上次卖粉那件事儿，我就恨你了！"

陈招兵说："卖粉的事？"

于是，车山前就把那次陈招兵的父亲要在年前卖粉条，让谁去谁也不敢，而是人家杨有民挺身而出，带着车队冒死面对土匪去卖粉的事儿一五一十地说了一遍，又加了一句，说："我现在问你，你能做出来吗？"

陈招兵说："这，这这这？"

车山前说："这什么？你给我说，你说呀？"

陈招兵说："我没啥可说的，我确实是没有带着车队帮着爹去卖粉，可说起来，人各有志，那你说我做错了吗？"

车山前说："错不错，全在自己，你说错就错，你说对就对，反正都有理由，是不是？"

陈招兵说："杨有民去卖粉，路上不是遇到了老头好土匪吗？现在遍地是匪，我到县大队当了兵，我这不也是为了百姓安全吗？这不是为了当地从今以后各粉房在卖粉、运粉的路上更安全一些吗？我做错了吗？"

车山前笑了笑说："说实在的，其实你当了兵，我也很佩服你，人各有志嘛，可是，你今天设这种鸿门宴，你啥意思？"

陈招兵说："啥意思，就这意思，我就要见见他！"

车山前说："我就不让你见。"

陈招兵说："我就不信，我今天见不到他，日后也要见他，我早晚要和他见面，这是你能拦得住的吗？"

车山前说："拦一时是一时，我绝不能看着你们两个人去决斗，而且我来就是告诉你这个意思，是我车山前自己要嫁给他，而不是人家夺你的人。"

陈招兵说："算了算了，你不要跟我解释，我见的就是他，如果你不让我见他，那么就是他心里有鬼。"

二人几乎要争吵起来，可就在此时，突然又听到二楼楼梯上传来了"咚咚咚"的脚步声，显然是一个男人的脚步声。

原来是杨有民来了。

就在这当口儿，陈招兵一愣，车山前也一愣，只见那二楼包间的挑帘一掀，一个男人的面孔出现在眼前。

杨有民敢在这种场合闯进来，这是一个惊人之举。

而此时，陈招兵也大吃一惊，他的手下意识地摁在了别在腰边的匣子枪上。

车山前上去一步，挡在了陈招兵和杨有民之间。

杨有民却说："山前，你闪开，我要单独和陈招兵谈谈。"

陈招兵也说："山前，你闪开，我要单独和杨有民谈谈。"

两个人针尖对麦芒，四目相对。这时，车有路急忙闯进来拉住姐姐，而这时陈招兵也说："有路，你领你姐姐离开这里，我们两人谈谈，这不是你们待的地方。"

杨有民也对车有路说："有路，你放心吧，你领你姐姐先离开，有些事只能我们单独解决。"

屋里只剩下陈招兵和杨有民两个人四目相对，他们坐了下来。

此时先发话的是杨有民，他说："陈招兵，你找我来，我来了，有什么话，你说吧。"

陈招兵说："杨有民，我就问你一句话，你是咋把山前夺到手的？"

杨有民笑笑，说："招兵，不是我夺，有些东西，包括人，不是靠抢和夺得到的。"

此话一出，陈招兵怒火冲天，"啪"地把匣子枪掏出来拍在了桌子上。

杨有民一动不动地继续道："招兵，其实我可以告诉你，山前是个好姑娘，她看中我什么你也知道，说实话，当时陈东家愁成那样，那是你爹呀，你爹卖粉卖不出去，不能给伙计们开工钱，大伙会恨的是谁？恨的不是你爹吗？在那个时刻，我出头带人去卖粉，除了你爹称赞我之外，我爹也称赞我，而且两个老辈人不容易啊，你也知道，咱们这一带就是出粉的，可是粉出了之后得卖呀，那么谁敢去卖？你说，我难道带人去卖粉有错吗？"

陈招兵："这……"

杨有民说："招兵，我跟你说实在的，我不是夺你之爱，我是看着老爷子心疼，我冒险把东家的粉卖出去了，山前姑娘觉得我杨有民够忠义，所以就看上了我，不是我夺你的心头之爱，而是山前姑娘和大家想的是一样的，她觉得在咱们这一带，粉条漏出来之后，卖不出去，那不是一个好的粉匠，粉匠既要会漏粉、制粉，也得会卖粉、送粉，这才是本事，你说我说错了吗？"

陈招兵说："可是，我也要问你，我当兵剿匪，我做错了吗？"

杨有民话头一转说："你可能有你的理想，但咱们也得看看眼前啊。"

陈招兵抢过话茬说："就是因为咱们这一带遍地土匪，老百姓生活没有个安宁之日，我离开家，投入到县大队，那我错了吗？如果我不领着人把一些当地的土匪扫平，老百姓的日子咋过？粉房今后卖粉不还得遇着土匪吗？那你说我错了吗？"

杨有民："这……"

陈招兵说："这什么？其实我说句心里话，我今天要见你，是咱哥俩谈一谈，现在看，其实我也没错，你也没错。"

杨有民说："那么，你这话是说山前错了吗？"

陈招兵说："这……"

杨有民说："这什么？你说呀！"

这回该轮到杨有民逼问陈招兵："山前先前爱的是你，因为你们俩从小长到大，两小无猜，可是长大了，人家山前就有了自己的想法了，那你说山前跟我，她错了吗？"

突然，只听陈招兵喊道："店小二！上酒！"

屋外的许多朋友、亲属一听说他喊上酒，都觉得事情可能是有了转机，但是谁也不敢进来，只是在门口向里边张望。

店小二端上一壶酒，分别倒在两个碗当中，递给了杨有民和陈招兵。

杨有民端起酒杯："招兵，今天咱哥俩会面，其实不是咱俩，众乡亲和粉房的很多伙计们也都看着呢，咱们兄弟俩，其实不是一个目标吗？

不还是为了这一方水土平安，漏粉能够有销有卖，顺利长久吗？"

陈招兵站起来："其实今天要见你，请这顿酒席，别说我原来的想法，现在，咱哥俩心思是一致的。"

两个血气方刚的年轻人，一场看似决斗的剧情，在两人举起酒杯的一刹那，一切都烟消云散了。

这也许就是三青山人的忠义。

"一致的心思。"陈招兵说。

杨有民说："好！既然是一致的心思，那我们就干了这杯！"

陈招兵也高举酒杯："干！"

于是，二人将杯中的酒一饮而尽。

这时陈招兵招呼他的部下，杨有民也招呼山前和妻妹都进来，人们这才涌了进来。

就这样，人们怀疑的枪剑之战，转眼变成了一场意想不到的结缘之宴。

这次，杨有民和陈招兵的相见，在当地也传出了许多说法。

有的人说："那是陈招兵的枪吓住了杨有民。"

也有人说："人家杨有民根本不在乎这个事儿，人自己闯上来的，用自己的道理说服了陈招兵。"

当然，话说什么的都有，不过说来说去，最后一个结局，那就是二人变成了好朋友。

自此之后，在这一带，人们确实消停了几年，因为陈招兵在县衙大队当了剿匪队长，这里的许多粉房，也能够比较安稳、有序地进行着自己的粉业制作和销售，洼中高的粉业也越来越红火了。

碧水之源

　　三青山的粉业为什么越开越大，利润越来越高，原因当然是和洼中高的水土有关，也和这一带的山水有关，屯子里几乎家家都开起了粉房。

　　粉房逐渐开多了，一件奇怪的事情被杨有民发现了。

　　一天早晨，杨有民起来去放马，在太阳还没升起之前，他突然看见一个人，提着个灯笼，沿着河旁边的一个小道往前走，好像在寻找着什么。

　　草地里有啥呢？在草地里他能找着啥呢？这使得杨有民实在不解。于是，他就送回马，偷偷地跟着他。

　　只见这个人一边走，一边用灯笼照照眼前的草稞子，照一会儿，又掏出一个纸本儿，往上面记着什么？

　　杨有民在后边打量此人，他并不认识，他是哪来的呢？这个人是干啥的呢？

　　其实这个人，就是几年前从南边来的那个南丁，南丁曾经在一个老太太家卖磨，也就是我们所说的那个粉娘子吴老太太。

　　她家买了石磨以后，当地的石磨也越来越多，这引起了南丁的注意。南丁想，为什么此地粉房这么多呢？

　　南方人都聪明啊，思来想去，他突然发现，此地肯定有与别处的不同之处，为什么？他知道此地产粉，是因为有土豆，而土豆在此地的红沙土下越长越好，变成了一个个金蛋，红沙土好，这没说的，可是磨粉得有水呀。水，当然，大河小河，大地深处都有水，可为什么这一带的粉却这么好吃呢，难道与这里的水有啥关系吗？

　　这件事情使得南丁心中有了一个疑惑，是不是这一带水不一样呢？

　　于是，他在县城里租了一个客店，每天偷偷地潜入到三青山一带洼地、岗坡，查看河旁的水线，他沿着草稞子来寻找水的走向，寻着草的生长规律。

　　每天早上，太阳未出之前，草上结满了露珠，他的脚一碰，那露珠"唰"的一声掉下一片，然后，南丁就提着灯笼照一照，查看水珠落在自己的脚上、手上是什么样子，是什么感觉。

他闻了闻，然后按照这露水的气味和草上露珠的程度，他继续寻找着地下的水线。

水线在草上，就成为露水，而露水折射月光形成露水闪。往往是在晴朗的夏季和秋季夜晚天空会打这种闪，《山海经》《水经注》和《天工开物》都有记载，说明地下水有清晰的水线。

这个道理谁也不知道，可是却深深地埋在这个南方人的心里，他于是按照露水四处寻找地下的水线，来摸清这里粉好与水、与闪、与露珠的关系。

这个事情被杨有民发现之后，杨有民也不对任何人说，甚至也没对山前说。

山前近期也发现丈夫很奇怪，他天天早晨起来说是去放马，可他并没有牵马，马还在圈里拴着，那么他去干啥呢？山前对丈夫这种鬼鬼祟祟的行为产生了怀疑。

有一天，当杨有民暗暗跟踪南丁寻找水线的时候，山前也偷偷地跟随着杨有民，走上了三青山茫茫的原野，她想看看丈夫到底在干啥？

终于，当天晚上回来的时候，山前对丈夫说："有民，你为啥鬼鬼祟祟地跟着那个人？"

杨有民笑笑说："你看着了？"

山前说："我偷偷地跟着你，我以为你是三心二意，或者有了别的女人了。"

"哈哈。"杨有民笑了笑说："山前哪，你还真挺有心，其实我告诉你，我也不知道这个人是干啥的，可我觉得奇怪呀，我奇怪，我也不能直接问人家呀，于是我就打听了此人的来历，原来他是住在县城悦来客栈里的一个常客，老板说，这个南方人，每天回来之后就整理笔记，记了许多记号，从那些记号看，全是水、水、水。我就想知道，他为啥到咱们这一带来看水，我觉得其中必有秘密。"

这时山前说："哎呀！还别说，你小子可真有心眼儿，这事儿好办，我听说呀,这个人曾经跟粉娘吴老太太很熟,我去问问粉娘,看看究竟是咋回事,摸摸他在咱们这一带转悠,究竟干啥。"

于是,杨有民在继续跟踪着南丁寻找水线的同时,山前找到了吴老太太,这才知道,这个人就是当年从南方拉石头到洼中高一带卖石磨的人。

心细的杨有民以做石磨为借口,渐渐地和南丁交上了朋友,也越谈越投机。

终于有一天,南丁对杨有民说:"我告诉你吧!你们这一带的水与别的地方完全不同,为啥你们的粉条出名,是因为水好。"

"啥?是因为这一带的地下水好?"

"对呀,所以你们用这种地下水来制粉,产出的粉条才又白又润,下锅抗煮抗炖,吃起来也与其他的粉味道不同。"

这件事情,也使杨有民大吃一惊,于是杨有民就对南丁说:"兄弟,这么说,是你看破了天机呀?"

南丁说:"兄弟,不是我看破了天机,是你们这一带的很多人,光知道开粉房,还没有注意到这个秘诀,我看咱哥俩以后就开始合作,在这一带把粉条生意做好,产出大量的粉条,如果可以送给朝廷,那你我还愁没官当吗?"

"哈哈哈!"杨有民听了笑着说:"你小子可真有心眼儿,好吧,南先生,那么咱哥俩共同来图谋这个大业,你看咋样?"

"好啊,好啊,如果说今后我们在这里干出来一番事业,我想后人也会记得咱们的。"

"好,好!但是,我现在跟你说,眼下你不要把这个消息传出去,现在只有你和我知道。"

"好。"

"你发誓。"

"你放心吧。"

二人像小孩一样来了个民间仪式:"拉钩上吊一万年不再变。"

于是,二人决定守住这个秘密。

在三青山一带，水好所以土豆好，土豆好所以漏出的粉才叫绝。

这个秘密一直深深地藏在二人的心里，当然，当地的村民也只知其一，不知其二，因为他们相信杨有民。

这件事情藏在二人的心里，却出现了两个不同的结局。

经过了多年的发展，转眼已经到了清末民初了。此时，杨有民和车山前已经生下了五个儿子，这五个儿子个个都开粉房，而且粉房在这一带越开越多，屯子也越扩越大，从前的西伏山就渐渐地多出了今天看到的一个古怪的名字，什么名字呢？那就是借贷庄！而且叫前借贷、后借贷。

借贷二字，明眼人一眼可辨，那是借钱哪，那是中国民间古老的抬钱的办法和一种生存民俗。中国民间百姓生活有民间的经济来往，国家有国家的经济收入，而在民间，就有一种交往叫借贷。

那时节，杨有民和车山前都已经渐渐老了，可是五个儿子却生龙活虎，他们开粉房卖土豆粉，买了大量的地，逐渐地整个老杨家已经有了上千垧土地，使得杨有民家越来越富，变成了南北二屯甚至整个长岭知名的大户。

当年卖粉，往往是各家的粉房一到冬天的年根儿前，粉出来之后，要由各粉房掌柜自己套车送往集市、寺庙以及需要粉的各大买卖商号，得给人家去送。但是，路上往往会遭遇土匪抢劫，一般人不敢走。这时候，这一带就出现了一个奇怪的集团——粉条帮。

粉条帮用今天的话说就是卖粉的集团，可是那时候这个粉条帮势力非常强大，也就是说，当各个粉房的粉弄完之后正愁卖的时候，粉条帮就来人收购了。他们自己带着车，有专门押车的兵马，再也不用人们费力地去往外卖粉了。

而这个粉条帮的当家人是谁呢？故事讲到这里，可以告诉大家，他们就是南丁和他的后人，也就是当年走进长岭一带寻找水线的那个卖磨的南方人。

如今这南方人看上去已不再年轻，毕竟已是岁数大的老人啦，但浑身还是透着一种精明气儿。

正是当年他以自己精准的眼光注意到，这一带的粉之所以好，是因为有一条水线，这条水线深深地埋在三青山地下水当中，在这里的地下沙缝中流淌。就是因为地下水线非常的清澈甘甜，而且这水加上独特的红沙土，极利于土豆的生长，特别是到地面以后，拉磨磨出浆水，既清亮又透彻，使得粉条从一开始就具有着一种优秀的品质。

南丁终于以自己敏锐的目光发现了这巨大的商机。南丁在浙江一带的家里有各种买卖，买卖当中包括实业，而这种职业眼光使得他广泛地注意到北方的粉业发展有无尽的前程。所以，他把很多亲戚都带到了北方，在长岭秘密建立了一个粉条帮。

粉条帮专门收购当地的粉条，然后再经他手去转卖，极大地解决了当地粉匠们不敢出门卖粉的忧愁。南丁具有很多独特的组织能力，他创建了一种奇特的机构，大机构下设许多小机构，各司其职。因此，他的粉条帮不但覆盖了长岭的粉，还逐渐往北扩，进入到洮儿河领域生产粉的村屯，包括往西进入到今天的哲里木，往南已经覆盖了黄龙府（农安）和宽城子一带，也就是今天的长春。

那时，在清末民初，东北的中东铁路已经逐渐地打通，而且他收购了大量的粉条，有许多是通过他的马队运到火车站，装上中东铁路的火车运往南方。

那时候，洼中高一带的粉匠们还是老实巴交的，他们依然朴实地固守着自己的粉房，只知道漏、做、晾、晒，还不懂粉条的营销。而最先插手营销的南丁，却把自己的经营智慧一下子注入到这块土地中了，这使得洼中高一带村屯的粉匠们个个都有了一种生产粉条的劲头，而这种生产粉条的劲头让人们产生了新的机遇。

粉帮探秘

在吉林省的西部长岭地区，民间常形容这里是"七十二个坨子一个骆驼脖子"。

"七十二个坨子一个骆驼脖子"，那是指长岭这一带的地形非常奇特，而且长岭这一带最古老的村屯、县城是"井字方"，古城连古城。长岭往东南一带，是靠近长春的黄龙府，也就是今天所说的农安，那时候这一带的大地界叫伏龙泉。

伏龙泉紧靠着西伏山，当地有个叫孙八仙的人，这个孙八仙是打草的草户，因为在长岭这个地区很多人家除了做粉之外，还有养牛、养马、养驴、养羊的，冬天喂养就需要草，需要储存草料。于是，这孙八仙就雇了很多伙计打草。

从夏天到秋天，直到入冬之前，大地起霜了，打出的许多草，就堆在伏龙泉南侧一个大院子里。

突然有一年，人们发现了一个奇怪的事情，只见这伏龙泉南面孙八仙的老院子里，突然就盖起了十几间大房子，当地人称呼这个房子叫"青砖挂面草撸墙"。

什么叫"青砖挂面草撸墙"？就是用青砖挂在墙面砌起的房子。

"青砖"其实就是当地的那种堡子。在三青山的碗铺屯、下头子屯、兰家粉房屯、王大院屯、陈磨坊屯、后借贷庄屯、前借贷庄屯、邱家屯一带的草地都出堡子。

这里的草地经过多年的沉淀，最后草甸子上逐渐就有了一种神奇的草炭土，这种草炭土用锹一挖，形成一块一块像砖一样的东西，而且百姓经常得去背堡子。

到草地背堡子之后，送到孙八仙的院子里帮他修墙、盖院，有人也叫它草橹墙。

"草撸墙"，就是在这种堡子的外表再撸上一层泥，这种泥里头掺着秧角（也叫洋角），然后垛成了墙。

孙八仙要干什么呢？这十几间大房子又是干啥用的？当时周边的老百姓谁也不知道，也不明白！

原来，各家所漏的粉，到卖的时候就会有一些人主动上门来收购，本来粉匠们再也不用冒着被胡子们截住的风险出去卖粉了，都直接卖给这些人，这是好事呀，大家都很感谢粉条帮。

但没过多久，粉匠们才发现，自己生产的粉条，价格越来越低，到后期已经看不到利润了，当粉匠们想自己销售时，突然变成了官府、督军、衙门的上缴任务了。一时间，粉匠们都陷入了恐慌之中，而这时，粉条帮又失去了踪影。

渐渐地，有人发现，收完粉的大车基本上都直奔伏龙泉以南赶去，赶到哪儿去了？大伙儿谁也不知道。

有一天，西伏山村的陈磨坊屯里传来一个消息说："各个粉房当家的都注意啊，上边发话了，明天早上要收齐三万斤粉条，如果交不齐，那么这个屯就得派人去出民工，修松花江河堤。"

转眼间，消息就都传开了。

村里有一户人家，老两口领一个孩子过日子，当家的是个罗锅儿，老太太还有点儿瘸，孩子叫狗剩。本来按当时东北农村的规矩，给孩子取个狗剩儿、狗蛋儿、傻蛋儿这样的名字，孩子会好养活，可狗剩生下来还好好的，一个生日以后，只有脑袋和上半身在长，慢慢地下半身就没了知觉，从此狗剩只能靠两只手拖着身子移动。

说狗剩当时还是孩子，其实也有十二三岁了，除了脑袋灵光，加上两只手有点力气，平常就像一床破被一样被扔在炕上。

这洼中高三青山一带的人，心眼都好使，狗剩家的生活全靠乡亲们你救济一把，我救济一把。平常他家也不漏粉，但是到漏粉时节了，这家给送一碗手拍粉，那家给送点粉条子，总少不了狗剩家大人孩子吃的。

而且由于他们身体都有残疾，不能干活，所以当时有许多人就照顾他们，谁家苞米下来了，谁家黄瓜下来了，谁家豆角下来了，都摘一把、撸一筐，放到狗剩家的院子里。

一来二去，狗剩他妈也不问，出门就说："哎，做饭了，炖豆角喽。"但心里头知道，这是屯里乡亲们对这一家人的照顾啊。

一年又一年，村里人对他们家的这种照顾，使狗剩家三口人感激不尽。

一天天刚黑，保长扛着几捆粉条来到了狗剩家，对狗剩他爹说："哎呀，狗剩他爹，这可咋整？这天天哪，有人来催呀，说要交粉条子，明天如果咱要再不交够，咱这村的人都得去出民工、去卖力，修松花江河堤，还说家家都得交，一户不落。"

狗剩爹说："那咋办？"

保长说："能咋办？咱们就是受欺负的命吧。"

狗剩爹说："没有招儿了？"

保长说："我就想知道这些粉条都拉哪去了，虽然原来价格低，我们多少还能赚点儿，现在倒好，不光没了赚头儿，收粉条的还赊账，拿上面督军压咱们。"

保长指了指扛来的粉条，接着说："每家每户都得交，这不，你家的我给你拿来了。"

狗剩爹羞愧地说："唉！我可咋报答你和乡亲们的恩情哪？"

保长说："狗剩他爹，你想报恩，就做一件让乡亲们佩服你的大事儿。"

狗剩爹更加羞愧地说："保长，我罗锅吧唧的，能干啥事？还大事儿。"

保长说："我今天来，就是想和你商量一件大事儿。"

狗剩爹说："保长啊，我能干啥事呀？如果我能做的，你只管说，头拱地我都干。"

于是，保长就一五一十地把自己的打算说了一遍。

原来，保长想让狗剩偷偷地藏在粉条垛里，看看这粉条究竟拉到什么地方去了。因为狗剩长得小，脑子又灵光，可以藏到粉条垛子里头不让人知道，才能探听这个消息，其他的孩子做不到，但是也有一些危险，万一被人发现，非给打死不可，那可是肉包子打狗，有去无回呀！

当时狗剩爹问："啥时出发？"

保长说："明儿早上，趁着粉条车路过你家门口装粉条的时候，让狗剩藏在这几捆粉条里,然后把这几捆粉条扛上去,垛在垛里。"

狗剩爹说:"放心,保长,这个事儿咱不能不干。"

保长走了之后,狗剩爹就对老伴儿说:"我说屋里的,我看这事儿啊,咱就冒一次险吧,让狗剩藏在粉条捆里,去给保长探听探听咱们这些粉条都运哪去了。"

狗剩娘说:"那可不行,这是条命啊,万一被人发现,我儿子不得被人打死吗?如果狗剩没了,咱俩还咋活呀?这事咱俩不能定,你得亲自去跟狗剩说。"

狗剩爹说:"好,你等着,我去说!"

于是,狗剩爹就直接进了屋,来到狗剩面前说:"儿啊,有一件事儿,只能你去办。"

狗剩一听,问:"啥事?爹,你说。"

于是,狗剩爹就把保长的主意说了一遍,又加了一句:"就是想让你去探听一下,这些粉条都拉到什么地方去了?可这有危险啊,保不准一去不回。派大人去,容易被发现,别的小孩脑子不灵光,胆子又小,容易坏事,只好……"

他万万没有想到,当老爹的话刚一说完,就听狗剩说:"爹,还商量啥呀,就这么干!这些年了,乡亲们里里外外地照顾咱家,你罗锅吧唧的,我娘瘸腿吧唧的,我还这样,不都是乡亲们照顾咱们吗?咱们三青山的人,你帮我,我帮你,你拉扯我,我拉扯你,一辈一辈往前移,现在有这么一件让咱家露脸的事,咱不干谁干呢?去,我去!"

"万一回不来,可咋办?"狗剩娘说着眼泪掉了下来。

狗剩说:"娘,没事儿的,就是有事儿,我也算给咱家、给咱村儿争气了。就我这样,还能干啥?"

老两口万万没想到,孩子答应得这么痛快。

于是,爹娘感动得眼泪吧嗒吧嗒直往下掉,上去一把搂住了儿子……

第二天天亮之前,狗剩他娘给孩子抖搂抖搂面袋子,做了一碗面疙瘩汤。从前,咱们东北有一句俗话:"三分病,七分装,一心想喝疙瘩汤。"

也就是说，那时候没好吃的，这面疙瘩汤就是最好的了，而且老两口含着眼泪想，这可能是给儿子送行啊，也可能是今生今世儿子最后吃上的一碗疙瘩汤啊。

狗剩吃完了饭，爹娘两人含泪把儿子狗剩卷吧卷吧就塞到了粉条中间了。

天刚亮，只听黎明前的黑暗中，拉粉条的车老板子几声"驾！驾！驾"的吆喝声，收粉的车来了。

狗剩爹和狗剩娘悄悄地对儿子嘱咐说："儿啊，你一定别吱声啊，进到粉条库以后，你就好好地看看是什么地方，记死了地方，然后，爹娘偷偷跟着，不管出啥事，爹娘一定想法儿把你救回来。记住哇！"

狗剩说："爹，娘，你们放心吧，我自有主张。"

就这样，狗剩他爹把裹着儿子的这几捆粉装进了大麻袋，和老伴儿俩一起抬到了院门口收粉的车上，这收粉大车赶着就向远方走去了。

狗剩偷偷地扒开麻袋口，细细地记着路，这车一路颠簸，一走就走了小半天，车才停下来。

有人抬着装有狗剩的粉条捆的麻袋子，把它垛在了库里，库里又凉又冷。夜深人静的时候，被冻得瑟瑟发抖的狗剩，悄悄地从粉条捆里爬出来，睁眼一看，哎呀，只见大库里堆满了粉条，靠近粉条垛旁边的青砖挂面草撸墙上有一个为了透气的小窗户，还别说，这个小窗户正好他能爬出去。

当天夜里，狗剩费了九牛二虎之力，凭着两只手的攀爬，愣是从这小窗口偷偷地爬出了大库。

爬到院子里，借着月光再看，这个院子里足足有十多间这样的库房，他数了数，每一个库里能装三万多斤粉条。天哪！原来都在这儿呢，可运到这干啥呢？他却不知道。

但他听见一间亮着灯光的小屋里有说话声，他悄悄爬过去，只听一个人说："这些上等粉如果卖完，咱家就又发了一笔，等着发财吧！"

而此刻，夜深人静，看守粉条库的人都在大门外守着，于是他偷偷地从墙下面的一个狗洞里爬了出去。

他没有出过远门，隐约感觉自己是从西北方向来的，他辨好方向，用两只手撑着身子就向家爬去……

家里，保长派人跟踪拉粉车走了一段路，临近伏龙泉时，路上就隔一段距离有一个持枪的岗哨，人已经跟踪不上了。保长就和几个人偷偷地守在附近，以接应狗剩。

天亮了，等狗剩爹娘和保长等人找到他时，狗剩简直变成了血人儿。

保长急忙把狗剩紧紧地抱在怀里，狗剩微弱的声音传到保长的耳中："我都看明白了……"

保长哭着说："好孩子，咱们回家再说。"

人们轮流抱着狗剩，都哭着向村里跑去……

狗剩所探听的这个地方是啥地方呢？其实，这正是咱们前面说的伏龙泉南孙八仙的粉条库。这孙八仙已经和南丁的后人勾结在了一起，形成了一个新的粉条帮。

这新的粉条帮是把伏龙泉、西伏山、三青山、陈家磨房，还有西树林、东树林、宝青山、义发坎、大会屯、刘家坨子屯、依坨子屯、侯家草房屯、前伏山屯、葛家屯、蔡家屯、张纯英屯、大房身屯等一些村落的粉房生产的粉都囤积在这里，然后再由他们转手卖往四面八方。

那个大库表面是孙八仙的，背后却是南丁和他的儿子们、亲戚们的。他们把这些粉条囤积在这里，收购时他把粉条的价格一压再压，而对外卖的时候，却一涨再涨。其实粉匠们并没有得到什么好处，这件事情就这样暴露出来了。

通过不断地打探，孙八仙和粉条帮共同囤积粉条、操弄粉条价格的事情终于水落石出。保长也明白了，怪不得现在咱们这粉这么便宜？原来是他们这些人弄的呀。

义发阚情

粉条帮的人勾结官府，欺压粉匠的事情探究明白后，保长赶紧将此事报告给了村里的大户，包括村里的老东家和有威望的人。当年村里有威望的老人里，当然包括车山前的老伴杨有民。

当年的杨有民可谓谋略极深，而且他和车山前生了五个儿子，更是在村里开了十来个粉房。

一听此事，他十分生气，在杨有民的召集下，各村的保长、维持会长、粉匠、掌柜的都秘密地来到叫黑山嘴的屯子，大家商量怎么办？

怎么办？咱们不能吃这哑巴亏，尽管表面上来看，好像是咱们的粉条销路更好了，也减少了不少胡子抢夺的危险，可实际上这些粉条却被他们垄断了，这咋能行呢？可不行，总得有个办法呀。

大家七嘴八舌地说："杨大当家的，你给想个办法吧。"

有人说："要不咱们组织人去抢回来。"

杨有民说："孙八仙已经把西伏山、三青山一带的粉条运到了人家伏龙泉以南的地界上去了，不是咱的地盘，你要是抢，那根本办不到，何况人家还有官府撑腰。"

有人说："要不就告这南方人，他背着我们把粉条囤积在别的地方，属于欺诈。"

杨有民说："也不行，他们有官府后台，咱们打不赢这官司。"

有人又说："杨大当家的，你说这不行，那不行，那这件事不能这么算了呀。"

杨有民说："我看呢，咱们得推举出一个人来主事儿。"

推举谁呢？大家想来想去，忽然想到了一个人，大家不约而同地喊道："兰永山！"

因为当年，那些囤积粉条的人，都看中了兰家粉房，但兰永山根本就不搭这个茬。

这个人，不但是粉匠、掌柜的，又是当年洼中高和三青山一带各种行业的总管,他家粉房雇的粉匠、铁匠、木匠、皮匠、石匠等,都由他来亲自指挥,人缘儿也好,大伙儿也信得着他,而且他能主事儿,肯定能帮上百姓和粉匠们忙。

于是,在杨有民的带领下,大伙儿匆匆地赶到了三青山的兰家粉房,找到了兰永山。

兰永山一见大伙来了,他急忙摆上酒席招待大伙,并说:"咋这么齐啊?大家伙是不是有啥事到我家来了?"

于是杨有民就把事情的经过说了一遍,又加了一句:"永山啊,现在到了节骨眼儿了,这些粉可都是大家伙辛辛苦苦漏出来的,却都叫他们给弄去了,各地买粉的都把咱给踢开了,把这洼中高给踢开了,这哪能行呢?咱们得把它全夺回来,所以商量来商量去,让你挑这个头儿。"

兰永山一听,就笑了:"哈哈,我先谢谢诸位对我的信任啊,可是我也提醒大家,你想想,这些年来,南丁这小子从卖磨开始到收购粉条,不是一天半天,他干这种事儿,背后能没有人吗?"

对呀!兰永山这提议一出,所有的粉匠都哑口无言了。

是啊,你告人家,除了有理,一定有人哪。自古道:"衙门大门冲南开,有理没钱你莫进来。"

首先得有打官司的钱哪,提到钱,各屯的粉匠都表示愿意出这笔经费,各家平摊。

兰永山接着又说:"这事儿得想得细点,钱不是问题,可是这个官司谁去打?这个官司谁去告?"

众人正不知所以时,兰永山望向杨有民接着说:"杨老爷子,我倒是想举荐一个人。"

兰永山话未说完,就见在旁边抽烟默默不语的杨有民把烟袋从嘴里抽出来说:"永山啊,莫不是咱俩想到的是一个人吧。"

"谁?"

杨有民说:"咱们义发阚的老阚家,阚五爷。"

兰永山和杨有民对着众人哈哈大笑起来。

众人有些疑惑:"嗯?老阚家,阚五爷,他行吗?"

杨有民把烟袋锅在炕沿上磕打了几下,又重新装上一锅蛤蟆头,抽着说:"难道你们忘了吗?这义发阚的名号是咋来的?"

众人都望着杨有民。

杨有民慢慢地说道:"有一年啊,老阚家在这里开荒占草,和他同时来的,有一个老侯家,还有一个老张家,人称张员外。当年这几户人家共同开荒占草,可是张员外实在是跋扈,他瞧不起人家老侯,占了人家老侯的一块草甸子,可是他来了个恶人先告状,就借机奏了老侯家一本,想夺人家老侯家的地呀。"

大伙儿一听,说:"对呀对呀,是有这么回事啊。"

杨有民接着说:"你忘了吗?那老阚家,可不是一般的打官司能手啊,就说此地为啥叫义发阚吧,那是因为老阚家打赢了一场官司留下的名。"

原来,当年老阚家从山东登州府闯关东来到了这片地界的时候,是清乾隆六十年,当时阚老爷子来了之后,一连娶了两房老婆,而且这两房老婆,一房比一房厉害,前房生了一窝,后房生了一窝,等到老爷子和两个老太太老了故去以后,财产越积越多,后代也都不太平静了,于是就有人张罗分家。

分家咋分?这里可有讲究。

研究来研究去,最后决定"按老太太分",而不是照着人头分。

按老太太分家,当时还是个奇特的分法,怎么叫按老太太分呢?

按老太太分,就是按坟茔地分。

按坟茔地分家,这在中国历史上绝无仅有,而在东北长岭的粉文化之乡,这按老太太分,却有着一种久远的历史和独特的意义,说明人一旦有了财产,要讲清楚自己的族系和来源。

按老太太分,谁也没有异议,分谁?只能是按照自己的母系去分家,谁也说不出啥,这简直是一个奇特的分法。

记得当时,老阚家的所有族人都来到了坟地,当着所有人的面儿,给老爷子和两个老太太起坟,这个事情在当时轰动了洼中高。

当喇叭匠吹着喇叭，上面罩上红棚，人们戴上了红手套，拿起了一把红斧和红锹去挖开坟墓的时候，才大吃一惊，只见那棺椁早已被苇根子、树根子缠在了一起，无法分。

无法分也得分，怎么分？

只能用斧子砍开了缠在棺椁上的苇根子和树根子，这才把家分清。所以，也有的当地人管义发坎又叫"一斧砍"。

而这种分家的办法，在当时被传为佳话。大家都对老阚家老爷子另眼看待，都觉得这老爷子不但有智慧，而且老爷子还有品质、有品德。他以此法分家，谁也无法来说啥。于是，这阚老爷子的威望在当地大大地提升。谁家有了大事小情，都来找老阚家，让他帮着出谋划策，而且老阚家的人也好，人心向众，谁家有了为难的事，老阚家二话不说，前去帮忙解难。

据说有一次，一个人四十多岁了还没说上媳妇，好不容易娶了一个小寡妇，可是抬着小寡妇的花轿走到半路上突然就不走了，小寡妇下了轿，坐在地头就呜呜哭，后悔不应该嫁给一个老光棍儿。

消息传到村里，村里人说咋办？大伙儿出主意，赶快去找阚五爷呀，这阚五爷会解这个难的。

于是，送信儿人就跑到了阚五爷家，把这事情一五一十地说了一遍，又加了一句："阚五爷，你快去看看吧，这小媳妇说啥她也不上轿了，不走了。"

阚五爷一听，说："别急，我去。"

这阚五爷就跟着来到了道路口一看，果真路旁停着一抬轿，轿下边坐着一个小媳妇"呜呜"在哭。

阚五爷上前说："丫头，你咋不上轿呢？人家那边啥都准备好了，都在等你哪。"

只听这媳妇说："我不走了，我不去了，我后悔了，他太老。"

阚五爷说："不管多老，你们当初都说好的，现在你不上轿，那哪成？你有什么难处，跟五爷说，五爷我头拱地也给你办。"

一听这话，就见那小寡妇从地上站起来说："真的吗？"

"真的。"

"你说话算数不？"

"算数！"

只见她往西一看，就见路旁村子里一户人家正在盖房子，而且那房子已经盖好了，正在挂红上梁。

小媳妇用手一指说："我就要那座房子。"

阚五爷一听，说："好，你等着……"

说完，阚五爷回头就奔村子里走去了。

小媳妇这时也有点后悔，心想，我这是不是有点过分了。又一想，反正这么大的事儿，这老头儿也办不到。

那时，上梁的人家一见阚五爷来了，以为阚五爷是来喝喜酒的，边迎边请："哎呀，阚五爷大驾光临，快进屋，进屋！"

阚五爷说："别忙，兄弟，我有个事儿跟你商量。"

阚五爷就把这小媳妇儿不上轿的事儿说了一遍。

阚五爷问："这房子不管啥价，你都转给我，我好圆这门姻缘。"

此话一出，使得盖房的这户人家十分感动，就说："好，五爷，什么也别说了，这房子归你了！"

于是这阚五爷回头来到了道边，他对小媳妇说："好了，这房子给你了。"

小媳妇这才擦了擦眼泪，上了轿子。

像这样在当地传为佳话的故事一件接一件。

阚五爷曾经住的地方叫草房子村，就是前面杨有民讲的老阚家在这里开荒占草，同时还有老侯家和老张家。

老侯家被人欺负？谁欺负？张员外。

老侯家两口子半夜哭着来到他家："五爷呀，欺负人哪，还把我给告了，我有口难辩哪，明明是他占我的地，却说我占他的地。"

阚五爷说："别说了，明天我去。"

第二天，这阚五爷就来到了县衙。他进了县衙，大吃一惊，只见县长张呈泰的旁边正坐着张员外，本来他是被告，却被县官赐了座，那嚣张劲儿简直让人看不下眼儿去。

看到这里，阚五爷说："县官老爷，我告辞了，我不告了。"

他转身就走，却听县长张呈泰"啪"地一拍惊堂木怒喝道："站下！你干啥来了？"

"我告状来了？"

"告状来了，你不告就走，你是在戏弄本官不成？给我拿下。"

阚五爷说："慢！"

张呈泰说："理亏了吧？你有理能不告吗？你还是没理。"

这时候，只见阚五爷笑了笑，说："大人，我看见这大堂有他坐的地儿，却没我站的地儿，你说我还告啥？"

"那你还告不告了？"

"告！本人实话告诉你，我不在你县里告了，我要到州里去告。"

"你到州里去告？"此话一出，使得张呈泰大吃一惊，心想，是我小看这阚五爷啦，他是来者不善，善者不来呀！

于是，张呈泰县长也赐他一个座，说："好好好！你先坐下，我问你两句话。"

阚五爷于是就坐下了。

张呈泰说："我问你，老侯家和你有啥亲？"

"没有亲？"

"老侯家和你有啥故？"

"没有故。"

"那你不沾亲，不带故，为啥替他家说话，为啥？你说呀，我问你呢？"

"为一个'义'！"

"义？"

"对！"

"你说说看。"

"老爷,我告诉你,我不沾亲,不带故,我能替他侯家说话,是因为有人欺负他,我实在看不过去!"

"啊?是这样。"

"对呀,是有人破坏了咱们这地方的大义,你稍微打听打听,就像老侯家这样老实的人,竟然被人欺负成这样,那么今后在咱们这洼中高地界的好人还怎么活?我实在看不下去,所以我就来告状,专门给被人欺负的老侯家作证。老爷,这就是我说的话,你还要什么证据?"

一时间,只见豆大的汗珠从张呈泰脸上就淌了下来,平时飞扬跋扈的张员外一见,也吓得头上汗珠直冒。

"人与人之间,大义,乃是最大的正义。"而这阚五爷所说的义,又是中华民族极大的德行。

当年,在洼中高到处都有关帝庙,庙上边写的对联就是:

德智配三才仰不愧天俯不愧地;

精魂照万古生而为英死而为灵。

横批:大义参天。

阚五爷把这副对联说予张呈泰。张呈泰一听,连连点头,并鼓励道:"嗯嗯,说下去,说下去。"

于是,这阚五爷又说:"人什么都可以出卖,但不能出卖良心啊,说实在话,这老侯家是老实人哪,你知道吗?咱们这里的侯家当铺,当年就遇到这么一件事儿。"

"怎么回事儿?你讲讲。"

阚五爷说:"有一年,这当铺的小打儿在门口收当,突然来了一个人,塞进一个包,他打开一看,是个破棉袄。这破东西,一钱不值,他就推出去了,可是外边的人,又推回来了,如此推来推去,往返三次,就吵起来了。"

随着阚五爷的讲述,大家仿佛都看到了当年那发生在当铺里的情景。

就在两人吵吵的时候,掌柜的从里屋走出来,问:"咋回事儿?咋回事儿?"

伙计说："他那个破棉袄都不能穿了，还当啥呀。"

掌柜的感到很奇怪，就又问："到底咋回事儿？"

小打儿就把此人来当一件破棉袄的事儿一五一十地说了一遍，又加了一句说："掌柜的，你看这破棉袄，咱能收吗？能收当吗？"

掌柜的不动声色，他走上前去，轻轻地展开这破棉袄，就见破棉袄上写着"良心"二字。

掌柜的看完这俩字，又从小窗户向外一望，只见外边的青年穿戴破旧，鞋已磨破了，在严寒的季节，他连棉帽子都没有。

于是，掌柜的二话没说，告诉小打儿："收当，收当。"

小打儿一看掌柜的发话了，那能不收吗？于是收完当，付完钱，那个青年双手抱拳，说："谢了，这三青山我记住了，后会有期！"

掌柜笑了笑，像没事儿一样进了屋里。

后来小打就问东家："我就不明白，咱为啥收这个东西？"

掌柜说："孩子啊，你看看上边儿写的啥？"

"良心。"

"对呀，如果人没有为难招灾儿，谁出卖良心哪。"

"对对对。"小打儿被掌柜的一句话点醒。

从此，这个故事在三青山一带流传开来，人们觉得三青山人活的就是一个字，那就是义。

而且据说后来，这个青年就是进京赶考的青年，实在没有盘缠了，于是在破夹袄上写了"良心"二字，当了这钱作为路费进京赶考。

阚五爷的这个故事，使得张呈泰十分钦佩，于是他就说："阚五爷，啥也别说了，你此次来，不为天不为地，你为了一个义。我就凭着你这个字，我就收了你的状纸，你放心，而且从此你们那个屯就改为义发阚（现在称"义发坎"）。"

后来，阚五爷为人打官司、立屯名这件事儿，传遍了整个的北方，特别是在三青山一带，家喻户晓。而此次粉匠们联合在一起，决定扳倒南丁和他的后人，去打官司的人，大家一致推举义发阚的阚五爷。

67

记得那天，县衙开堂审理南丁等私自成立粉条帮的事情，村民们与南丁后人对簿公堂，在公堂上，阚五爷亲自来坐镇。

县长问南丁的后人（粉条帮的实际当家人）："你为什么私自收购粉条，然后囤积在伏龙泉一带的孙八仙的院子里，再私买私卖抬高物价？"

这时，那南方娃子根本不承认，他反而呵呵笑着说："老爷，世上还有没有公理了？"

县长说："我倒要听听你能拿出什么公理？"

南丁儿子说："说起来我家的先人对三青山一带漏粉的粉匠们，那是没功劳也有苦劳哇。当年这一带不产石磨，是我祖上千里迢迢往这运来的石头，给大家做成石磨漏粉条儿，你说这不是功劳？"

县长正要说话的时候，阚五爷抢过话茬："是，你这是功劳，可是你的功劳也没做多久，就变成了粉条帮了，你是以卖磨为名，暗中却成立粉条帮，干低进高出、坑害粉匠的勾当。"

阚五爷的这句话点醒了县长。

县长气愤地说："对，在我们这一带，为百姓办好事，那是应该的，可你借着卖磨之机，假装顺着百姓的心意，来偷偷地成立粉条帮，你这就是以好心来掩盖你的歹心，对不对？"

南丁后人："这，这，这……"

县长说："我告诉你，在我们长岭这一带，特别是三青山的粉匠当中，大家所遵守的就是一个字，叫'义'！无义不成人，无义不成事。你在这里办好事，我称赞你，可是你不该背着乡亲们又成立了粉条帮，而且就是成立粉条商号，也不应该是你做老大，你够资格吗？你和人家兰永山商量了吗？没有。你和人家阚五爷商量了吗？没有。你只顾暗中操作发横财，你和其他的粉匠们碰头了吗？"

南丁后人："没有……"

县长说："你这没有，那没有，你就是背着粉匠们干出这样的事儿。我告诉你，从今天开始，你赶快给我离开这一带，人家粉匠自己辛辛苦苦漏出的粉，人家就应该有自己卖的权利，你不应该从中插手。"

当下阚五爷又说:"在我们这一带,办啥事儿都不能偷摸来,要明着做人,透亮地办事。你记着,在这里你能行得通的,是你为大伙儿做了点儿好事儿;你行不通的,是你背着大伙暗中办坏事儿。所以,该如何做,都要听县长的,他的话就是百姓的话。"

县长也顺势说:"对,我告诉你,从今以后,你给我走得远远的,这一带儿粉条的销售你不要再插手,人家自会去运作,听到了吗?"

"好,好好……"

经过各方的努力,人们终于从狡猾的南丁后人手里夺回了粉条销售权。而且这个权利夺回来之后,对当地的粉匠也是一个莫大的安慰,因为大家辛辛苦苦漏出的粉,绝不能让别人来操弄。

不久,一个全新的"三青山粉条商号"诞生了。

忠义之魂

大会屯现位于三青山镇宝青山村，曾叫黑山嘴屯。

这个屯子是一个比较宽敞的村庄，周边有一些小路可以通向四面八方。

说起这个大会屯的来历，还有一些奇特的故事。

据说，当年有一队蒙古八旗的骑兵在征战的时候路过这里，队长就命令大家就地休息，于是上百人都坐在这片草地上，掏出自己携带的扁壶，把扁壶盖儿拧开，倒出里边装的大酱，拿出牛肉干儿、干豆腐、大葱等就开始吃喝，然后出发战斗。

兵士们就说："这真是八旗兵打胜仗，全靠大葱蘸大酱。"

当这些兵坐在这草甸上吃完饭之后，这片草甸很奇怪地被压出了一块平坦的草场。

那时候，大会屯的名就被叫出去了，大家都管这地方简称叫大会。

大会，是指古代开会，包括八旗兵议事，都在这个地方进行。所以，后来人们就管此地叫大会屯。

八旗兵走后，又过了几十年，甚至上百年，有一次，黑龙江省督军万福麟剿匪路过这里，因为离大会屯不远，又是万督军的老家，万福麟就决定将部队驻扎在大会屯，那时候部队吃饭也都是各村屯派送白面饼。

这种白面饼大家在院子里都做好了，然后等着妇女们烙出来，再一摞摞地挑来，菜往往是土豆丝和炒粉条、炖粉条。

在吃的时候，当兵的一个个都来不及吃菜，就拿着饼，卷着粉条和土豆丝，抢着吃。大伙正吃的时候，万督军走了过来。他一看，说："你们这是干啥呀，你们这不是抢翻天了吗？"于是大伙儿都哈哈笑了，说："是！我们是抢翻天了！"

从此，当地有一种饼，就叫抢翻天。这抢翻天的饼，就是一个白面饼，卷上粉条儿和土豆丝儿，那一吃，香极了。

这种白面饼的烙法，三青山家家女人都会做，而且那种白面饼要靠烧松毛儿来烙，松毛儿又叫草毛儿，是指秋天草地上那种风刮的草的细毛儿，用大耙搂下来以后放在灶坑里。

烙饼的时候，抓一把草，将这种草往灶坑里一放，叫一燎，也叫一燎锅，然后这饼就好了。放多了它就糊了，放少了还不熟。当地的老百姓都知道如何烙这种白面饼，并用饼卷上当地的粉条儿，犒劳万督军的剿匪部队，所以当年，万督军记住了白面饼卷粉条儿吃到嘴里的那种滋味儿。

后来，万督军就让三青山的粉匠，每年要给他督军府送三车粉条，而且这些粉条儿都要包装好，同时还要带十撂子白面饼。据说就是万督军要品尝当年他在大会屯吃白面饼卷粉条儿的那种味道。所有这些，至今还被老百姓传为佳话。

大会屯最难忘的，是在不知不觉的光阴和岁月当中，所形成的这样一个自然的传统村落。而大会屯又和粉条、开大会有直接的关系，所以从古至今，民众集合开大会往往都离不开大会屯。

这里场地宽敞，能够坐下很多人，而且形成了一代又一代人们主动在这里议事的一种习惯，就包括后来南丁成立粉条帮，兰永山领着大家研究如何夺回这个粉条销售权等，也都在这里议事，而且对一些村屯不法之人的审处也都在这里举行。

据说有一次，那是一个月黑风高的夜晚，在大会屯周围，兰永山派了一些人，包括一些妇女，他们假装放鹅、赶猪，就在这大会屯周围的村路上走动、放哨。杨有民、兰永山等就在村里研究如何对付衙门收粉贡、督军派粉税、起诉粉条帮等。

当年，在大会村所研究的所有问题都是重要的问题，而所有的问题，今天想起来又都是和粉条儿有关的问题，包括如何对付日本人等一些机密问题，粉匠们往往都主动地集中到大会屯。

那时候，大会屯的这片草甸上已经盖起窝棚。这些窝棚表面上看都是放东西的小仓房，而实际上就是一个个密闭的会议室。每当大家研究大事的时候，都把这个地方作为他们心中的最理想的地方。当然，当地一些跑封、押会的事，也在这屯里传了起来。

也许是岁月流年所形成的这么一个习惯，大家一来到大会屯，都觉得非常亲切，仿佛这里凝聚着一股久远的力量，把这一带的粉匠、粉条村落都团结在这里。

在这里，粉匠们也形成了一个习惯，就是心中有什么要说的话，特别是老粉匠收徒的时候，往往也在大会屯举行。

大家都觉得在大会屯说出的话，仿佛上有苍天看着，下有大地看着，四面八方有神灵盯着，容不得人撒谎。在这里有一种正义的监督，这里是神圣之地。

所说的粉匠收徒，往往是一家一户的爷爷传给儿子、儿子传给孙子、孙子再传给后人，已经是家庭的事情了。可是，就是家庭的粉匠传承，往往也是由师傅们、老人们像串门儿一样，不知不觉来到大会屯。

那里有一间公共用的老房子，三间土房，一面通铺大炕，大窗子透亮，里边一张桌子，桌子旁边有几条长凳子。要想学徒学艺，就必须得老老实实地站在桌子前边儿，后边儿坐着爷爷、父亲或者老粉匠。

这时候，爷爷或收徒的师傅要问："你到大会干啥？"

要入徒的人说："我来学漏粉。"

大粉匠要问："你为啥要学漏粉？"

徒弟要答："漏粉就是来学忠义。"

大粉匠就问："粉的忠义在哪里？"

然后徒弟要说："学漏粉，学忠义，关键就是学义气，学了义气心里记，粉条才能有灵气。"

于是爷爷或师傅说："再说一遍！"

徒弟就再说一遍，如此说三遍。

掌柜的、大粉匠或者爷爷就哈哈地笑着说："好，好！小子，你给我记住这些，记住没有？"

徒弟说："记住了。"

大粉匠又问："记住没有？"

徒弟又答："记住了！"

大粉匠说：“好，你再重复一遍。”

于是他又重复了一遍：“学漏粉，学忠义，关键就是学义气，学了义气心里记，粉条才能有灵气。”

在这间房后边的墙上，供着粉匠的祖师爷。粉匠的祖师爷其实就是远古时期的后稷。据说后稷是神农的儿子，他们两人共同创造了中国民间农耕文化的历史，从如何识别植物到如何从植物中选择最有特点的果实进行加工和制作。

也不知从什么时候开始,东北的粉匠,特别是长岭三青山的粉匠也把神农和后稷作为他们的神灵予以供奉和祭祀。

当人们都集中到这里的时候,或者收徒的时候,老粉匠先对着粉匠的祖师爷三拜九叩,然后坐在那桌子前。接着小徒弟们开始三拜九叩,拜完之后要表忠诚,这种忠诚主要表现为尊师爱艺。尊师,就是尊重师傅,传承技艺的精华。爱艺,那就是讲究爱制粉的手艺。

一般的情况下,师傅往往问你学漏粉干什么?他会说我来学忠义。忠义是精神,学艺是其一;还有其二,就是要学手艺。还有一个义,称"三义"。

这"三义"也是中国民间所流传的重要的"义"文化。我们在关帝庙当中所看到的那两副对联,即德智配三才仰不愧天俯不愧地;精魂照万古生而为英死而为灵。横批:大义参天。其实就讲得是"三义"。

所以,这个"义",在粉匠当中广泛流传,特别在大会屯,所有来这里开会的人、收徒的人、拜师的人,都要阐述当粉匠的一种要义。而这种要义,师傅要传,徒弟要听,不懂这"三义",就进不了大会屯的会议厅那三间土屋。

多年后,在三青山,已经养成了以大会屯为主要议事地点的习惯。人们觉得在这里议事,就会风调雨顺,就会万事太平,就会事事顺意。它和粉匠心连心,只要来到大会屯,所有议事都一顺、二顺、三顺,就能顺到永远……

对于大会屯的神奇,还有一个传说。

说有一年,一个粉匠漏了一些粉条,准备年前卖了攒点钱给儿子娶媳妇。可是,由于当年收成不好,有的人家买不起年货,他就和老伴儿商量,把漏出的粉都分给那些过不起年的穷人了。

快过年了,他才想起来,自己家也没有过年的钱了。他就和老伴儿来到粉窖里,把没法打捆、断了几截的散粉条,精心打成小捆,挑着到集市上去卖,好换点钱回来过年。

可到了集市，卖到天快黑了也没卖完。没办法，他只能挑着往回走，走着走着天就黑了，老天又刮起了北风，下着大雪，十分寒冷。

他走着走着，突然看见前面一个场地上灯火辉煌，这里咋还有一个集市？他仔细一打量，发现这不是大会屯吗？这里的集市咋还没散？别处的集市早就散了，于是他就走进了集市。

只见大会屯这个场地上，人们都忙着卖自己的特产，可奇怪的是，他一个人都不认识，而且卖粉条的也就他自己这一份儿。

他刚把粉条放下，就有很多人围了过来争着买他的粉条。

有人说我先来的，有人说我先来的，互相还吵了起来。他就劝大家："别忙，别忙，别忙。"眼看粉条不够分，于是就有人说："你要这个价，我给你这个价。"那人说："你给这个价，我要给这个价。"其实就是不断地抬高价格。而这时他却说："不不不！乡亲们，不能，不能这样。"

于是，他按照原来的价格，按先来后到的规矩，一份儿一份儿地给每个人分了一把粉。大家都说拿回去用猪肉炖粉条，好过年，说得他哈哈大笑。

他非常高兴地挑起空筐准备走，可再一看，集市不见了。

他这才发现，自己睡在了大会屯的一个草垛旁，可奇怪的是，他筐里的粉条却全都不见了，而且那些粉条所卖的钱却如数地在他的筐里呢。粉匠高兴地拿着这些钱回家过年了。

到家已经是年三十了，老伴儿问他粉条卖了吗？他就把在大会屯遇到的奇怪的事儿一五一十地说了一遍。媳妇一听，也大吃一惊，因为从来没听说过那里还有夜市。

这件事一下子传开了，后来大家就说，人要做善事、做好事，不能做丧良心的事儿。人只要善良，就一定能会遇上像大会屯这样的夜市，而这种夜市是一个神奇的夜市，也使大会屯越来越充满神秘感……

粉乡奇遇

在大会屯举行的所有大会和重要仪式之后，都要来一顿粉宴。

中国民间的粉宴，是我们经常说的猪肉炖粉条，但其实猪肉炖粉条只是普通的一种，粉有各种各样的做法，包括炖粉、炒粉、蒸粉、烧粉等，而且还有烤粉、炸粉。

炸粉是中国民间很重要的一种手艺，特别是在三青山一带，炸粉是一种民间的绝活儿，而且炸粉要炸出一种漂亮的粉条花儿（也称粉花儿）。粉花儿就是把粉条儿下油锅炸后，随着自然的"砰砰"声，粉条就会变成一朵膨胀的花儿、一个漂亮的物件儿。

巧手的艺人还会把各种植物，包括西红柿、青椒等捣碎的液汁涂在炸好的粉花儿上，使粉花儿"开"得五颜六色，像一朵鲜花儿在那里绽放。好吃、好看又好闻。

人们在婚丧嫁娶时，都要有粉花儿。粉花儿，是生命所开出的花儿，成为人们一种虔诚的精神标志。特别是上供的时候，也就是年三十晚上，家家都把粉花儿供在祖宗牌位或者家谱前。

粉花儿，这时候就像盛开在主人心里的企盼，送给他们逝去的亲人；粉花儿，是人们的心灵之花，永远开在人们的心头。

粉乡里的家家户户，包括孩子们从小就记得父亲、母亲、爷爷、奶奶供给先祖的粉花儿，而那种粉花儿，一直灿烂地开呀开呀，从小开到老……

就是到人故去了，粉花儿也要放在棺材前边的倒头饭旁边，使这朵粉花儿能够记下粉乡人一生所走过的路。

而更加奇特的是，这种粉花儿，这种粉宴，这种粉的盛宴、美宴，也一定会在大会屯儿举行各种仪式的时候出现。

在这种粉宴当中，除了猪肉炖粉条以及各种炒粉、蒸粉、炸粉外，一定要有水煮粉和粉耗子。

水煮粉是粉匠们最喜欢的一种粉食品，而且这种食品在大会村举行各种仪式之后，每个人要发一碗。当人们吃这碗水煮粉的时候，往往是举起碗，就像喝酒一样和对方轻轻地碰一下，并且说一声："顺当！顺当！"

对方也要说："顺当！顺当！"

其实"顺当""快当"等，都是中国民间，特别是东北普遍使用的吉祥语言，意思是指人们在办事儿时，一切都像漏粉一样顺顺当当。

粉条儿给人最大的印象是"顺"，这也是中国民间最重要的精神信仰和希望。万事皆顺，是人们的一种期盼。所以，人们举着这碗水煮粉相互碰一下之后再吃，不仅是水煮粉的碗在碰，而是心灵的碰撞、心灵的期盼，企盼万事顺意。

而另一种美食是民间俗称的"粉耗子"。顾名思义，就是用淀粉加工生产出的一种形似耗子的食品。它和粉条的生产工艺基本相同。首先，要把打好芡的面捏成耗子形状，然后用苞米叶包裹起来，最后或蒸或煮，或烧或烤。

特别是烧粉耗子，类似于我们常见的烧烤，生熟也全凭粉匠的经验。烧烤结束后，要将沾满黑壳的粉耗子往地上摔，然后用苞米瓢子（玉米芯）将剩余的炭灰刮掉，此时呈现在我们眼前的就是黄澄澄的粉耗子了，看得使人直咽口水。

76岁的老粉匠李荣德老人在亲自为我们烧粉耗子时说："吃了七十多年粉耗子，到现在还是得意这口儿。"

吃粉耗子时，依然需要人们互相的尊重。大家拿着粉耗子轻轻蹭一下，这种蹭，使每一个粉匠心中都充满了美意，那简直是一种对粉前途的深深祝福，也是一种期盼和期待。

所以，在大会屯举行完仪式后，召集全村的男女老少到大会屯的大会房里吃这顿粉宴，当地的粉匠都愿意来，这已经成为了一个常规的过程，而且大家都期盼着这个过程。

这一天，正是三青山著名的粉房开业。

在当地有一个习惯，谁家的粉房开业，乡亲们、亲戚们都来祝贺，这是一个喜庆的日子，就像谁家盖了房子上梁一样。

而此次开业的粉房，正是杨有民家的粉房。车山前那时也领着孩子们忙着招待来往的客人。

这里也有个习俗，来了不空手，这个给你带来一把糖果，那个给你一筐鸡蛋，还有的把新下来的一些时令蔬菜也带了点。凡是来的不管送啥，都表示着一种情谊，这在当地已经形成了一个习俗。

杨家在屋里摆了两桌席，炕上一桌，地上一桌，主要是招待上了岁数的老粉匠、老爷子、老太太们，年轻的就在院子里吃。

杨有民正在忙活，突然，就听着西边传来"哐哐"两声枪响。

就在杨有民等人都吃惊的时候，一个伙计跑进屋来喊："老爷，不好了，西南边儿来了一伙兵，他们还拖着用红布苫着的一个东西，说是给咱家送礼来了。"

有人说："什么送礼呀，哼，我看就是来混吃喝的。"

杨有民一听，立刻摆手对伙计们说："别这么说，今天咱家粉房开业，是个喜庆的日子，不要乱说，请！赶快请！"

说着来到门口，只见不远处，七八个兵跟在一个歪戴帽子的兵头后边，拖着一个东西，上边还苫着一块红布。

歪戴帽子的兵头喊道："杨老爷，你家开业啊，我祝贺来了！"

杨有民二话没说，手一摆："进院，进院，快到屋！"

兵头一步迈进了门槛就奔院里走来，并对身后的人喊道："抬进来，把礼物给我抬进来，送给杨掌柜。"

话音刚落，就见几个兵把东西抬到了院当中。

这是啥东西？大家都在吃惊的时候，只见几个兵上去扯下了盖在上面的红布。

杨有民吃惊地发现，原来下面是一门生了锈的山炮。

不知道这炮是哪个年头的，也不知道是哪个仗打完了，烂在旷野上的东西，这显然是一群无赖。

杨有民沉思一下，二话没说，一摆手："请进屋，炕上坐。"

然后又对院子里当兵的说："弟兄们，你们这么辛苦，大老远给我带来这个礼物,你们马上坐下,我把席给你们摆到院子里。"

然后告诉家人:"上菜,上最好的吃食,特别要给弟兄们来手拍粉……"

这些当兵的一听,都哈哈地笑了:"杨老爷真是讲究人啊。"

于是,院子里立刻让出一张大桌子,让当兵的都坐了下来。

大碗酒、猪肉炖粉条子可劲儿造,还有人人都爱吃的粉耗子、煎粉、炒粉等,简直是把最好的粉食品全端上来了。

杨有民把兵头请到了炕上,问:"敢问兵爷,有何贵干?"

只见那人哈哈一笑,然后把帽子放在炕上,说道:"实话对你讲,我是……"

还没等他说出来,一个卫兵说:"你可瞧仔细喽,这就是剿匪大将军万福麟!"

其实在长岭这一带,匪患时时发生,剿匪大将军万福麟谁不知道啊?

"啊!原来是万福麟将军到了。"杨有民立刻跳下炕,站在炕沿前施礼:"万大人,万大人您辛苦了,感谢你们为民除害,而且到这里来剿匪,才使得我等买卖兴隆,粉业发达。"

万福麟说:"不敢,不敢,这乃是我等军人的使命。"

于是,这一顿酒啊,万福麟的剿匪部队吃得一个个舔嘴巴舌,高高兴兴地离开了三青山粉房。

杨有民是个很精明的人,他知道这些人剿匪是真,也是假。所说的真,就是土匪一听军队来剿匪,就匆忙逃跑,也使得村子多少安稳了一些。所说的假,那简直是笑谈一样,像万福麟如此剿匪,上哪儿剿啊?这遍地是苇塘、高粱地,你根本抓不到土匪。可不管如何,这些人你得罪不起呀,不然你漏什么粉哪!

从此以后,每当有剿匪部队路过三青山,粉匠村落里的掌柜们都立刻去款待、犒劳。特别是万福麟,和这老粉匠杨有民相处得非常好,像朋友一样。

杨有民明白事儿,会来事儿。他知道,一旦这些人折腾你粉匠,那不太容易了嘛。所以，不等他折腾，一听说剿匪部队路过此地，杨有民就立刻杀猪，并带上一些粉条，高高兴兴地来到驻军基地犒劳部队。这种犒劳，也使得万福麟格外高兴。

大约是初冬时节的一天，万福麟剿匪大军路过此地，杨有民一听，又杀了两头猪，带着半车粉条就来到了万福麟的驻地。

进到驻地，就见旁边的柱子上绑着一个年轻人，看起来年纪也就在二十左右，尽管浑身被打得血迹斑斑，但依旧能看出长得十分英俊，而且嘴角有一颗黑痣。

饭吃到一半，杨有民就打听："这人咋了，犯了啥罪？"

万福麟说："这小子是共产党，我要处死他。啊，对了，一会儿你回去的时候，直接给我绑到南大沟，替我毙了就得了。"

"哎呀，你让我去处理？"

"就让你去处理，我信你呀，这小子嘴硬，啥也不承认，部队马上要开拔，哪有时间处理这事儿。"

"直接毙了不就完了吗？"

"没凭没据的咋能草菅人命，你就不一样了。"

"这话咋讲？"

"民间的纠纷多了去了，死个个把人谁管？部队就不一样了。"

"好好好，我的万大人。"

"把他带到南大沟，我听到三声枪响就算完事儿。"

"你不怕我把他放了？"

"你是明白人，为了一个共产党会和我作对吗？"

当年粉匠出门为了防匪，也为防狼，自己都得带着枪，自己不带枪的，也都有带枪的护院兵护着。所以，万福麟把处置这革命党人的事儿，就交给了粉匠杨有民。

吃完饭，万福麟等人开拔前，就把那个青年抬到了杨有民的车上，杨有民赶着大车就往三青山走。

到了南大沟，杨有民掏出枪对着车上的青年喊道："下车！"

刚刚苏醒过来的青年惶恐地望着杨有民问:"你要杀我?"

杨有民说:"没办法,这是万司令的命令,你就认命吧。"

杨有民说完,再次举起了枪,青年爬下车,默默地闭上了眼睛。

随着三声枪响过后,从万福麟的驻地同样传来了三声枪响,杨有民知道这是万福麟给他的回应信号。

杨有民望了望惊魂未定的青年,说:"你走吧。"

青年说:"你不杀我?"

杨有民说:"我为啥要杀你?你姓啥?叫啥?"

青年说:"我姓杨,叫杨少成,老家山东登州府,杨家庄。"

杨有民说:"嗯?你何时到的东北?"

青年说:"我太爷当年带着我爷爷闯关东到了东北,后来,我爷爷故去,我就回关内参加了革命军,后来加入了共产党,这次返回东北宣传革命,被他们抓了。"

杨有民说:"你真是老杨家的人?"

青年说:"这还有假?杨少成!大丈夫行不更名,坐不改姓。"

杨有民说:"孩子啊,你算遇到我了,你知道吗?万司令交代我要你的脑袋,你知道吗?"

青年说:"你真的不杀我?"

杨有民说:"孩子啊,我不能杀你,你干你的革命,他剿他的匪,我溜我的粉,咱们本来就没有啥瓜葛,再说,唠来唠去,原来咱俩的祖上还是一个门户呢!"

青年说:"啊?大爷,你也姓杨?"

杨有民说:"对呀?什么也别说了,你赶快逃命去吧。"

说到这里,杨有民从兜里掏出三块大洋,塞到青年的怀里。青年揣起了大洋说:"大爷,今日之恩,我杨少成必当涌泉相报!"说完,翻身就溜进了南大沟的草稞子当中……

81

祸起萧墙

自从兰永山接管了粉条商号,使当地的粉业越做越顺畅。其实由粉匠们自己成立的粉条商号,主要是正常收购各家的粉条,然后再组成共同的车队去送往买家,由于大家凑在一起组成的车队人多势众,土匪们也就不敢轻易来抢。

而由兰永山所组建的这个商号,其实是经过了艰难和周折的。

当年这个粉条商号之所以从南丁后人手中夺过来,亏了人家阚五爷出面,到县衙打官司,才有了当年这个出了名的粉条商号。

可话又说回来了,东北的土匪遍地都是,这东北土匪多到什么程度呢?就是到了近代,很多人想了解土匪的故事,往往到了北方的一些村子打听:"请问,谁家当过土匪?"

这时候有人就告诉他:"你想问谁家当过土匪,不能这么问。"

"那怎么问?"

"你得问,谁家没出过土匪?"

"啊,原来这么多。"大家一听都笑了。

其实这话也有点过,不是说都是土匪,而是说东北土匪遍地,那是因为东北是一块苦难的土地。

从甲午战争开始,东北的许多地方都被列强所控制,加之后来俄国、日本签订了《朴茨茅斯条约》,修建了中东铁路,使得铁路沿线两侧30公里以外的村屯百姓都被赶走了,百姓无家可归,丢掉了土地,于是当了土匪。

何谓土匪,其实很多是没有了土地的农民,这些人也得吃饭啊。当年虽然成立了自己的粉条商号,粉匠们的管理在三青山是有章有序的,可土匪依然是时时威胁粉匠生意的一股力量。

当年只要人们出门,不光是卖粉,任何一家的当家人以及重要人物的孩子、后代,都有可能被土匪绑票。而且当时在长岭一带竟然有三十多股土匪,总人数为一千多人,最大的土匪是老奸巨猾的"老头好"。

这老头好多年行走长岭，消息极其灵通，他打听到这粉条行业来钱快，那真是叫水中取财。所以他就想："我也得做点粉条生意，想点啥办法发点粉条财呢？"

土匪做生意能做啥？只有绑票。于是，他就找了几伙绺子来商量。当时，他找来了经常在这一代行走的压五营、东三省、小红字、满山红等几伙绺子。商量来商量去，说咱们自己也得成立一个粉条商号。

绺子粉条商号，听起来简直就是一个无稽之谈，绺子本来就是抢，他成立什么粉条商号呀。

其实土匪们也不傻，他们经过充分打探和经验汇集，他们知道，当年此地曾经有南方人粉条商号，而且那粉条商号就是给三青山来送石磨的南丁等干的事儿，但最终被团结起来的粉匠们击败了，接着就成立了自己的粉条商号。

他们也知道，当年最大的粉条商号中的领头人就是三青山的兰永山。

有人提议绑票兰永山。老头好可不是一般的匪，他思来想去，不行，如果把兰永山绑了票，那么这一带的粉匠们就会恨他们。再说，土匪也讲究不能"拉房身"（在自己家门口干），而且兰永山的粉房靠近市镇，人多眼杂不易下手。

商量来商量去，他们决定对比较偏远的杨有民老粉匠下手，只要把杨有民绑了票，那么钱财也就来了，可以逼着他们给绺子上粉条税。

再说，这杨有民还和他老头好有过过节，那年截他没截住，活啦地让这小子跑了，这次绑他，也算了了自己一块心病。

那时，杨有民在当地已经形成了一个威望无比的粉条掌柜，他的五个儿子，家家开个大粉房，而且财大气粗，杨有民的粉房距离三青山稍微偏远些，所以绑他比较容易一些。

主意一定,他决定对杨有民下手,实施绑票,然后讨价还价,收粉条税,这主意简直让他想绝了。

可是主意是想绝了，如何绑票呢？由于世道不太平，像杨有民这样的大粉匠平时是很少离开他家大院的，即使出门，也有众多人保护。

老头好让自己的军师花舌子来出主意，花舌子经过深思熟虑，告诉老头好，想要绑杨有民，必须让他没有任何防备。他趴在老头好的耳边说应该这么办……

"哎呀，你这个招儿太好了。"

于是，老头好领着自己的弟兄们就策划了一个绑票的巧妙之计。

当年在北方，土匪绑票花样翻新，谁也没有想到，绑杨有民更是一种奇特的手法。

话说那一年已经到了夏末的七月，遍地的高粱和玉米都长得很高了。

这一天，杨有民正在炕上抽烟，突然管家慌慌张张地跑进来说："老爷，万福麟来了，快进村了，卫兵说让您去村外见他，越快越好。"

"你看清楚了？"杨有民感觉很疑惑。

"瞧不太真亮，应该没错，特别是歪戴帽子那出儿。"

杨有民急忙穿鞋下炕，挂着文明棍，就跟着伙计直奔村外而去。

出了村口，远远看到一群当兵的围着一个当官的，那个当官的歪戴着帽子，背对着自己，不时挥舞着马鞭，准准是万福麟。

"我说将军啊，多少年不见了，这咋还不进村呢？"杨有民跌跌撞撞跑了过去。

"是呀，多少年不见了。"随着话音，那人转过身。

杨有民一看，哪有什么大将军，明明就是胡子老头好。

"大柜，您这是……"杨有民愣愣地问道。

老头好走到杨有民面前说："遇到点儿难事，麻烦杨大掌柜的和我们走一趟。"

话音未落，早有人用麻袋套到了杨有民的头上，将人扔到马背上扬长而去，只剩下管家呆呆地站在高粱地边……

老头好绑票了大粉匠杨有民，这消息立刻在四面八方传开了。

从前，土匪绑票之后，接着就要"送像"，就是限你三天来赎人，由花舌子来回讲价，第四天再不出人，他就给你送回来一个耳朵，血淋淋的耳朵，用个匣子拎来说："你看看吧，先给你送点零件。"

其实呢，耳朵是从小羊身上割下来的，装在匣子里来威胁被绑票的人家出钱。

如果你再不送，第五天就给你送一个眼珠子，原来那眼珠子也是小羊的眼珠子。

总之，他们花样翻新，意思就是让被绑票的家人出钱，或者答应他们的一些条件。

消息传开后，使当地的粉匠们遭受了极大的打击。这老头好也直接跟杨有民谈判："杨大掌柜的，我跟你说，你家可以不出钱赎你，但是你必须答应我一个条件。"

杨有民说："啥条件？你讲。"

老头好说："我请你告诉兰永山，所有三青山的粉房，要定期给我们送粉，怎么样？"

杨有民一听，哈哈地笑了，他说："大柜呀，你绑我，难道就只有这么个简单条件吗？"

老头好说："还是杨大掌柜的明白事，当然不止这一个条件。"

杨有民问道："还有啥条件？"

老头好奸笑着说："除了保我们吃粉之外，另外，还要定期向我们交粉条税。"

杨有民愤愤地说："啥？只有官府才要粉条税呀！"

老头好说："官府是官府，我是我。"

杨有民更加气愤地说："你们咋能说得出口？"

老头好说："咋就说不出口？我们江湖人，无家可归，我们要你的粉条税，还是罪吗？如果你不答应，那好，你的老命就在老子这里结束！"

他这个条件，杨有民咋能答应呢？如果答应了，那老头好也可能就会去难为兰永山。

他为兰永山没有被他们绑来而庆幸，自己摊上这事儿，也算是命中注定，也可能自己的命就结束在老头好这里了。

杨有民说："你这是明摆着要绑我呀！"

老头好说:"没办法呀,谁让你的名声大呢!"

消息一传开,急坏了杨有民一家,特别是车山前一下子就病倒了,五个儿子都围上来跟她商量:"娘,你别着急,我们正在想办法,咱们倾家荡产,也要把爹赎回来!"

可后来又传出消息,说不是钱不钱的事儿,而是让杨有民告诉兰永山,让兰永山发话,同意每家粉房都要定期向老头好交粉条税。这个条件可就难了,这可不是一般的绑票啊。于是家家犯愁,特别是给老杨家哥几个恨的,甚至想抓住这老头好,把他剁成肉酱,可是没有办法,因为爹在人家手里。

几个儿子就商量,我看咱们冒一下险,设法去把爹救出来。

这时车山前说:"孩子,你们这是虎啊,这土匪老头好所住的地方布置得极其严密,设了多少道岗、布了多少哨你们知道吗?"

几个儿子都不言语了。车山前接着说:"你们咋冲进去?你们如果能够冲进去,那被绑的票不都可以被救出来了吗?而且你爹在人家手里,一旦你们冲进去,还没有救出你爹的时候,他老头好一下手,你爹不是早死了吗?"

孩子们说:"娘,那你说咋办?"

车山前说:"现在娘想到一个人,你们去求一求吴老太太。"

"娘,你说谁?"

"就是人称粉娘的吴老太太。"

车山前这么一说,儿子们面面相觑。

当年,这吴老太太有神奇慧眼,在一次连续多日下大雨的时候,吴老太太家来了两个人,进院要讨饭吃,吴老太太把两个人请进屋,做了好饭招待他们,原来这就是老头好和他的军师花舌子。

从此,吴老太太不但不被老头好欺负,而且有什么大事小情,老头好还常常到吴老太太家走动。

记得那一年,吴老太太的儿子结婚,这老头好竟然一个人乔装打扮来送礼,吃完了酒席之后从后窗户一跳就走了。

车山前就把自己的打算一五一十地告诉了儿子们，儿子们决定去求吴老太太出山。

这天夜里，五个儿子冒着大雨来到了吴老太太家，进门扑通就跪下了，说："吴奶奶，我们求您老了，您听说了吗？"

吴老太太说："快起来吧，是不是你爹的事儿？"

儿子们说："是啊。"

吴老太太说："俺听说了，他被胡子绑票了，但不知道是哪支绺子。"

哥儿五个七嘴八舌地说："是老头好，就是老头好。"

吴老太太说："你们打听准了吗？"

儿子们说："准准的，花舌子已经送了好几遍信儿了。"

这几个儿子一边哭着，一边跪在地上给吴老太太磕头说："求奶奶出面，去设法救救我爹。"

吴老太太说："俺也不知道能不能说动这老头好，俺去试一试，你们起来吧，俺这就去。"

儿子们一看吴老太太如此仗义，就"哐哐"地磕头，然后就为吴老太太出发做准备。

一个平民老太太，怎么能和土匪有如此深的交情呢？据后来得知，除了那一顿饭的情分，还另有隐情。

有一次吴老太太出门晾粉，就看一个老太太拄着棍子哭着往前走，吴老太太上前问："老姐们儿，你这是上哪里去呀？"

她说："哎呀，我找我儿子呀！"

吴老太太问："你儿子是谁呀？"

她说："我儿子这个不孝子，他当了土匪了。"

吴老太太又问："土匪，什么土匪？"

她说："说是报号叫老头好，哎呀，我找也找不着他，咋找也找不着他。"

吴老太太说："老姐们儿，你这么找咋能找得到，走，到俺家先住下，然后，俺派人给他送信儿，其实啊，俺也是当娘的，你也是当娘的，

87

谁不想自己的孩子浪子回头,但总得慢慢来呀。"

老太太万分感激,于是她就跟吴老太太来到了屋里,住下了。

吴老太太在收留老头好他娘的那几天,正赶上万福麟追杀老头好。老头好的队伍被打"花达了"(打散了),他也日夜四处逃跑,而且当时万福麟下令,所有土匪的亲属,有知情不报者,一律杀头。

吴老太太觉得老头好的老娘十分可怜,于是就把她藏在自己家里。

一过就是数日,等万福麟剿匪的部队一走,在吴老太太的帮助下,老太太这才找到了自己的儿子老头好。

老头好一问,老太太就把吴老太太救她的事儿一五一十地说了一遍,又加了一句:"儿啊,虽然你在外胡作非为,但你也要记住啊,人有恩不报,那是会遭报应的。"

当时,这老头好心中更是万分感激,特别是在后来砸窑的过程中,常常把富人家的东西扔到她家院子里,以报答粉娘子吴老太太的恩情。

就因为有这样的因缘,吴老太太决定闯老头好的绺子,救出粉匠杨有民。

这一天,吴老太太在杨有民儿子们的巧妙安排下,直奔老头好的绺子而去。

当时,老头好把这绺子设在西北一片苇塘的地里,四处是深深的苇塘,人根本无法靠近,而且只有一条路可以通往里面。

杨有民的儿子们探好了这条路,先是划着船,沿着湿地当中的水道往前走,当走到前面有三道苇塘的时候,不敢靠前了,这时才把载着吴老太太的小船用力一推,小船轻轻地向芦苇深处漂去。

突然,吴老太太看见了苇塘里有两只狼,她吓得大叫起来,可是那小船随着水势还是往前飘荡,而那两只狼一直"嗷嗷"地叫着。

当小船飘到芦苇荡里那两只狼中间的时候,两只狼一下子摘下面具,原来是老头好的土匪所扮,这是老头好的一道关卡。

土匪上前问:"你是谁?来此何干?"

吴老太太说:"见你们大当家的,就说三青山的吴老太太要见他。"

"啊？吴老太太？"两个土匪惊讶地打量着眼前气度不凡的老太太。

其实老头好手下的弟兄们对吴老太太的名声早有所闻。

于是两个土匪说："老太太，没别的，委屈您一下，带个蒙眼。"

两个土匪给吴老太太扎上一块毛巾，把她眼睛蒙上，带进了老头好的驻地。

吴老太太突然来到老头好的驻地，使得老头好大吃一惊。

那时，老头好已经称吴老太太为娘了，把吴老太太当成自己的亲娘一样对待。

吴老太太的到来，也使得老头好想起了自己的身世。当天晚上设了宴招待吴老太太，接着就问："娘，你到这来有什么事？"

于是，吴老太太就把来的意图说了一遍，又加了一句："俺就让你放了杨有民。杨有民一大家子人都指着他呢，那些粉匠也都指着他呢，你绑了一个好人你知道吗？"

老头好说："可我放了他，谁给我们粉条税？"

吴老太太说："这个事儿你就交给俺行不行？你不就是要吃粉吗？不就是想让你的这些弟兄们不缺粉条吗？再说了，你想想，如果这粉条都上税，你也上税，他也上税，粉匠还咋活？粉匠没别的能耐啊，就是生产粉，然后使这种粉条变成他们的吃食，你们都是江湖浪子啊，娘希望你们今后，别再在外打家劫舍了，行不行？"

这要是别人说这话，老头好早发怒了，但他一想，老太太说得也对，我绑你杨有民怕是已经引起了众怒，再说，娘亲自出面来救杨有民，自己再不给点面子，那也不叫个人哪。

就这样，吴老太太在老头好的绺子里一直待了五天，天天劝说老头好，就在第六天的早上，老头好决定让老吴太太给兰永山捎话，要兰永山每年都要定期给他们送粉。

消息传到兰永山处，兰永山爽快地答应了。其实当年粉匠们也最知世事，而且以自己的粉来应对世事的变化万千，才使得这里的粉有着自己独特的传奇和魅力，那就是三青山粉条和粉匠独特的魅力。

兰家粉房

在三青山这一带，如果提起老兰家，每个人都会讲出一段曾经的故事。

老兰家的当家人兰永山之所以能接管南丁的粉条商号，来掌管当地的粉条生产和销售，是因为老兰家有巨大的影响力。

老兰家来到东北，成立了兰家粉房，已经是第九代人的事情了，现在算起来大约是清咸丰四年。

当时，老兰家闯关东，从山东宁海县南兰家窝棚屯来到此地。本来，他们家在宁海就开着粉房，可是那一年山东一带大涝，庄稼颗粒无收，人没法生活了，于是老兰家一家子人就带着漏粉手艺一直往北走，走啊走啊，一直走到东北的三青山一带安家落户了。

一开始，他们按照老户的家谱排列。后来，有的分支只取其中几个字，或者忘记了原族谱，自创一族。

老兰家族谱是按照自己的字排列的，主谱都有字。

字，是中国古代各个家族为了不使后代们走失，往往把自己的家族，按一句或两句尽量和别人家不会重复的隐语进行组合，每一辈按其中一个字来记，这是中国人聪明的生活方式和智慧。

在当年，老兰家的排字字号是：永、长、荣、树、方、辉、德、来、闻、香。而且这种排法是一代两个字，一代三个字。

一代两个字，比如说你这个族辈排到两个字，那就叫兰新、兰平、兰东……

一代三个字，比如说你这个族辈排到三个字，那就叫兰永×，兰长×，兰荣×……

所以，这些排法才是民间各个姓氏所传承的重要方法和规律。

兰家粉房到达三青山地界，开始是开荒占草，以后人来得多了，他一想，干脆重操旧业，开粉房吧。

当年他们在老家开的是绿豆粉房，那时候不是以土豆做粉，而以绿豆为主，通过小磨、小锅来做粉。但绿豆粉造价高啊，一般人也买不起，是以卖给有钱人家或者过年过节为主。到后来，他们就逐渐从绿豆粉走向了土豆粉，特别是看到三青山土豆种植的优势，他们就在三青山开办了最早的兰家粉房。

那时候，兰家粉房一到叫瓢、漏粉的时候，你就听吧，那房子里就传出了"啪！啪！啪啪啪"拍粉的声音，这是叫瓢。

叫瓢所使用的瓢是粉匠最重要工具，就像现在的水瓢一样，但是粉瓢底下有宽眼、有圆眼、有粗眼、有细眼。宽眼所漏出的是宽粉，圆眼漏出的是圆粉，粗眼漏出的是粗粉，细眼漏出的是细粉。

总之，这瓢下边的眼儿，决定你出的粉是什么样的，而且那叫瓢、拍瓢的声音，听起来就像音乐声一样动听。

开始漏粉的时候，大粉匠站在锅台边或坐在锅台上，手握粉瓢，然后有人把一团一团攥好的粉坨塞在瓢里，这时粉匠用手"啪啪"地去拍打。

这种拍法极讲究技术，如果使劲儿重了，拍出的粉发紧，不好吃。如果使劲轻了，这粉出来后又容易断条，粗细不均匀。所以，手拍瓢是粉匠们最重要的手艺活，全靠腕子的活劲儿用力地拍，这才叫手艺，又叫腕子功。当然，整个漏粉的过程全是技术活。

从一开始是磨料，在土豆笼子里把土豆洗净、切碎，然后下到磨眼里，随着磨盘转动磨出了粉浆，粉浆经过沉淀形成粉坨子，粉坨子为最早的做粉原料。

要做的时候还得把粉坨子上的粉面子刮下来，然后放在炕上炕，叫炕粉面子。炕完粉面子才能进锅、进缸，然后攥粉面子。要使大力气把粉面子攥匀，一般是四个小伙子围着缸攥面，其实攥面之前，还要打芡，打芡就是用水稀释粉面子，再用开水冲熟，使之成为透明的糊状，也叫稀糊制芡，然后用这个芡去和面、揉攥。

当年兰家粉房叫瓢、打瓢时，粉房外边的大街上、墙头上、树上都有好多孩子来看热闹。

看的人有两种，一种是听着粉房传出叫瓢"啪啪"响的声音来的，一种是盼着吃好嚼果儿。因为这些来看热闹的人，在漏粉期间，有可能吃到水煮粉或粉耗子。

水煮粉，是把刚漏出来新鲜的粉条经水一泡捞出，然后用现炸成的鸡蛋酱、辣椒酱一拌，吃到嘴里，呵！太香了！当然，虽说是刚炸出的各种口味不一的酱，其实，酱里面的各种小调料也都是本地的特产，就连酱，也都是粉匠们自己下的大酱，也许只有来到粉匠村落，才能吃到正宗的水煮粉。

粉耗子更绝，粉耗子是直接从还没有叫瓢的、下锅前的粉面坨子上揪出一块，然后缠在筷子上，或者缠在苞米秆、高粱秆、树干棒上，拿到灶坑去烧、去烤。嗨！那一烧一烤啊，黑乎乎的，拿到手以后，往地上"啪啪"一摔，灰就掉了，然后拿苞米瓢子将剩余的灰刮掉，就成了黄秧秧、倍儿香的东西，这叫粉耗子。所说的粉耗子是指它的样子和耗子差不多。

当时，人们想吃到粉耗子也不是一件容易的事，粉匠们不能为了解你嘴馋就浪费一块面团，要等到粉匠把一拍子粉拍完，剩下的粉头才能丢给你做粉耗子。当然，现在这里已经有专门做粉耗子的产业了。

这种粉耗子制作出来之后，和水煮粉形成了粉房的美食，吸引人们都来看、都来听，一边听一边看，最后干啥？吃啊！所以，人们就把这种观察粉、走进粉房的生活，当成了到兰家粉房最重要的内容。

而当年以兰永山为首的兰家粉房，在制作粉的过程当中经过了上百年制作手艺的传承，到后来，由绿豆粉改成了土豆粉，再后来，他们就搬离了这里。

兰家离开这里之后，这里的粉房生意依然兴旺，原因是这里曾经的居民也做粉，随着时光的磨洗和经验的丰富以及与兰家粉房不同形式的融合，粉匠的手艺也在不断提高。

从那时候开始，家家都做粉，做粉是离不开手工艺的，而工艺掌握在粉匠手里。

有的人家开粉房，工具、材料都已准备好了，但是却缺大粉匠来上工，这时候就要出门花大价钱去请大粉匠了。

当年在粉匠村落雇一个大粉匠，他一天的工钱是按照出粉的数量来决定的，按"排"计算，一排是四十多个粉坨子，这四十多个粉坨子，要出一千多斤粉，而这一个粉坨子，往往是一缸缸的浆水沉淀才形成一个粉坨子。

好的大粉匠一天可以做三排，三排得啥样？那不得把手拍得像熊掌一样。但是他会使手劲儿，俗话说"粉匠拍粉不伤手，全靠身上功夫有"。如果你没有这功夫，那你就叫挨拍了，不是你拍粉，是粉拍你。

老兰家搬走以后，粉匠村落经常请来许多大粉匠为各家粉房支招。

当时在这一带，就有个出了名的粉匠叫刘贵。

这刘贵，嘿，你别提了，此人长得是身高方圆，浑身是力气，而且刘贵成天就靠当大粉匠来挣钱，哪个粉房开业，都要先请来刘贵。

刘贵来的时候夹着一个瓢，走的时候呢，也夹着一个瓢。所以大家一提起刘贵，就会想到他的形象，他夹着瓢来，夹着瓢去，给人们以非常深刻的印象。

就连土匪们见到他都问："你干啥的？"

他说："水中取财。"

土匪问："水中取财？那水中取财有做豆腐的，有漏粉的，你是哪一行？"

这时，刘贵就拍拍屁股后边拴着的粉瓢说："我就是干这行的。"

土匪问："有名号吗？"

他说："粉匠刘贵。"

土匪一见："啊，刘大粉匠，快过吧，过吧！"

于是，刘贵就挺着胸过去了。

刘贵屁股后边拴着的粉瓢就是他的"通行证"，带他走南闯北，把漏粉的技艺传到了四面八方。至今，在粉匠村落，人们还念念不忘兰永山和刘贵他们这些人漏粉的技艺和漏粉的故事，这些技艺和故事，一直在一代一代地流传。

93

真假粉匠

当年,在三青山一带,白姓经常外出赶集,那时赶集人经常到黄龙府。所说的黄龙府,就是今天的农安,农安的集市大呀,当年在这一带的集市上,很多南来北往的货物交易,包括马市、牛市,还有出售各种土特产的人络绎不绝。

有一年,赶上了秋天,农村的土特产都下来了。

这天,兰永山领着兄弟二人也来赶大集,他们是准备买一些种地和漏粉用的工具,家中的一些家伙什儿也得收拾收拾,再买一些修理农具的配件,所以一大早他们就直奔农安的大集来了。

三青山一带的村屯离农安很近,所以经常有一些人到这里进行交易和做各种买卖,大集非常热闹,卖啥的都有。

兰永山他们来到集市的时候已经快晌午了,他们赶忙到一个皮铺去想买几件皮套。

拐过一个胡同,突然就听有人喊:"粉条,粉条,三青山的粉条,三青山的粉条。"

兰永山听了之后,先是愣了一下,顺着叫卖声,他往胡同里一看,就见胡同里有一挂大车,拉着满满的一车粉条。

这个车卖粉条也怪,他不到集市人多的地方,而在集市一个胡同里卖,这是咋回事呢?他喊着三青山粉条,这更引起了兰永山的注意。

兰永山让兄弟俩分头去买农具和物件,他就一人往胡同里走去。当兰永山走到跟前儿一看,只见这是一个四十多岁模样的人,怀里抱着一根鞭子,靠在粉条车上,正在跟别人讲价。

有许多人围过来问:"你这粉条啥价?"

当时他报的价,那可真不低呀,所以很多人问:"你咋卖得这么贵呢?"

那人说:"你知道吗?我这是三青山兰家粉房的粉条。"

兰家粉房的粉条!一听兰家粉房,果然有不少人就开始认真挑选、谈价。而眼前的一幕却让兰永山大吃一惊,这个人不但说他的粉条是三青山的粉条，而且还是兰家粉房的粉。

他再次上前打量，只见这人长得很憨厚，穿着一件很破的秋衣，那时节天已经冷了，他却穿得很单薄。

于是，兰永山也装作是买粉条的人上前打听："哎，掌柜的，你这是哪的粉？"

"那还用问吗？是三青山的粉哪！"

"三青山的粉？"

"对呀。"

"那您贵姓啊？"

"我姓兰啊。"

"你姓兰？"

"对呀。"

"那你大名怎么称呼啊？"

"我就是兰永山哪。"

"你就是兰永山？"

"对呀，那还有假吗？"

兰永山听完吃了一惊，但是他立刻把自己脸上的表情收了回来，转身就离开了这个卖粉条的粉车。

他怀着奇怪的心情赶到集市的南头，找来了兄弟二人，把刚才发现的这件事情说了一遍，又加了一句："他口口声声称他就是兰永山。"

两个兄弟都说："揍他，他敢冒充咱家的名，这不是败坏咱兰家粉房的名声吗？这要真传出去，以后大家该说咱们兰家的粉条没有真货了，咱真货不都成了假货了吗？不行，咱现在就必须教训他一下才行。"

可咋教训？他们一时还没有想出个好主意来，哥三个非常为难。思索一会儿，兰永山说："先别动手，听我说，刚才我在旁边打量了这个人，这小子穿得很破，看那样子，他好像有什么难事儿，才冒充咱兰家的粉卖。"

二弟说："你呀你呀，你咋想得那么多呢？他都做到这份儿上了，还冒充你兰永山本人，你咋还想饶过他？"

三弟也说:"不能饶了他。"

兰永山说:"不是我想饶过他,这件事儿呀,咱们应该再打听打听,因为头些日子也有人给我捎信儿,说很多地方都有冒充咱兰家粉去卖的,我想啊,咱能不能先听听,看他是啥地方的人,再看看他卖这粉条究竟是咋回事儿。再说了,他咋这么大胆子敢冒充咱兰家粉房呢?"

兰永山的话一出口,兄弟俩一想,说:"对,咱们应该先打听一下,他究竟是哪个地方的,敢冒充咱兰家粉条?"

兰永山说:"对,就这么干。"

于是,哥三个又分头来到了那粉条车前,两个人假装买粉条,然后和他讲价。

同时,二弟就问旁边一个卖大葱的老头:"这车粉条不错呀,这手艺也真好,你知道他是哪的人吗?"

那老头瞅瞅四周,悄声地对他说:"他呀,是农安魏家屯的,那里还有好多人家都在漏粉儿。"

二弟问:"那他咋说是三青山的粉呢?"

老头说:"那不是为了能卖个大价钱嘛。"

二弟说:"啊,原来是这样啊,他是魏家的,那这个掌柜的叫啥呀?"

老头说:"他是魏三啊!"

二弟连连点头:"哦,魏三,好好,谢谢老爷子,谢谢老爷子。"

二弟打听完卖粉条人的身份,回头走到哥哥兰永山旁边,拉了一下他的衣角。

兰永山和弟弟们到了集市的一角,经过细心研究,哥几个决定要前往农安的魏家,来打听一下魏三家和他粉房的情况,摸清到底有多少人,多少个粉房在冒充三青山粉条,然后再商量一下下一步该咋办。

主意打定,他们一看天还早,于是就赶车奔往离此地不远的魏家村。

魏家村,坐落在农安的东北,这个地方也产土豆,所以家家基本上也都开粉房。而这些粉房做出的粉,由于水和手艺远远不如三青山,所以产出的那些粉条,一般也赶不上三青山的那么白、那么抗炖,但为了卖出大价钱，许多人也想冒充三青山的粉对外销售。可是，一般的人想这么干也不太敢，为啥呢？因为毕竟三青山和农安离得不太远，如果你冒充了，叫人抓住怎么办？但不冒充，也卖不出好价钱，所以还是有一些人冒险走这样的路。

哥几个很快就来到了魏家村，打听到魏三家在村北头第三户，他们又迅速向那里靠近。远远就看见了魏三家的院房，院里边儿还真有一些粉架子，而且粉房的那些物件也都在，只是干活的人已经没有了，大门敞着。

兰永山说："你们俩等着，我进去看一看。"

二弟说："哥你要小心啊！"

于是，他就让兄弟二人在魏家的旁边来回走动，兰永山一步迈进了院子，直奔屋里走去。

从表面上看，这魏三家的房子又破又旧，而且仿佛多年没有修缮，房角和房头都已经破烂不堪。

兰永山刚走到外屋，就听到屋里传来一阵呻吟声。兰永山进屋往炕上一看，只见炕上躺着一个白发苍苍的老太太，老太太仿佛生着大病。在炕头边的炕沿上，放着一碗黑乎乎的药，散发着一股浓浓的药味儿。

兰永山走上前，轻轻地问道："大娘，这是老魏家吗？"

老太太睁开了眼睛，瞅了瞅来人说："是，是啊，我这病啊，起不来呀，你坐下吧，坐下歇一会儿，过道儿的吧？"

兰永山说："是，我是过道儿的。"

老太太说："哎呀，我要是能起来就给你做点儿饭，这也起不来了，一会儿我儿子卖粉回来让他给你做。"

兰永山说："您老这是咋了？"

老太太说："这病了挺长时间了，老病儿。"

老太太说着，不停地咳嗽。

兰永山问："大娘，那您儿子干啥去了？"

老太太说："这病啊，把家都吃穷了，我儿魏三啊，上集市上卖粉去了，那都是我家自己漏的粉,可好了,留着卖点钱,好买药、买农具,好种地呀。"

兰永山问:"你们这地漏的粉不如人家三青山吧?"

老太太说:"哪能跟人家三青山比呢?可是我呀,我就是担心哪……"

兰永山问:"为啥担心呢?"

老太太说:"我怕他胡来呀。"

兰永山说:"大娘,你说胡来是指的啥?"

老太太说:"嗨,我那个臭小子啊,他总想把他的粉哪,挂上人家兰永山的名,他说,那好卖呀。"

老太太说着,咳嗽得更厉害了。

兰永山说:"是吗?"

老太太说:"可不嘛,他走的时候就跟我叨咕了,这小子,哎呀,这小子,要活活地把我气死。"

说着说着,老太太长长地"唉"了一声,泪花从她那苍老的眼中流了出来。

老太太接着无力地抬起左手,指着炕上说:"哎呀,你坐呀,你快坐呀,我这起不来呀。"

兰永山说:"大娘,你啥也别说了。"

说着兰永山从兜里掏出一些零钱,放在老太太的炕沿上,说道:"大娘啊,这点钱您拿着,等魏三回来让他帮你买点药吧,这也是我的一点心意。"

老太太说:"你是谁呀?你咋这么好心眼儿啊,我不能要你的钱哪!"

兰永山说:"大娘你收下吧,你就告诉魏三,我一定要帮他把粉条往好了做,我能帮他!"

老太太问:"你到底是谁呀?快告诉我,别让我着急啦!孩子。"

老太太不停地咳嗽。

兰永山说:"大娘,我就是兰永山。"

说完,兰永山转身出了魏三家,两个弟弟急忙跑过来,兰永山就把他看到的魏三娘病重的情况一五一十地说了一遍,又加了一句:"看来这魏三真就是有难处啊，他老娘病得也不轻，再说他的粉漏得也不错，我看咱们得帮帮他。"

两个弟弟也说："哥呀，帮他是应该，可是咱不能这样帮啊，不能帮他冒充咱们哪。"

兰永山说："就是因为他的这种冒充，才让我心痛，咱们不是亲眼看到他家的这种情况了吗？他虽然顶着兰家的帽子，打着咱的旗号卖粉，他这是不得已撒谎啊！但是这种卖法就把咱三青山的牌子给砸了呀！"

弟弟说："对呀，那咱们不教训他哪能行呢？"

兰永山说："让我想想，咱们这样，咱们再回到集市上，一定要和魏三当面谈一谈。"

"好好好。"两个弟弟都同意哥哥的想法。

再说集市上，魏三这车粉条也没卖出多少，而此时，兰永山和两个弟弟又赶回了集市。

兰永山对魏三说："兄弟，这车粉我包了。"

魏三先是一愣："你包了？"马上又乐了，恨不得给这三个人跪下。

兰永山说："对，我全包了。"

魏三问："你要这么多粉干啥呢？"

兰永山说："你是卖粉的，我是买粉的，你问那么多有用吗？"

魏三看兰永山有些生气的样子，马上赔着笑脸，说："您要把粉送到哪？"

兰永山上前拍拍车上的粉条说："你把这些粉啊，就都给我卸到集市的永合大车店院里，今天晚上我们先不走，我想把你这粉买下来，等到明天让家里来车，我再拉回去。"

"好好好！"魏三很高兴，于是，就跟着兰永山，直奔农安集市的那家永合大车店。

要到地方的时候，兰永山说："兄弟，既然我们有买有卖，那么也就是朋友了，一起吃点儿饭吧。"

"不不不！"魏三连连摆手说："我家里还有老娘病着呢，我卸完

99

车得赶快赶回去。"

兰永山说："车你就别卸了。"

魏三："大柜（大掌柜），你变卦了。"

兰永山眼睛盯了魏三片刻，说："你知道我是谁吗？我就是兰永山！"

"啊？"此话一出，只见魏三吓得"扑通"一声就坐在了地上。

兰永山也忍不住咧嘴笑出声来，上前拽起魏三说："魏三兄弟，我已经去过你家了，见过你娘了。"

此时的魏三神情恍惚地看着兰永山。

兰永山对他说："你不要再装了，也不要冒充了，你呀你呀，你这今儿个是李鬼遇上李逵了。"

魏三吓得张开嘴半天说不出话来。

兰永山说："兄弟呀，听我一句话，人生在世，一定要善良，而且还要真诚，不能破坏别人的名声啊。"

魏三吓得直哆嗦："是是是，我记住了，我记住了。"

"你记住了吗？"

"我记住了。"

"你记住了？"

"我记住了！"

"你真记住了？"

"我真记住了！"

兰永山说："好，那么魏三兄弟，我告诉你，其实你冒充三青山的粉条，你说你就是兰永山，我兰永山也不怪你，可我要说你的是，就你这种粉条，咋能冒充三青山的粉条啊？你看看我们三青山的粉条，漏出以后，是又白又匀，你再看看你这粉条，打眼一看就发黑，而且粗细又不均匀，这是你打芡没打好，还有你打瓢的时候，手劲儿也不一，对不对？"

兰永山又说："你这个村里漏粉的粉匠是谁？"

"哎呀，大哥。"说到这里，魏三马上打住："我可以叫你大哥吗？"

兰永山点点头："啊，你说。"

魏三接着说:"哪有啥像样的粉匠,我就是不错的了,再说,我们那里漏粉的人都是漏这种粉,根本漏不出人家三青山的粉,所以我才冒充,是想卖点大价。"

兰永山说:"这就对了,也难得你说出了真话,我告诉你,魏三兄弟,从今往后,你不要做这种昧良心的事了,你漏粉的这些手艺,将来我去教你吧。"

"是吗?哎呀,太谢谢兰大柜了。"说着魏三想跪下磕头。

兰永山上前扶起魏三说:"兄弟,啥也别说了。"

于是,他把方才到了魏三家,看见了魏三娘生病的事情告诉了魏三,同时又对魏三说:"以后我找时间专门去你魏家屯,我把这些手艺都教给你,让你知道咱们应该咋干。"

魏三真是感激得热泪盈眶啊。

这次真假兰永山的事儿,后来就一下子在集市和各地传开了,并在当地引发了很大的反响,那是因为兰永山对此事处理得十分得当,人们都打心里佩服三青山的兰大粉匠。

从那以后,那些冒充三青山粉条的事件就逐渐地被杜绝了。

许多想冒充三青山的粉匠,也都不敢再这样干了,因为民间有个说法,就是两个山遇不到一块儿,可是两个人呢?你知道什么时候能遇到啊?而且真假兰永山相遇这种事情,简直应了那句"无巧不成书"啊。

后来,许多人一提起兰永山遇着"兰永山"的事儿,都当故事一样在当地流传着。兰家粉房的名声和信誉,也成为了一种品牌在当地流传。能吃上三青山粉条,特别是兰家的粉条已成为一种时尚。

许多人都知道应该如何去漏粉和做人,如何真正把粉条做成让人吃得好、信得过。所以,许多地方都把这个故事既作为教训来讲,也当成了做人传艺中的一种风范来传颂。

粉匠情怀

当年,许多人都以做粉条为主业,已经使不少人腰缠万贯。所以,许多江湖之人,包括土匪都不断地来强抢那些粉匠之家。

有一年大房身的李粉匠家人,在春天去种地时,带着六匹马四副犁杖,两匹马先绑在地头的爬犁边歇着,四匹马开始拉犁去趟地。趟地的伙计刚翻完一条垄,回头就看前面地头恍惚有人在走动。谁呢?他再一细看,不对,是不是发生啥事了呢?他急忙放下犁杖往地头跑,一看,果然,是几个胡子。

东北的大长垄非常长,往往有一里多地,甚至二里多地长,从这一头望不到那头。

有两个胡子骑马路过这里的时候,一看两匹马在地头,他们就想把这两匹马给链上抢走。

伙计一看,马被抢跑了。于是,就大喊:"来人啊!有人抢马啦!有人抢马啦!"

可是那空旷的四野没有人,就是有人听着了也没有办法啊,因为胡子经常这么干。而大房身李家的伙计一看这事儿没办法了,急忙往家跑,鞋都跑丢了,光着脚跑进院里一看,李大当家的正坐在炕上抽烟。他进屋就说:"东家,可不好了,不好了!咱家的马被胡子链走了。"

炕上的李大粉匠李老爷子连眼都没睁地说:"这事儿,该跟我说吗?去找你们二爷去。"

小打儿急忙又跑去找李二爷,进屋就喊:"二爷,不好啦!"

"啥玩意不好啦?"

"马,马被抢跑了。"

李二爷一听,二话没说,从嘴里拔出烟袋,扔在炕上,然后下地穿鞋到马圈牵出马,拿上他平常的老抬杆(枪),就直奔伙计指的方向策马追去……

李二爷骑着马追赶,一边追一边压好了子弹,枪夹在他的右胳膊胳肢窝里，左手牵着缰绳，猫着腰，那马像箭一样地向前飞去。

跑啊跑啊，大约追了五里多地的样子，就见前面影影绰绰的有几匹马，果然是两个人骑在马上，而且把他们家的马链在后边跟着跑。

李二爷掏出枪就对着空中先放了一枪。

东北人有一个经验，遇到土匪的时候，他们不往身上打，这有很多原因。

当年的大户人家都有炮台，有炮台的人家都雇有着很多炮手，炮手既是防备来人攻打，也是为了护院。如果真有土匪来攻打自己的时候，当家人往往嘱咐他们说："你们别往身上打，要打马壳，以免结下死疙瘩。"

不往身上打，是为了吓唬他们，打马壳是指打马的膝盖，这样，马的腿一伤，土匪从马上掉下来，事情就过去了。

东北的农民生活处事讲究处事之道，一般他们也不伤害对方的性命，因为一伤害，结下了死仇，就再也不好互相处事儿了，所以叫结下死疙瘩。

那时大房身的李二爷先冲天开了一枪，可这两个土匪还是不停，继续跑。

李二爷又举起枪，只听"砰"地一声枪响，一个土匪的帽子被"摘"了下来，这一枪打过去之后，土匪心里明白了。

两个土匪互相喊着："我说，兄弟，不对呀，他一打天上，二打帽子，就不往我们身上打，这可是高手啊。"

"对呀，咱们今天压的连子，难不成是老李家的？"

"对呀？"

"那可是个硬窑啊。"

"那咋办？"

"算了，算了，算了，别抢了！"

"那快点，就放了吧！"

这时又听第三声枪响，正好打在一土匪奔跑的马蹄前边。这时候，两个土匪就再也不犹豫了，他们回手一刀，就把链在马上的绳子割断，骑马跑了。

103

被土匪链走的两匹马停在了原处，李二爷赶到，麻溜利落地就把两匹马拴在自己的马上带了回来。

这件事情在当地传为了佳话，而且李家二爷这种从土匪手中抢回马的技能，让周边的土匪们和当地的人都非常敬佩。

三青山的粉匠们，大家一提起这些事情，都竖起大拇指说："大房身老李家李二爷，那真是神枪手啊！"

有一年冬天，听说李二爷去赶集不在家，土匪小红字领人攻打李家粉房。李家粉房墙高，土匪进不来，就在墙外垛成豆饼垛，推着豆饼垛向前靠拢，里边李家粉房的人向外还击，但是土匪不怕，因为李二爷赶集去了，没在家。

这仗啊，打了一头晌，说也凑巧，正当枪声砰砰响的紧张时刻，李二爷外出赶集回来了。

这时候有人听说了，就赶快告诉土匪头子小红字说："红字大当家的，不好啦，不好啦！"

"咋的了？"

"李二爷回来了。"

"啊？信儿准吗？"

"准准的！"

"快，快滑！"（土匪的黑话，快跑）

李二爷一看土匪跑了，心里暗想，俺看你往哪儿跑？调转马头就直奔逃跑的小红字追去。

当年小红字骑着一匹枣红马，人称快如风，可李二爷骑的是一匹麒麟马，外号叫追风。

两匹马一前一后，在这荒凉草甸上就追逐开了。

当离得近了，李二爷就喊："小红字，你如果是个人，你给俺站下。"

小红字哪敢站啊。

李二爷再喊："俺数三个数啊，你再跑，俺就让你从马上掉下来，然后俺再收拾你。"

小红字还是跑，可是跑着跑着，只听"哐"一声枪响，那马的膝盖一下子被打折了，小红字一个前趴子就掉了下来，他顺势往前翻了两个跟头，倒在了地上。

这时，李二爷从马上跳下来，走到小红字面前，用脚踩住他的肩膀说："俺说过，要你命的时候到了，今后你还抢不抢俺们粉房了？"

"不抢了，不抢了，绝对不抢了。"

"你还撵不撵俺们粉匠了？"

"不撵了，绝对不撵了！李二爷，求你饶了我吧。"

李二爷说:"你看到了吗?如果没看清,起来看看你的马,看看俺打的枪眼。"

小红字哆嗦地走到倒在地上的马前,那马腾地站了起来,抖落抖落身上毛,感觉一点事也没有,还没瘸。

原来那子弹头正好穿过马膝盖附近的筋缝儿,也没伤筋,也没伤骨。

李二爷看小红字吓得蹲在地上发抖,就说:"你要保证以后不祸害乡亲和粉匠,俺就放了你。"

小红字哪还敢说个不字,对天发誓后,又向李二爷磕了三个响头,才牵着马走了。

李二爷为啥不杀小红字,李二爷想,如果杀了小红字,他的弟兄一定会为他报仇,到那时,人们的日子更会难过,那毕竟是一群土匪呀。

话说这一天,有伙计来报,外面来了一个外地人,说是要见李二爷。

李二爷急忙迎出去,见来人是一位留着络腮胡子的中年人,见到李二爷后,双手抱拳说:"在下五魁,见过李二爷!"

李二爷疑惑地望着对方,抱拳问:"不知壮士找我何事?"

五魁道:"早闻李二爷的枪法好,今天特来请教。"

李二爷说:"壮士过奖了,只是皮毛而已。"

两人按照约定,把两个葫芦在墙头上固定好。只见五魁抬手一枪,贯穿葫芦嘴下而过,众人无不叫好!

轮到李二爷了,只见他同样甩手一枪,可是葫芦没有任何反应。就在众人失望的时候,却见五魁单腿跪地,抱拳道:"佩服佩服!后会有期!"说完扬长而去。

原来,李二爷的这一枪,是从五魁的枪眼里穿过去的……

李二爷传奇的故事,迅速传遍了粉匠村落。

人们在讲述他的故事的时候,也把粉匠们特殊的人生经历变成了一个又一个令人神往而难忘的传奇故事。

拨开云雾

在三青山一带，粉匠传奇而又特别的故事很多。

话说有一天，杨有民刚走出院，就见远处有个人骑着马向他奔来。到了跟前儿，从马上跳下来，直奔他跑了过来，那个人喊道："您是杨大爷吧？"

杨有民老粉匠抬头一看，奔他跑来的这个人非常面熟，但是他却一时想不起来在哪见过。

那个人走近后，笑着说："杨大爷，您难道忘了？我是杨少成，您是我的救命恩人哪。"

杨有民疑惑地打量着来者："嗯？我是你的救命恩人？"

那人说："大爷，您好好打量打量我。"

只见此人四方大耳，长得十分俊秀，嘴唇的右角有一颗黑痣。

"啊，原来是你。"杨有民这时才想起来，这不正是那一年万福麟剿匪抓住的一个共产党，让他处死，他给放走的那个人吗？

"你，你就是那个……"杨有民再次打量眼前这个人。

那人快步向前一把握住他的手说："对，大爷，我就是被您放走的那个杨少成啊！"

杨有民忙说："啊呀，你怎么找到这里来了？"

那人说："大爷，自从那次以后，我就找到了队伍，我现在是八路军，这几年，跟着首长们一直在东北搞土地改革。"

"太好了！快，跟我进屋。"杨有民高高兴兴地拉着杨少成回到了屋里。

刚进院儿，就见车山前从屋里走出来，杨有民冲着车山前就喊："快！马上备酒。"

很快，车山前让儿媳们麻溜利落地备好了一桌酒菜。

两人上炕坐定，就在桌前边吃边唠，爷俩都觉得投缘，都说出了掏心窝子的话。

杨少成关心地问:"大爷,这些年过得怎么样?"

于是,杨有民就跟他讲,这些年来,他靠着粉匠的手艺已经置办了上千垧地,而且这些地当中大部分都是儿子们的,儿子们也都成了不小的地户,也招了许多种地和漏粉的火计。

听到这儿,杨少成说:"大爷,您是我的救命恩人,所以我得提醒您,您要知道,孩子们是有自己前途的,再说都围在你身边,一辈儿一辈儿地跟着您种地也好,做粉也好,那他们的前途不是被您给捆住了吗?"

杨有民很惊讶:"被我捆住了?"

杨少成说:"对呀,您想想,您这样把他们拴在土地上、拴在粉房里,他们自己的前途、他们自己的希望还有吗?"

杨有民问:"那你的意思?"

杨少成说:"我的意思是,您仔细想想孩子们的命运和前程!"

杨有民更加惊讶:"前程?"

杨少成说:"对啊,前程就是年轻人的命。您把孩子们都拢在身边,还不如像我一样,让他们走出去,干一些更有意义的事情。"

杨有民问:"啥叫有意义的事情?"

杨少成说:"马上要解放了,国家正是用人之际,像他们又都有文化,正是国家建设需要的人才呀!"

杨有民若有所思地点了点头。

就这样,两个人一唠就唠了半宿。

第二天早晨,送走了杨少成之后,杨有民三天三宿就没睡过一个安稳觉儿,他开始想不明白,杨少成的话究竟是啥意思呢?

慢慢地,他终于豁然开朗,杨少成也解开了在他心头多年的结。

是啊,自己这些年来,和车山前成家,生下了五个儿子,如今个个都是地户,土地一多,孩子们就容易懒惰。再说,光靠租地、漏粉,能给孩子们一生幸福吗?他们真的都想跟我一样,一辈子就在这块土地上活吗?

杨有民睡不着觉,他思来想去,终于有一个主意出现在他的脑海中。

第一章 久远的记忆

一个多月过去了,中秋节到了。

中秋节在东北农村,特别是三青山一带的粉匠村落,习惯叫"八月节",那是仅次于春节的一个大节,讲究的就是大团圆,家家都热热闹闹地过八月节。

这老杨家的一大家子人,在庆祝完之后,儿子们都要往回走的时候,杨有民突然说:"等一等!"

他把孩子们都留下,屋里只剩下老两口和五个儿子。

好半天爹也不说话,儿子们不知道爹娘是啥意思,只是站在地上愣愣看着爹的脸。

片刻之后,杨有民一脸严肃地对站在炕沿下边的五个儿子说:"从今天开始,你们都给我走出去吧。"

"出去,干啥去?"

"给我出去要饭。"

"啊?爹,出啥事了?"

"没出事。"

"那这日子过得好好的,为啥让我们出去要饭?"儿子们不解地瞅着爹。

爹说:"对,你们现在把所有的财产都扔下,你们都要走出咱们这个屯,我要把你们的土地都转让给别的地户,你们就一心一意地出去干事儿,每个人要干出出息,再回来见我。"

他的话音一落,孩子们面面相觑。

"爹,你今天咋说出这种话来?"

杨有民说:"我今天说的话,你们早晚有一天会明白的。"

其实爹的话也正是几个孩子的主意,只是在非常强势的爹面前,他们不敢表露而已。

特别是老三、老四、老五这哥仨,早就想出去闯荡了,不愿意被捆绑在土地和粉房上。

于是都说:"爹,你说得太对了,那我们就都听你的,出去闯荡,

109

闯荡不出名堂，绝不回来见你！"

爹说："就是要让你们去闯荡，所以这些财产从今天开始，不是你们的了，都是我的，听着没有？"

"听着了！"

听着儿子们说完之后，之前早有准备的老爹杨有民，让车山前拿出一张字据来。字据是杨有民亲自拟的，上面写着五个儿子的名字。

杨有民拿着字据，对儿子们说："来，都给我签字画押。"

于是，几个儿子在上面签了字，按了手印。

五个儿子当中，尽管老大、老二有些勉强，但是老三、老四、老五都非常爽快。于是老大和老二也就再也不敢争辩。

老爹马上收起了字据，对孩子们说："从明天开始，你们就去走你们的路吧，没有出息就不要回来见我。"

孩子们听完之后，在第二天就离开了屯子。

孩子们走了之后，老爹杨有民就把家里的地和粉房一点点地租给了村民。他这个主意一出，南北二屯，甚至很多地方先期闯关东发家的人，也都学着他的样子，再次把这些土地免息租借给地户。这样，这个村子当中所有的土地就变成了许多人的土地。无论种地还是开粉房，都需要资金周转，杨有民就把所有的资金以低利息借贷的方式，不断地借贷给村民。

可能很多人心中不解，老杨头是不是疯了？他就这么把儿子们撵出家门，是不是太毒了？别人说什么的都有。但是别人愿意咋说就咋说，杨有民就是不动声色。

就这样，当年的老屯老名，渐渐就被人忘了，慢慢地，这个村子变成了前借贷庄和后借贷庄。主要的原因是杨有民撵走了儿子后，这里的土地和粉房等财产资源都变成了借贷的资源，逐渐地在这一带村民中，形成了一种有规模的经营活动。

从此，在三青山的这片土地上，就出现了前借贷、后借贷这样的村屯，村屯中的许多粉房也以新主人的姓氏不断出现。

正所谓：百家姓，百家房，百家土地，百家粮，百家户主到此地，开出此地大粮仓；前借贷，后借贷，借来借去，一代代，一代一代往下传，传来传去到永远。

在这片土地上，像前借贷、后借贷这样的故事，也一代一代地在三青山一带流传不止，形成了人们对三青山这片土地上的粉房和粉匠难以忘怀的记忆，每一串记忆都是一些奇特的故事。

沈家染房

粉匠村落的许多村屯的名字虽然没有"粉"字，比如大房身、初家窝棚、西山头等，但也有粉房，沈家染房就是这样一个村子。而粉房和村名几乎已经无关，不管叫什么名，哪村哪户做手拍粉确是家喻户晓，人人皆知。

沈家染房这个村子，听名字显然是靠染布闻名，那就是姓沈的人家在这里染布。

而沈染房的主人从前也是山东蓬莱县皮子窝村的闯关东人家。大约是在道光、咸丰和乾隆年间，大量的中原人过不下去了，土地少，老天不是旱就是涝，于是他们就闯关东来到了东北。这老沈家当年就是从山东来到东北开创了沈家染房。

当年老沈家哥五个，个个都是精通手艺的染匠。虽然是染匠，但每个人又都是木匠，这说起来也不奇怪，其实，木匠和染匠、粉匠、石匠、铁匠、皮匠等这些手艺都是相通的。而且那时候，老沈家哥五个来到了东北这个地方，当时是一片荒原，他们就开荒占草，在洼中高一带就住下来了。

住下来以后干啥呢？他们家在山东的时候就会染蓝印花布。所说的染蓝印花布，就是把草原上一种叫靛蓝草的植物，在夏天割下来，然后推到大坑里沤，或者放在大缸里沤，沤出了颜色，被称为靛。这些靛水再经过过滤，然后把布投到里边去染，以靛染布是中国最古老的染布方式。

把白布染成了蓝印花布，再制作成被褥、窗帘、幔帐、围裙等。所以，蓝印花布是当年最重要的一种布料，而且这种布料全靠民间的印染去完成。

当年老沈家在这个地方开染房，本来没有名的草甸子就变成了沈染房。

沈染房染的布，在当年曾遍布东北的家家户户，产业也越做越大，成了富甲一方的大户,并以沈染房的名字立了屯。

若干年后,靠漏粉起家的田姓家族不断壮大,此时整个屯子东面是老沈家,西面是老田家,两个大户人家,一东一西把守着整个屯子。

为什么说把守呢,因为当年土匪多,如果土匪从东边来,大伙儿都马上跑到西边的老田家去躲,如果土匪从西边来,大伙儿都跑到东边沈染坊躲,所以这两个大院就成了百姓们避匪患的保护场所。

当年土匪一是抢东西,二是报复。土匪曾经多次在这一带对粉匠下手,包括老头好就曾经绑了杨有民,亏了粉娘吴老太太相救。

这沈染房也是。有一次,当这些土匪包围了村子以后,就开始喊:"谁是老高家?谁是老高家?"

原来,沈家后人共哥八个,其中沈八爷娶了当地高姓女子高凤琴为妻,后来生了儿子沈殿军,在沈殿军四岁的时候,沈八爷因为风寒去世了,多亏了几位大爷和叔叔们照顾,使得母子俩衣食无忧。

土匪要找老高家,实际就是要找高凤琴的弟弟、沈殿军的大舅高凤林。高凤林当年是东北民主联军骑兵团的一名排长。

据沈殿军讲,大舅高凤林当年带领战士打过土匪,所以这些土匪就来找仇家了。

那一天,他们就来到了沈染房,找不到高家人。经打探,知道他姐姐嫁给了沈家,便直奔沈家大院去找高凤琴。

那时,沈家和田家的实力还没那么大,几名看家护院的炮手还无法和土匪抗衡。经过此事后,沈、田两家经协商分别壮大了看护队伍,周边出名的炮手几乎都到了沈、田两家。

那日,土匪在沈家找到了高凤琴,他们就把高凤琴吊起来,用皮鞭蘸凉水抽打,问她:"你弟弟不能耐吗?问你弟弟,还撑不撑啊?撑不撑了?"

高凤琴很刚强,挨一鞭子,便骂一句:"我就告诉我弟弟打死你们,你们谁打我,谁打我一鞭子,我到时候告诉我弟弟撑死谁。"

"到底撑不撑?"

高凤琴嘴里吐着血接着说:"就撑你们,就撑胡子。"

"打,给我打!"

"打也撑。"

老百姓都在院子里,听着喊声,大家都含着泪。沈染坊的村民都知道高凤琴,她心灵手巧,会剪纸、扎花、剜字,会用压刀,这么一个好人如今落在了土匪手中,都为高凤琴捏了一把汗。

正在这时,外面枪声大作,一个土匪跌跌撞撞地跑进来:"不好了,高凤林领着马队来了。"

"看清了吗?"

"看清了!"

"真的是马队?"

"真的是马队。"

"有多少人马?"

"呼啦啦的,看不清,好像不少。"

"扯呼——"(土匪语,撤退)

土匪们慌忙上马从村东头逃了出去……

被放下来的高凤琴也纳闷,弟弟明明在四平,咋会回来呢?

这时,沈七爷等几位粉匠骑马冲进了院子……

原来,事发突然,沈七爷自觉势单力孤,无法和土匪硬碰硬,便偷偷地溜出院子联络了几名粉匠。那时粉匠家都有枪,因为他们常年外出卖粉,为了防止打劫和防狼必须预备家伙。

几个人一商量,在沈七爷的带领下,骑马出了村子,忽然看见对面来了一批人马,到近前一看,这不是大房身李大粉匠的二弟李二爷吗?

沈七爷急忙下马打招呼:"李二爷,您咋来了?"

李二爷说:"听说你家招了胡子,俺听信儿就赶紧招呼人过来了。"

沈七爷说:"李二爷仗义,俺这先谢谢啦!"

李二爷说:"沈七爷客套了。"

沈七爷又是一抱拳说:"多亏您来了。"

李二爷说："不对呀，你家进胡子，你咋往外跑，难道……"

沈七爷说："不是往外跑，我想假扮骑兵团，把胡子吓跑，现在不是硬碰硬的时候。"

沈七爷把假扮骑兵团的计划一说，李二爷招呼人急忙跳上马，一群人马一边放枪，一边大喊："骑兵团剿匪来啦！骑兵团来啦！"

后来，再有土匪来的时候，无论是沈家大院还是田家大院，两个大院互相递枪，互相送粮，来抵抗土匪的攻打，而且一来土匪，各家村民都往这两家院跑。

这个喊："我上老沈家院，啊！"

那个喊："我上老田家院，啊！"

当年粉匠村落这一带，家家的粉匠都必须有防身之物，村村都有厉害的人物。

沈家染房的沈七爷叫沈景春，是沈殿军的七大爷。平常，他除了种地、漏粉、染布之外，还练就了一手好枪法，他常常领着一些护院和炮手四处走动。

他的枪法那真是看着飞鸟抬枪就打，无一不中。他打枪说打鼻子不打眼，曾经练出了黑夜打香头，就是把香头插在墙上，然后，开枪击中。甚至他还练打葫芦头，把葫芦放在墙上，站在十步开外举枪射击，一下子把葫芦头穿一个眼，然后他按照这眼穿上绳，拎着打酒喝，所以沈七爷的枪法可以说是太准了。

后来呀，一有土匪到来，村里许多老太太就劝他们："你们可拉倒吧，这个地方是你们打的吗？"

"咋不是我们打的？"

老太太说："你还问我，我问你，你看看，我们这有兔子吗？"

"对呀，没看到兔子。"

"你没看到兔子就对了，兔子一听沈七爷，一听沈景春都吓得跑了。"

"哎，是吗？你说的可是沈老七。"

不等老太太回答，土匪早没了踪影。

英雄惜英雄，大房身的李二爷十分佩服沈七爷的枪法和大义，沈家染房的沈七爷更佩服李二爷的侠气和忠义，二人早有结义之愿。

这消息不久就传到了粉条商号兰永山的耳朵里。经过酝酿和协商，于阴历九月初的一天，据说是祖师爷后稷生日这一天，各村大户、粉匠、染匠以及各路手艺人集聚到大会屯。

祭拜完祖师爷之后，在兰永山和众人的见证下，大房身的李二爷和沈染房的沈七爷正式结义，在三青山书写了一段英雄惜英雄的佳话。

而后又商议由李二爷和沈七爷共同管理粉匠村落保安维持会，负责整个村落的安全保护，这种保护一直坚持到了长岭等地界土匪被彻底消灭。

今天来到沈染房屯，在阳光的照耀下，我们看到孩子们都幸福地玩着"打连环"，就是我们小时候玩的"石头、剪子、布"。

在四周高高的庄稼照应下，在凉爽的秋风吹拂下，孩子们一边挥动着小手，一边喊着："石头、剪子、布！"

声音传遍了旷野，飘荡在村落的上空。

孩子们在玩的时候，他们也问大人："爷爷，我们这样玩好吗？"

爷爷说："孩子，你们知道吗？你们玩的石头、剪子、布，这个布是什么？"

孩子疑惑地问："布？布就是布呀。"孩子们一个个摸着自己的衣服。

爷爷就说："你看看你们穿的花布、蓝布、白布，你知道这个布最早就是咱村子沈染房祖先们染的吗？"

"啊？是祖先染的？"

"对呀，所以你们生活在沈家染房，你们就要记住这村子是有文化底蕴的，没有文化底蕴的村子，就没有未来。要记住，你们玩的时候，当你们喊到石头、剪刀、布的时候，正式回归到你们的沈家染房。"

孩子们高兴地跳起来，喊着："沈家染房，沈家染房，沈家染房。"

孩子们欢乐的叫声在北方草原，在三青山的村落中飘荡，把这个古老村落的粉匠文化、染匠文化传向了四面八方，也把一种久远的历史刻写在东北的黑土地上。

绝技久长

当年，真兰永山在农安集市上碰上了假兰永山，可是二人却成了要好的朋友。

这之后，兰永山还几次来到了魏家屯，亲手教魏三漏粉手艺。你还别说，那真是应了名师出高徒的老话，魏三的漏粉手艺逐渐地提高，在当地堪称一绝。

后来，兰永山不断把三青山的粉面子拉到这里，保障了这里粉面子的质量。加上兰永山都毫无保留地传授漏粉技艺，使靠近长岭很近的农安粉条制作技艺得到了很大提高。

魏三的大名也一下子提升了，求他帮助漏粉的人也越来越多。魏三逢人便说："嗨，别提了，那当年啊，多亏了我大哥兰永山啊。"

这一年，魏三的娘病重故去了。兰永山十分悲痛，他和家人立刻赶到了魏家屯给老娘送行。

魏三看到自己的恩人来给自己的娘送行，感动万分，从此他们之间的关系也更加牢固。

此事不但在三青山和农安一带传为仗义忠孝的佳话，而且在方圆几百里内的扶余、白城等地也都传为佳话。

人们都说，弄假成真也好，真心学艺也好，关键是你得有幸遇到真人。三青山的兰永山就是这有菩萨心肠的大真人，所以这段佳话一直传了很多年。

光阴似箭，日月如梭，1931年"九一八"事变爆发。转眼到了1944年，长岭驻扎了一个日伪军守备队，守备队队长是牛岛二郎。

牛岛二郎这小子，从小就喜欢吃中国的食品，研究东北饮食，他知道东北最好吃的东西叫猪肉炖粉条。

这牛岛二郎一听到长岭产粉条，而且这长岭产粉条最出名的地方那就是三青山。所以，他特别派守备队的几个驻兵，驻扎在三青山一带，每天逼着老百姓交各种经济税。

牛岛二郎的野心特别大，他不但想吃，而且特别想得到手拍粉的手艺。为了逼老百姓交出漏粉手艺，他们表面上查卫生，谁卫生不好就抽谁，谁家吃大米，那是经济犯，就要挨打。百姓心里非常气愤，对手拍粉手艺都守口如瓶。

过了很久他终于打听到，在此地最有名的粉匠就是兰永山和杨有民。

当年，粉匠们心里都明白，中国人的技术咋能教给日本人呢？所以有一些粉房，就比如说兰家粉房，一听说日本人来了之后，兰家粉房的哥三个立刻都停止了粉条的制作。日本人一看这不行啊，不能停啊，于是他们就逼着粉匠们开业。

他们抓住了一些粉匠在粉房里漏粉。只见这些粉匠们认真的磨土豆、过浆水、起粉坨子、刮粉面子、炕粉面子、和面、打芡、叫瓢，眼瞅着做得认认真真，可当粉一下到锅里，哎，才发现什么也不是，下到锅里的再捞出来，都是一些面汤子，像粥一样，根本没有粉条。

日本人也不知道怎么回事，就暴跳如雷、唧唧哇哇地乱叫，但你再暴跳如雷也没有用啊，他漏不成粉哪。然后就逼问大粉匠："这到底是怎么回事儿？"

他们逼问也逼问不出子午卯酉来。于是，日本人恼羞成怒，他们把兰永山和杨有民抓来，让他们跪在冰上，不说出漏粉的秘方就永远在冰上跪着，一直跪着。

虽然寒冰刺骨，但两人却装得像没事儿一样，唠着曾经的过往。

乡亲们心疼啊。夜里，有的就趁着看守不注意，带来了一个一个枕头，把枕头撇在冰上，垫在杨有民和兰永山膝盖下，长期跪在冰上就会冻得关节脱臼，一垫上枕头，就好多了。

跪了三天之后，一天夜里，乘人不备，兰永山在弟兄们的帮助下，偷偷地逃出了冰泡子，大粉匠杨有民也被人偷偷给救了出来。

躲到哪里去呢？杨有民想到了一个地方，那就是杨有民当年为了乡亲们秋收方便而建的场院。

当年这三青山兰家粉房的西南，靠近义发阄的地方，有个叫三不管的东大坡，这三不管的东大坡，因为此地没人管，离屯子又远，所以当年杨有民相中了这个荒凉的地方，在这里建了一个房子，作为打更护院时的临时住所。

东北的农家在种地的时候，往往在冬天都留着一个地方，叫打场，就是秋收下来的庄稼，要在这个场院里进行打、晒、扬、脱壳，因为天很寒冷，往往用土坯来修一个房子，屋里搭上火炕。

那时候日本人一来，老百姓种地的心思也没有了，漏粉又都不干了，这老房子就空着。恰巧的是这房子如今成了杨有民的避难所。

由于是三不管的地方，庄稼地一荒芜，蒿草长得几乎就把老房子给埋住了，杨有民藏在这里，加上乡亲们的掩护，日本人很难找到。

兰永山和杨有民两个大粉匠带着手艺逃走，让日本人恼羞成怒，他们也曾经追杀过兰永山家和杨有民家的后人，可是，他们万万没有想到，杨有民早已把自己的儿子打发出去，躲起来了，兰永山的后人很多也逃离了故土，四处谋生去了。

在这种岁月当中，粉乡的老百姓纷纷参加抗日，日本守备队也顾不上这三青山了，他们时而把部队调往县城，时而去镇压扶余和西北的一些蒙古族地区的起义。

1945年日本人战败撤退，这时候杨有民才和老伴儿车山前从这个老房子里走出来。

回来之后，老两口也并不想闲着，能干些啥？其实他们能干的只有两个字：土豆。

就在他躲在老房子的这些年里，年年在老房子旁边的一小块地里种上土豆。

大家知道土豆这种植物是耐储存的，既能当主食，又能当副食，特别是在饥荒中能发挥作用。

在东北，每到上秋收完土豆，都要储存一些土豆越冬，以备冬季和第二年春天青黄不接时食用，所以有"土豆花开一片白，百姓饥饿再不来"的说法。就连杨有民和老伴儿车山前，也主要靠土豆生存，春天吃土豆，

119

冬天也吃土豆。

杨有民让老伴儿去县城纸坊买了一些老纸，他就慢慢地开始把许多许多好的记忆和想法，特别是漏粉工艺，他都一笔一笔地记下来，还配了很多小画。

其中有一个很重要的故事，就是他与当年曾经救过的那个革命党人杨少成的故事。

当年，杨少成被万福麟的队伍抓起来，是被他所救。他十分感谢杨少成，因为杨少成给他出主意，也亏了他按照杨少成的主意把土地都租赁出去了，所以才使得儿子们摆脱了土地的束缚，远走高飞。

这些故事，他不但写得完整，一幅幅画也画得十分生动。更难得的是车山前，她找来了一些红纸，用剪纸、刻花、扎花、刺绣、弯朵等给丈夫的故事配图。种土豆图、磨粉图、粉条晾晒图。甚至包括如何做手拍粉和如何烧粉耗子图等，都成为了他俩的杰作。

老两口偷偷地躲在这荒草房子里的寂寞岁月当中，却成了他们创作东北马铃薯文化的重要时期。这些创作，在车山前最后的日子里，几乎就成了她每天生活的主要内容。

印痕岁月

那一年，杨有民故去了，儿女们也都不在身边，只剩下车山前一个人守着丈夫生前的老屋。

几个孩子各地都有，都想接车山前进城里生活，可车山前却说："我呀，离不开你爹从前喜爱的这个老屋。"

所以她就守着，只有到过年过节的时候，孩子们来看看娘，而老娘车山前就孤零零地守着这个老屋。

又过了十来年，车山前也去世了。车山前是在医院去世的，住院前就把这个老屋用锁头一锁，钥匙交给生产队保管了起来。

屋里留着老两口一生的生活物件，而特别珍贵的是一个老木柜，那是杨有民和车山前生前打制的木箱，这个木箱装着满满的"宝物"，木箱在老屋里又默默地存在了十年。

这十年当中，东北平原几次发大水，但是也奇怪，那水冲过长岭的平原，可是却没有冲倒这座老屋。但十几年的风雪暴雨，却使得老屋越来越苍老不堪了。

人们问躺在病床上的车山前，还有啥事儿向儿孙们交代的吗？

她说："那个老屋就是交代。"

一个被洼中高完全保护下来的苍老而感人的母亲，渐渐睡去了……久远的传承随着那逝去的记忆逐渐的流逝着。就像山顶上的积雪，从远处刮来，从她的眼前和记忆中刮过去，刮向那更加遥远的记忆的远方。

三青山的美丽中，带有着无尽的生命传奇和生死的历程。面对大自然的狂风和暴雨，还有北方终日严寒的施威，它却传承下来了一个个适应严酷的性格形象，顽强生存下来的一个个母亲、一个个粉匠……

这一年，时间来到了一个关键节点，三青山的粉业得到了迅速地发展，国家电网技术发展委员会要进行统一供电，包括三青山和各村屯在内的地方，都要并入电网。在并入电网勘察时，经过这个老屋，工作人员就问："这是谁的老房子？"

当地政府领导就说："这个老屋啊，是当年老粉匠杨有民两口子住的老屋。"

勘察员说："建电网，这个房子得迁。"

当地政府领导就说："这是有主的房子，我们得和人家的后代沟通完再做规划。"

后来经过政府调查，发现那时候直接管理父母生活的是杨有民的小儿子杨海山。

杨海山那时已经跟随儿子移民去了美国，政府委托专人联系到了在美国的杨海山的儿子杨东："你祖父生前在家乡住过的一处老屋，政府即将动迁，如何处理请告知。"

杨东当年远在美国的得克萨斯州研究所研究植物，特别是研究马铃薯的深加工。

对于这个老屋，他和父亲一样，一直挂在心上，因为父亲每每念起这个老屋，眼里都会噙满泪水。可挂在心上又能怎么办，他又回不去。但他又不想直接交给政府随便处理，因为毕竟爷爷奶奶在那里度过了晚年时光，特别是晚年在日本人追杀时，爷爷为了保护手艺，躲到那里的时候，说不定里边还会留下什么"宝贝"。

经过深思熟虑，他就把自己的想法告诉了好朋友杨金花。

杨金花是国家电网的工作人员，巧的是，东北电网并网，各村由国家电网联合共建之后，杨金花是管理长岭三青山一带的技术员。

杨金花一听这个事儿，就说："你就说，需要我怎么办吧？"

杨东说："我求你帮我把爷爷的老屋好好地清理一番，有价值的东西一定加以保管，可以吗？"

杨金花爽快地答应了，并给了承诺。就因为这个承诺，给她带来了一个意想不到的结果。

大家可能万万没有想到，这个杨金花的爷爷杨少成，就是当年被万福麟的剿匪部队抓住，准备要杀害的时候，却恰恰是被杨东的爷爷所救的。这一段背景不被外人所知，那是苍天冥冥之中留给两个孩子深深的牵绊。

在人们陪同下，她来到了在荒野中屹立着的老屋。只见一把锁头上面还绑着一块皮盖，那是为了遮挡风雨不让老锁锈死，今天看起来那把锁头还是完好的。

杨金花轻轻打开这把老锁，只听"咯噔"一声，锁头开了。

屋门"吱扭扭"地被打开了，旷野的风吹了进来，骤然间，中午的阳光照射进这阴暗的老屋。

她环顾四周，屋内只有后墙上有一个小窗子，已经被钉死。屋里一铺火炕上放着一张八仙桌，东面的墙上贴着一幅很旧的图画，那图画叫人看了是既熟悉又亲切。

那画上画的是几个粉匠正在漏粉，一个粉匠坐在锅台上，手拿着粉瓢，正在拍瓢。但是由于多年没人打理，那些老画的色彩已经渐渐淡了，只有认真去看才能看清。

此时，杨金花怀着一种虔诚的心情，在那幅漏粉老画面前点上了三炷香。因为杨金花知道，这是她的朋友杨东的爷爷、奶奶留下的呀，他的爷爷、奶奶，也是自己的爷爷、奶奶，眼前的一切都是当年那些老手艺人用尽一生努力所留下的技艺财富啊。

烟雾轻轻地飘荡在屋中，那种陈腐的气息顿时被飘荡的烟雾冲淡了。

杨金花虔诚地对着那幅老画拜了三拜，轻轻地说："两位老人家，我代表您的孙子来看你们来了，这么多年过去了，你们所走过的路，你们所留下的一切，我们会永远传下去，让人们清晰记住，一段岁月的开始和一段岁月的结束。"

她说完这些话，长吁了一口气，心情也舒畅了许多，接着她就开始收拾这个屋子。

杨金花觉得这间老屋应该是中国几代老粉匠所留下的最后的老屋，而且也应该是中国粉匠文化的一个民间博物馆。

她和来人把屋里一切打扫完后，把目光落在了一个老胡杨木柜上。

这个老柜并没有锁，只是用一个铁丝拧在上边。于是，杨金花和来人慢慢将老柜抬到了炕上。

当柜盖被掀起的时候才发现,里边原来是一个用老羊皮裹着的东西,她展开羊皮一看,羊皮里边还有一层油布,这油布就是从前我们说的那种用来做伞的伞布,它既防潮又隔热,所以用它包着的东西一定很珍贵。

她又轻轻地展开了油布,发现里面还有一层是麻花布所包着的东西。麻花布就是东北的蓝印花布,也是三青山沈染房几代染匠所印染的蓝印花布。老人生前一定非常珍爱这种褥单儿和被单儿,只有包裹最珍贵物品时候,才会使用这种东西。

当打开蓝印花布之后,杨金花大吃一惊。

杨金花看到了什么?她看到了里边是一摞一摞的纸稿子,是一摞一摞的手抄本,而且很整齐地摆在那里,有大有小,有长有短,还有纸卷儿。

杨金花格外吃惊。她首先拿起了里边的那三个纸卷，当她轻轻展开第一张纸卷，才发现这原来是一个类似家谱的东西。这个"家谱"，就是老人精心留下来的手制品，都是老人精心绘制的。通过"家谱"，更能看到他们当年如何闯关东来到东北，落脚三青山，而且家里几代人的姓名都在其中。

让她非常感动的是，杨海山的名字也被记在了上面，因为这个"家谱"并不是我们平时所讲的"老祖宗"，并不是只记载逝去的人，所以她感到非常亲切。

于是，她又打开了另一个纸卷。这个纸卷，杨金花看得格外认真，原来这张图就和墙上那张画一样，绘制着整个漏粉的流程和技艺，笔触清晰，色彩鲜艳，构思巧妙，人物生动，简直是一副东北粉条制作的清明上河图，令人惊叹！

当展开另一个纸卷的时候，杨金花看着看着，就把这幅画搂在怀里哭了。

原来，这幅画记载的正是杨有民和老伴儿一生做过的事情，而其中提到了当年他从万福麟手里救下革命党人杨少成的经过。

杨金花激动得不能自已，因为杨少成正是杨金花的爷爷。

原来恩人在这里呀。

杨金花曾经听父亲说过："当年有一个粉匠在东北救了你的爷爷，你爷爷参加革命，被万福麟的部队所抓，准备杀头的时候，被一个粉匠偷偷给放了。"

这时的杨金花再也抑制不住自己心头的悸动，大颗的泪花从脸上流了下来，她不断地擦拭着，怕热泪滴落在这珍贵的文献上。

许久，她才轻轻地翻看其他的纸稿，原来全是杨有民所写的日记。日记从闯关东开始写起，一直写到如何开粉房，如何使儿子们走上革命道路，如何逃避日本人追杀，如何保护漏粉秘方等岁月里，所发生的一切。

一张又一张，一本又一本，杨金花看着看着，失声痛哭起来，因为展现在她面前的，是一个久远岁月的文化读本，是一个古老粉文化的文献。

125

这个文献使她读懂了东北平原上久远的历史，读懂了中国工匠，读懂了一个老粉匠一生的坎坷经历呀！

她落泪，人们也落泪。最后，她们重新把这些宝贝一样一样地叠好，又重新一层一层地包好，原封不动地放回箱子里，装到了车上。

此时，北方的旷野，突然间响起了巨大的雷声，一场暴雨向东北平原袭来。

暴雨狂风吹打着三青山这片土地，仿佛是在对这老屋演绎出的岁月故事进行一种倾诉。

大约过了两袋烟的功夫，突然云开雾散，阳光也出来了。

阳光照射着这间古老而苍凉的粉匠老屋。门外，清晰的阳光，仿佛在召唤着他们，走吧，孩子们，走向新生的历史和生活吧。

他们锁上了老屋，然后通知三青山公社和动迁人员，可以拆迁这个老屋啦，因为他们把老屋的灵魂带走了。

杨金花要告诉海外的杨东，她要建一个粉文化博物馆，要把这个博物馆建在三青山。接下来，她还要在北京等地建，她要让中国人和世人都知道，曾经在一个久远的岁月里，有一个古老的故事锁在人们心底，而今天，这个故事对世人公开了，这个故事将向世人重新讲述，讲述东北土地粉文化的故事，以及它的文化传奇。同时，通过这个故事、这个传奇，让所有人在这里能读懂东北、读懂中国。

粉业盈光

秋风习习的山冈上，老粉匠孙宝珍与杨东、杨金花两位老人互相搀扶着，缓缓地走向一处墓地。这里，埋葬着被粉匠们称颂的杨东的爷爷杨有民和奶奶车山前。

伴随着不断升起的缕缕淡紫色的青烟，他们将一朵朵不同颜色的"粉花"虔诚地供奉在墓前，默默地伫立着，仿佛有许多话要向墓中人倾诉。而此刻，除了秋风吹动树叶的"沙沙"声，四野一片寂静。

无情的岁月，早已在老人们的脸上刻下了道道皱纹，每一道皱纹，仿佛都在诉说着岁月的沧桑。

当年的杨东，带着植物深加工和产品升级改造等技术及专利，从美国回到中国，不仅成就了他与杨金花这对多年恋人的一桩美满姻缘，在以后的交往中，也与三青山的粉匠们结下了深厚的友情。

过了许久，孙宝珍还是打破了沉寂："哥、嫂子，我们回去吧。"

杨金花挽着老伴儿杨东的胳膊仰头望着他，似乎有话要说。

杨东说："今天是七月十五，我还想去看看老朋友。"

孙宝珍疑惑地望着杨东。

杨东对孙宝珍说："我想去看看你二哥孙宝荣，多少年了，我忘不了他呀。"

孙宝珍指着不远处的一道山冈说："他的坟就在前面不远处。"

三个人继续搀扶着，走到老粉匠孙宝荣墓前，他们将一白、一红两朵"粉花"敬献在坟前。

站在老友坟前，杨东老人点燃一支烟，浅浅吸了一口，闷了好久才轻轻吐出。随着烟雾飘动，老人陷入了久久的沉思，他仿佛又回到了那遥远的过去，看到了那些模糊而真切的人，还有那些无尽的感动……

杨东最先想到的就是父辈口中的大粉匠兰永山，也许是祖辈的情缘，或许是孙宝荣对粉业的痴迷，抑或是孙宝荣的情怀，回国后的杨东便与兰永山的外孙子孙宝荣结下了不解之缘。虽然一个在北京，一个在东北的乡村，但这种友情，陪伴了孙宝荣的一生。

家家有粉房，户户有粉匠，一个乡镇就有1500多家粉房的辉煌历史，出现在20世纪80年代中后期的吉林省长岭县三青山镇。而当时，带动整个粉业发展的就是这位已经故去的老粉匠、老支书孙宝荣。

那是20世纪70年代末期的一个夜晚，在村部刚刚躺下的孙宝荣突然被一阵电话铃声惊起。电话是杨东打过来的，除了问候一些老粉匠的身体，杨东特别打听了三青山粉业的发展情况，最后他告诉孙宝荣："农村经济的发展、农民的致富，都需要不同形式的参与，我们现在一定要把咱三青山的粉条产业做强、做大，要提前做好土地承包的准备工作。"

放下电话，孙宝荣陷入了沉思。

孙宝荣，出生于20世纪30年代初期。小时候，他就经常钻到粉房子里，最大的愿望就是能吃上粉耗子这样的好吃的。随着年龄的增长，当上大粉匠便是成了他的梦想。当爹的看他对漏粉特别痴迷，于是在他14岁时就将他送到了大粉房当学徒。虽然没学到太多文化，但粉匠的忠义和技艺，却让他受益终身。

经历过土地改革、合作化和人民公社的孙宝荣，在当了十几年的生产队长后，如今已是大房身村的党支部书记了。

有人说，孙宝荣干啥都要样儿。就是当六队大队长的十几年时间里，六队年年是标杆，年年公社都会派人来学习。学啥呢？学种地、学开粉房。他们队的庄稼地，无论二三里地的大长垄，还是起伏的坡地，那都是笔直的，看不到弯，每年打的粮食还要比别的队多出三成以上。再说开粉房漏粉，人家队里，一到秋收完了，那拉粉条的汽车就没断过，同样的社员，人家的收入就要比别家高出两三倍。

六队粉房开得好，社员收入高，别的队当然眼红了。孙宝荣就各生产队走，教各生产队漏粉的手艺。不到一年，各生产队的粉房就都开起来了。

这一年，党组织看他是一把好手，提拔他为村党支部书记。一些老客户到三青山一带，只要买粉条和土豆啥的都来找孙宝荣。孙宝荣就将各生产队的粉条儿都集中到一起，进行统一销售。

那时，省内外的各单位、各企业都给职工搞福利，三青山的粉条就成了热门福利产品。

再说孙宝荣接完杨东的电话后，联想到白天和外地来拉粉老哥的闲聊，虽然人家说土地联产承包啥的他搞不懂，但他隐隐地感到这股风可能要刮过来了。

那时候，信息不发达呀。实际当时在南方农村，土地联产承包责任制已经开展得如火如荼了。

经过一个多月的琢磨和与外地人打探口风，一个大胆的想法就形成了，他决定自己开粉房。

不出半年，他与弟弟合伙开办的三青山第一个个体粉房，在大房身村后夏家窝堡屯诞生了。

粉房成立后，经历了多次封停，直到时任长岭县委书记的李清成带领一班人来此参观考察，并对发展个体经济给予肯定后，粉房才真正走上了正规发展轨道。而后，三青山粉房如雨后春笋般蓬勃发展起来。到20世纪90年代末期，已达到一千五百多家。用"家家有粉房，户户有粉匠"来形容当时三青山的某些村屯实不为过。

本来就适合种植土豆的三青山红沙地，被人们形象地称为"青山种金蛋"；本来就以漏粉为主业的粉匠们，被人们形象地称为"碧水捞银丝"。

每年的八九月份，三青山公社门前，大到卡车，小到马车、驴车，一车车的土豆排满了整个街道两侧。粉匠们看好了哪车，谈好价，吆喝一声："走啦！"于是，一车车土豆就拉到了粉匠人家。

"青山种金蛋，碧水捞银丝"，带动了三青山镇的整个经济发展。

天高气爽，微风徐徐，放眼望去，四野都是绿，无穷无尽的绿。

杨东知道，粉匠们都知道，这种绿色就是希望，就如孙宝荣的内心一样，尽管四季在变幻，可他满眼中只有绿色，只有希望。

记得有一天，村里出了名的邱大粉匠被人请到王家粉房漏粉。正在拍粉的邱大粉匠突然感觉火没烧上来，便开口大骂烧火的。人们都知道，出名的大粉匠脾气也都大，像孙宝荣这样好脾气的大粉匠实在是太少了。

邱大粉匠的骂声还没有落地，孙宝荣走进了粉房，说："这咋脾气又上来了，老弟呀，气大伤身哪。"

邱大粉匠生气地说："这又撤风了（火儿小了），这粉咋拍？"

孙宝荣说："你走瓢啊。"

人们都笑了，因为大家伙都知道，尽管邱大粉匠粉拍得好，但不会走瓢。

他们就说："老书记，你给我们走瓢吧，也让我们开开眼。"

孙宝荣也笑了，说："岁数大了，干不动喽。"

可大家伙还是不依不饶。没办法，孙宝荣接过邱大粉匠的手拍瓢，麻溜利落地坐到了锅台上。只见他左手执瓢，右手拍粉，瓢在大锅的上方绕着圈儿地转动，简直就像秧歌舞的表演。

随着"啪啪！啪啪啪"有节奏地拍瓢声，老人的腰肢也扭动起来。老人眯着眼，晃着头，陶醉在一缕银丝如风摆杨柳般钻进粉锅的情境中，人们也都陶醉了，都不自觉地扭了起来。

这哪里是拍粉，简直是一种浪漫的表演。

突然，外面传来了"祖爷爷！祖爷爷"的叫声。

孙宝荣突然眼睛一睁，把瓢一抹，就呲溜一下下了锅台。在人们惊愕的目光中，老人奔出粉房，抱起了站在院外的孙子走了⋯⋯

这情景，每一位老粉匠都会记得；这情景，曾经无数次地上演过。只是，今天的主角由孙子变成了重孙子。

想当初的那几年，人们都以为孙宝荣会倒下，孙宝荣家要垮了，孙宝荣怕是挺不过去这一关了。然而，一切都像放电影一样，放过去也就结束了。

那几年，本来接替他当支部书记的大儿子却因病去世了，伤心过度的老伴儿也故去了，小儿子不几年又因病而亡，唯一剩下的二儿子又在长春安了家。家里就只剩下年迈的老父亲、两个孙子和失去丈夫的儿媳妇。

他多次劝儿媳妇改嫁，但儿媳唐桂田也多次对他说："爸，你别赶我走，赶也赶不走，我哪也不去，就守着这个家。"

这样一个支离破碎的家，在外人看来是无法支撑起来的。然而，孙宝荣硬是把这个家变成了至今让十里八村羡慕的"大家"。之所以称为"大家"，那是因为，孙宝荣在世时，这个家就没分过。到现在，儿媳唐桂田老人的两个儿子虽然都已成家立业，大儿子家的孩子也已17岁了，小儿子家的两个孩子也都十几岁了。祖孙三代、三家人还是在一起生活，人在一起，钱财也在一起。在当今这个年代，谁不称奇？也许，这就是老粉匠基因的传承吧。

所以，人们都知道，孙宝荣对孙子的爱、对重孙的爱、对粉业的爱，那是没人能比的。

想当初，他正在漏粉，只要听到外面孙子的喊声，他马上"抹瓢"（一锅粉漏完了，或者大粉匠需要休息了），抱起孙子就走。这时孙子就会说："爷爷，外面有卖苹果的。"他就亲着孙子说："走，走！咱回家拿粉条换苹果。"

换完了苹果，他麻溜再赶回粉房，继续拍他的粉。

后来两个孙子长大了，既成了他家粉房的帮手，也成了合格的粉匠。

有谁会想到，一个看似摇摇欲坠的生活之所，会变成使人称奇的忠孝之家。那是因为在孙宝荣等老粉匠的心中，只有绿色，只有希望。更是因为，在三青山，在粉匠村落，粉匠的忠义精神永远在久久地流传！

离开墓地，他们来到污水处理厂，不时会遇到和他们打招呼的粉匠们，他们的脸上都洋溢着一种无以言表的笑意。

特别在众人簇拥下，他们来到三青山粉文化博物馆时，兴奋和激动如同决了堤的洪水，浩浩荡荡地从他们心里倾泻出来，两位老人紧紧相拥在一起。

杨东激动地说："这就是我想要的！"他和同样激动的杨金花转过身对大家说："这也是咱们大家伙想要的！"

在场的所有人都被他俩的激情所感染："对呀，这才是咱们需要的！"

人们的脸上都兴奋得泛起了红晕……

这种红晕，其实就是生命的光彩，那是人生命最旺盛时期所散发出的精神的光芒。在这里，在这广袤的丰收田野上，在这喧嚣的小镇街区里，在这沸腾的加工园区中，在这宁静的粉博物馆内，人们脸上焕发出的生命的光彩和精神的光芒互相感染着、传递着、飘荡着。人们都在兴奋地展望着、热切地企盼着、庄重地思考着那个属于他们的美好的未来。这时候，人们就会觉得，原来生命有自己最精彩的故事。这个故事从长岭大地这片古老的草甸上徐徐铺展开来，那是岁月流淌的记忆。

在这里铺开和流淌的记忆多么的清晰。先是遍地盛开的、闪着原野露水的土豆花，渐渐地结出了一个个"金蛋"，那些"金蛋"入水，先变成洁白的粉浆，再固化成粉坨，匠心独运，终成原野上的摇动着、飘挂在苍茫北方原野上没有尽头的银丝。这是一个绿色的原野、飘动的原野。逐渐地，旋动起来的银丝，变成了一行行文字，原来那是一个又一个故事，一个又一个抒写在遥远的大地上的久远的故事，那是流淌着人类记忆的故事。它在长岭、在科尔沁、在茫茫的北方大地，一讲讲了千年岁月，又从今天，叙述向未来。

未来是所有生命的企盼和追寻。故事的滥觞、岁月的流波，汇成祖祖辈辈、子子孙孙难忘的那条忠义、手艺、记忆的大河，流向生命更加美好绚丽的未来。

第二章

传 说

丰收之神

　　马铃薯最早产于南美洲安第斯山区的秘鲁和智利一带，安第斯山脉在 3800 米之上的"迪迪喀喀"湖区，这可能是最早的栽培马铃薯的地方。

　　传说，当年一支印第安部落由东部迁徙到高寒的安第斯山脉，要在此地生活。

　　安营扎寨之后，他们以狩猎和采集为生。这时，他们最早发现了草地上食用的野生马铃薯。当时，马铃薯与另一种原产作物玉米合称为"遍地开放的印第安古文明之花"。

　　为了栽培和食用野生马铃薯，古代的印第安人也是拼了命的。

　　当时的马铃薯都是野生的，含有大量的毒素，其中就有氨茶碱，又称氨葵碱，吃了是要死人的。于是，他们就花费大量的时间与精力，不停地进行改良。同伴儿一波波地死掉，他们也就一次次地改良，再多的挫折，都难以磨灭古代印第安人对马铃薯的改良之举，他们最终在死去众多同伴之后，终于改良成功，马铃薯成了古印第安人的主要食物之一。

　　当马铃薯成为食物之后，便把马铃薯奉若神明，称之为丰收之神。一旦遭遇了歉收，他们就十分惶恐，大惊失色。

　　他们甚至将一个个马铃薯利用不同时间进行烤熟，根据所需用的时间长短来计算丰收和

歉收。而且他们还认为马铃薯不收成，是自己慢待了马铃薯神，就要用盛大的祭祀礼仪，来求得神的谅解，赦免自己的罪过。

于是，他们穿上华丽的服饰，伴随着虔诚的音乐，跳起古老的感恩马铃薯神灵的舞蹈，歌声嘹亮，穿透云霄，在古老的安第斯山区回荡……

神秘的马铃薯神舞节的风俗，也在古安第斯山脉流传开来。

其实，这种对古代植物栽种神秘习俗的传承，也与中国原始社会对土地和种子的崇拜差不多。

当年，人们为了崇拜种子，中国原始社会的古人种地时，就把种子拌上肉种在地里，以感谢神灵给人类带来的风调雨顺和五谷丰登。

而且，在古代的诸多文献中，都清晰地记载了古人对这种子，包括对土豆的尊重和崇拜。人们也始终把土地当成神灵，认为是土地神给人们带来了食物，一直到人们最终把对神的崇拜转移到对祖先的崇拜上，也出现了中国古代家谱和年节对祖先的祭拜。

这种对自然崇拜的变化，反映了人类从对自然崇拜到对祖先崇拜的进步过程。所以，从远古时期的原始印第安人到中国古代农耕人对马铃薯的认知，反映了人类对自然和科学总结的一致性，是农耕文化最重要的科学成就。

闯关东与土豆

到了清代，东北的人口逐渐增多，对于粮食的需求量越来越大。特别是到了清代中叶，东北与中原也发生了重大的变化，许多中原人口纷纷越过柳条边到达了北方。

据清代《三省边防备略》记载，当年所有由顺治年间迁入中原的东北居民，又一批批返回到东北地区驻边、开垦，建立官庄，这是当时清朝的国策。

当年，许多返回北方的清兵，包括随旗、入旗的外八旗之人，只要来到北土，朝廷准他们每个人都携带着自己的石磨、犁杖、耕牛以及种子、农具，自己耕作为食。他们自己栽种食物，而其中很重要的植物就是土豆，因为土豆是属于一种早熟的植物，能解人之饥荒所用，所以又叫备用饥荒之物。

据《绥化县志》记载："北土驿丁携土豆上路，以备解途中饥苦。"而《舒兰乡土志》《永吉县志》也有对驿站、驿丁、边民食用土豆的记载。可见当年，土豆得到了普遍的栽种和食用。

清初和清中叶，因土豆得到了东北边民的普遍栽种、食用，各民族都普遍栽种土豆，使得东北的边民在生活上有了一定的保障和改善，并形成了重要的土豆文化。

后来，又一场重大的历史变迁，使得土豆与北方民族深深地结了缘。这与北方民族和闯关东的中原人组合在一起的生存背景有关。他们都有一种喜欢藏、酿的习惯，这种习惯使得土豆的储存，包括各种近于蔬菜的栽种、储存、加工都得到了全面的深化与细化，使土豆文化开启了一个新的历程。

而其中，这种中原人带来的栽种、储藏和加工，就包括了土豆经过粉房的粉匠们的技艺，逐渐将其制成了粉条这样一个完整而丰富的过程。

这种北方民族的习俗和手法及技艺，更加形成了自己独立的生产链和生活链。而更加重要的是，当中原闯关东的人们，把中原的栽种技术带到东北后,产生了独立的文化发生地。那就是闯关东人开荒占草形成的村落开始与土豆的栽种与加工产生出的真正的地域关系,如长岭三青山连成片的粉条村落就这样出现了。

东北长岭三青山粉匠村落的出现与发展,见证了东北粉业的发展和清晰的文化走向,我们可以在大量的闯关东记忆当中,得到大量的信息,并在三青山诸多粉匠村落的记忆当中,得到充分的证实。特别是这些在后来落户于东北的松原、长岭、白城、科尔沁等地区的先民中,在普遍种植土豆并进行漏粉的一些过程和手法当中,在许多粉匠的口述当中,就充分说明了他们对土豆加工过程的珍贵总结和挚爱。

这正是:

  土豆花开一片情,
  好似大戏闯关东;
  要问主角它是谁?
  亲自猜猜那才行!

土 豆

很久很久以前，长白山下住着一户人家，姓王，当家的叫王青山，老实厚道。他媳妇又灵又巧，心眼好，乡亲们都叫她巧嫂。他俩生了个姑娘叫兰菊，17岁了，大眼睛双眼皮，圆脸蛋白里透红，大粗辫子搭到屁股，长得可俊俏了。

这年大旱，种子下地三个月没下一滴雨，到秋天颗粒不收。

巧嫂家平常就省吃俭用，虽说上秋攒点粮食，一冬天就吃得差不多了。老两口子盘算，再省吃俭用，也吃不到铲地的时候，王青山犯了愁，"吱拉吱拉"一个劲儿地抽烟。

巧嫂说："我到大姐那看看，借她几斗米，看在亲戚的面上许是能行。"

巧嫂的大姐，住在错草沟，离这20多里地，是方圆几十里出名的大粮户，雇了十几个伙计，种三四百亩地，还吃一百多石租子。她和巧嫂虽说是一母所生，但和巧嫂不一样，她为人心狠手辣，尖酸刻薄，对伙计和佃户恨不能敲骨吸髓，50多岁的人还整天搽脂抹粉，穿红挂绿，打扮得像个妖精，大家都叫她花狐狸。

这天，巧嫂起大早就到错草沟她大姐家去了，一直等到日头落山才回来。

王青山问道："怎么样？"

巧嫂摇了摇头，叹口气说："不行，她大姨看好了咱闺女，要兰菊给她儿子做媳妇，要答应就给一石苞米，不答应一粒也没有。"

兰菊一听就哭起来，说："我饿死也不嫁给癞皮狗。"

癞皮狗是花狐狸儿子的外号，这小子好吃懒做，尖嘴猴腮，喝酒要钱不务正业，喝醉了酒，要输了钱，就又哭又骂，见谁家有值钱的东西明拿暗偷，谁也不敢沾他的边，所以给他起了个外号叫癞皮狗。

巧嫂一见兰菊哭得像个泪人，就劝她说："你妈不糊涂，这门亲事就是刀按脖子我也不能答应，看给你吓的。"

兰菊一听又笑了，巧嫂说："没借着粮咱们就多吃点山菜，老天爷饿不死瞎眼野鸡。"

阳坡地上的雪刚化完,巧嫂就领着兰菊到山上挖小根菜、婆婆丁,好做菜团子吃。

有一天,日头卡山,眼看要天黑了,巧嫂和兰菊挎着菜筐下山回家,刚走下山来,看见一个白头发、白胡子、白眉毛的老头儿,破棉袄露着白棉花,骨瘦如柴,长脱脱地躺在道上,身边放着个要饭的杏条筐。

巧嫂心地善良,看那白胡子老头儿怪可怜的,就走过去问道:"老大爷,你咋了?"

那白胡子老头紧紧地闭着眼睛好像是没听着。

巧嫂说:"八成是饿昏了。"说着放下挖菜的锅铲子,把白胡子老头儿背起来,对兰菊说:"把他的筐挎上。"

兰菊一拎白胡子老头儿的筐,觉得沉甸甸的,只见里头装些圆圆蛋子,也不知是些什么东西。她一只胳膊挎着白胡子老头儿的筐,一只胳膊挎着菜筐,跟在巧嫂后边往家走。

到了家,巧嫂把白胡子老头儿放在炕头上,擦了一把头上的汗,吩咐兰菊:"快熬小米粥。"

兰菊说:"咱就那一捧小米了,不是打算给俺爹过生日……"

巧嫂说:"救人要紧,你就熬吧。"

小米粥熬好了,巧嫂用汤匙一口一口喂白胡子老头。

白胡子老头儿把一小锅小米粥吃完了,还是不睁眼睛。这时候,王青山打柴回来了,巧嫂说:"这老人饿坏了,把鸡杀了吧,焖汤……"

兰菊说:"妈,咱就这一只鸡,还指望着它下蛋换盐呢。"

王青山说:"小孩子家知道啥,救人要紧。"

说完出去就把鸡杀了,放到锅里焖鸡汤。鸡汤做好了,巧嫂把鸡汤盛在碗里,一羹匙一羹匙地往白胡子老头儿嘴里喂,白胡子老头把鸡汤全喝完了,才慢慢地睁开眼睛,说:"谢谢你们救了我的命。"

说着话就天亮了,白胡子老头站起来说:"我也没有什么报答你们的,把我这筐里装的圆蛋蛋给你们留下吧,你们把它种到地里,等到青黄不接的时候挖出来吃，能救命，我得走了。"

巧嫂和王青山一再留他多住几天，白胡子老头儿说啥也不干。

巧嫂赶紧拿了两个菜团子放在白胡子老头的筐里，全家人把白胡子老头送到大门外，冷丁刮起来一阵狂风，那风刮得天昏地暗，飞沙走石，把全家人的眼都迷了。

等风过去了，全家人一看那白胡子老头儿已经无影无踪了。

巧嫂回到家里，看白胡子老头给留下的圆蛋蛋，一个个像鸡蛋那么大，光溜溜的，她按着白胡子老头的嘱咐，领着兰菊把圆蛋蛋都种到菜园子里。

春去夏来，到铲二遍地，正值青黄不接的时候，巧嫂家一粒粮食也没有了，一连吃了几天青菜，把兰菊饿得脸色铁青，眼窝子塌得像眼井，躺在炕上爬不起来。

巧嫂想起来菜园子里种的圆蛋蛋，她到菜园子里一看，只见那圆蛋蛋的秧子有一尺多高，扒开土挖出来的圆蛋蛋和白胡子老头留下来的一模一样。

巧嫂把圆蛋蛋放到锅里煮熟了，一尝，又面糊儿又香甜，这下可好了，全家人就吃这些圆蛋蛋，直到苞米能啃青，救了命。

巧嫂留了一些圆蛋蛋做种子，准备来年再种。没想到这年又闹了灾，霜下得特别早，庄稼正青时就被霜打死了。

巧嫂家收点粮食只够吃一冬一春，可他们心里有了底，有了圆蛋蛋，粮食没有也不怕了。

再说巧嫂的大姐花狐狸，自去年春天巧嫂到她那里去借粮，她的心里早就打好了主意。她暗暗得意地想："不怕你姑娘不给我儿子当媳妇，到青黄不接的时候，你还得来求我，到那时候再说。"可一直等到秋天，巧嫂也没来。

过了冬天，又到了春天，花狐狸想巧嫂家那点粮食早该吃光了，等不了几天就得来借粮。可是一等也不来，二等也不来，一直等到种地，还不见巧嫂来，这回她可等不及了。

这天，她就到巧嫂家想看个究竟。花狐狸一见巧嫂就说："唉呀，老妹子，可想死我了，咋一年了都不去我那串个门儿，粮食吃光了吧？"

巧嫂说："粮食是剩不多了。"

花狐狸妖里妖气地说："那可得趁早打算，一连两年歉收，粮食比

金子还贵,该借该买可得快点打算。"

巧嫂是个忠厚老实人,就说:"今年不用借粮食了。"

接着就把白胡子老头怎么给的圆蛋蛋,怎么种的,怎么吃的,一五一十地都告诉了花狐狸,最后又说:"今年又把圆蛋蛋种到菜园子里了。"

花狐狸听了半信半疑,回到家里她又想出个坏主意,吩咐人在夜深人静的时候,悄悄地来到巧嫂家的菜园子,把圆蛋蛋偷着扒了两筐。

花狐狸一见那些圆蛋蛋就把大师傅叫起来:"快给我煮熟了,我尝尝到底是啥味道。"

一会儿工夫圆蛋蛋煮熟了,花狐狸一尝又面糊又香甜,真好吃。就把儿子癞皮狗也叫起来,娘俩吃了个饱,把肚子撑得挺老大,弄得跑肚拉稀,嗷嗷地直叫唤,差一点丧了命。

从那以后,巧嫂家的圆蛋蛋传给了周围邻居,邻居又传给了亲戚朋友,方圆几百里地都种了圆蛋蛋,大伙给圆蛋蛋起了个名叫土蛋,就是现在种的土豆,乡亲们还给编了一套嗑说:"土蛋土蛋救苦救难,亲戚朋友赶不上土蛋。"

(讲述者:朱桂兰,女,60岁;采录整理者:李鸷鹏)

粉 娘 子

从前，在三青山西伏山一带的村里，有这样一个故事。

据说在西伏山屯有一户老吴家，媳妇是兰家粉房嫁过来的，两口子领着两个孩子过日子，忙时种种地，闲时漏漏粉，日子过得比上不足，比下有余。

哪承想，在二儿子两岁时，吴家男人却一场大病没治过来，扔下一双儿女和媳妇就走了。

地里的活干不了了，吴家媳妇就一门心思经营起了自家的粉房。

这吴家媳妇既能干，心眼又好使，谁家有事她都会去帮忙。每年漏出的粉，除了卖出去挣点钱过日子，其他的就都送给左右邻居和屯里乡亲。

话说这一年，由于连涝带旱，当年庄稼几乎没有收成，屯里很多人家眼看过不去年了。吴家媳妇是看在眼里，急在心上。

她勉强收了一些土豆，漏了一些粉，想着卖完挣点钱，除去过年花销，也够来年买土豆再漏粉的了。

这一天，她正要挑着粉条去集市上卖，突然看到邻居三婶怯怯地站在门外。

她急忙把三婶让进屋，问："三婶，你这是咋了？"

三婶说："哪怕有一点儿招，我也不来求你这孤儿寡母的。"

吴家媳妇说："三婶儿呀，您有话就直说，可别让我着急了。"

三婶红着眼圈说："你三叔的病是越来越严重了，大夫说，再不抓紧治，怕是过不了年了，可说治，哪有钱抓药啊？"

吴家媳妇赶忙说："三婶你别着急，等我卖了粉，我给你拿钱给三叔抓药。"

三婶说："我和你三叔商量了，能不能赊给我点儿粉条，我自己去卖，卖完了，也就顺便把药抓回来了。"

吴家媳妇笑着说："那不更好了吗？外面是我刚装完的，三婶你直接挑走就行，别忘了，抓完药，再买点过年的好吃的。"

送走了三婶，又有一些过不了年的乡亲来赊粉条，吴家媳妇忙活了一上午，心想："我也得赶紧去卖粉了。"

等她再到粉窖一看，哪还有粉了，只剩下一些粉条头子了。

她想："大不了贱卖，咋地也得给孩子们过年买点好吃的。"于是，她就把粉头子装了一大花筐，背着就上集市了。

可是，集市上卖粉条的人很多，哪怕你再贱卖，也没谁买你的粉条头子呀。

她喊哪，没有人买！

她叫啊，也没人买！

于是她就在那里等啊，一直等到快黑天了，也没人买。四外村屯已经响起了接神的鞭炮声了，于是她没办法，就只好背着粉条头子往家走去。

走啊，走啊，她有些迷路了，这是什么地方呢？她见前面一个地方，灯火辉煌，像是一个夜市。

她感到奇怪，这个地方平时也没有夜市呀？她一想，我这粉条头子也没卖出去，不如进这个夜市碰碰运气。

于是，她就背着粉条头子来到了夜市。

进去一看，大吃一惊，只见这里十分繁华热闹，卖啥的都有，可就是没有一份卖粉条的。

人们一看她来卖粉条头子，就呼啦一下子围了过来。

这帮人围上来后，打听这个，打听那个，并问："你哪的？"

她说："西伏山的！"

"是不是挨着三青山？"

"正是！"

"真的是？"

"真是……"

这时，就见一个青年喊："来啦，三青山的粉条来啦！"

他一喊，呼啦一下子围上一片人，谁都想先买，而且，不讲价，也不还价。

可是，她一看大伙也不打听价，有的还出高价。她觉着大伙可能就因为她这只有一筐粉条，所以不讲价，抓紧买，买完了就没了。可是，她是个实在人、老实人，再说，这又是粉条头子，不能抬高物价，于是她却说，"不不不！不不不！不能，只能按原价……"

大伙儿不解地问："为啥？"

"这是粉条头子！"

"粉条头子咋了，买回去还省得剪了呢。"

"不行，我还是按原价！"

可是，那些买她粉条的人都排成了队，最后把一筐粉条头子抢完了。

她高兴得正要道谢，可眼睛就像发花一样，啥也看不见了。等她闭上眼睛再睁开时，月光下，只是一片空场地，她隐约记得这是离她家不远的大会屯的会场。

她百思不解，再低头看看筐里，一些零散的银票装了有小半筐。

带着疑惑，借着月光，她急急忙忙地背着筐往家赶……

没等进院子，她就喊，"儿子呀，快来看……"

"娘，出啥事啦？"儿子奶声奶气地问。

这时，从屋里又跑出几个邻居，因为看她这么晚没回来，两个孩子又小，邻居就都主动过来帮着看家和孩子来了。

她激动地把事情的经过一五一十地说了一遍，又加了一句说："你们看看，我筐里全是银票！"

"莫不是遇到神仙了？"

"真是好人有好报啊！"

邻居们互相议论着……

第二天，她留够了来年漏粉的钱，其他的都救助那些困难的乡亲了。

因为吴家媳妇漏粉手艺好，又乐善好施，慢慢地，人们就都叫她粉娘子了。

第三章

粉匠口述

栾永庆口述

我叫栾永庆，今年83岁，家住兰家粉房屯。

说起我们栾家粉房啊，它建立的时间呢，差不多有140—150多年吧。原来，我们祖上是从山东过来的，那是在清朝的时候，到我这辈已经是第八辈了，总共算起来，大概有200多年了吧。

那时候，第一站先到长春，完了在长春那个栾屯。之后，听说蒙古王爷有得是地，可以跑马占荒，就是骑马围这一圈，你占多少地，你们这就种多少地，完了到时候给租子，就这么个过程。

于是我们祖上就来到栾家粉房。来到栾家粉房也就是第三辈吧，第四辈的时候就开始开粉房了，大概也就是一百四五十年吧。

开这粉房咋开的呢？开粉房那时候家族人多呀，从我们老哥仨过来的时候，到栾家粉房那时候就将近200多口人了。

在那个时代，就是你人多了，劳力也多了，这样的话就开始弄当地的土豆、绿豆，开始精耕细作了，那时候就开始漏粉了。到我爷爷这辈，我爷爷是老七，就是大粉匠了，叫栾明。

来这之后，就跑马占荒，围了一圈，最早的时候叫栾家窝棚，刚过来的时候都搭窝棚嘛，就这么个过程。

栾家粉房当年还来过土匪呀，抢栾家大院。我四大娘跟我讲，刚一过来圈地的时候，那时候绺子（土匪）多呀，最早的绺子，那是清朝的时候，等清朝那时过了以后，这还多了几股绺子，什么老头好啊，小红字啊。

就我记事的时候，大概我六七岁的时候，听老人讲土匪还来过好几次，我们家就被绑去两三个，我三大爷就被绑过，我二大爷也被绑过。

我四娘跟我讲过，有一回，他们把我们大院给围住了，七天七宿没打进来。那时候，我们枪也不太多，大院套是外边一层，里面一层，最里面一层是三层大院。看家护院的都在院子里。

打这往后经常有绺子来。这些事完了以后，老人一看这家得分了，这么大院子，这么多人，弄不得，招胡子呀！就这么忙三火四地就分了家。

分完家，有的往黑龙江走了，有的往长春走了，反正就分得乱七八糟的。最后，就剩下我们这一股了。

当时，我家雇了五个长工。等我爷爷他们那辈分家以后，我爷他们亲哥四个，在兰家粉房就两股，大家里排行一个老六，一个老七，我爷爷老七，我六爷也在那屯子。我二爷上黑龙江了。我四爷是在三盛玉。我爷爷的亲叔伯哥兄弟，二巨堂有一股，王小店有一股，我记得我大爷他们去黑龙江了，我二爷也上黑龙江了，都是我爷亲叔伯哥兄弟。

那时候，粉条生产出来之后，有人来取，也不像现在工厂那么弄，也就过年过节漏一阵，漏完了剩下的就留着过年了。

大部分都是弄那一季，大伙匀一匀。不是说像现在漏粉要往出卖，就是东、西、南、北屯子，自个屯子卖一卖，离得远一点的，就来定一定，亲属啥的到过年前就得送去。

栾家人在黑龙江一带的比较多，其他都在长岭县这一带。小辈当中有一个学物资供应的，就在长春的东北师范大学，有一处跟美国合办的国际物流中心，他们把咱们三青山粉条做到国际上了。

咱们长春有卖三青山的粉和土豆的，说是伏龙泉的。其实那时候，伏龙泉大部分的土豆都是咱们三青山出的，咱们土豆好，沙土地。

不过，我老了，现在和孩子在海南，但是人老了，心中想家，我要早早回老家，看看家乡去。

王明达口述

我叫王明达，今年 86 岁，家住西伏山前借贷庄屯。

现在说过去的历史家事儿，都是我自己见着的。

1942 年，我 6 岁，已经开始记事了，以前不知道，只能听我母亲讲，为啥听我母亲讲呢？我父亲去世了，我母亲总教我，讲故事，讲到了我大爷开粉房的故事，我才记住了。

我大爷王深春，开粉房是从 1925 年 2 月开始操办的，我大爷那年 47 岁，到 1945 年，我大爷 66 岁就不开粉房了，因为那些年胡匪打人杀人，没法活呀。

那年 10 月 30 日，胡匪来了 1000 多人，打我家粉窑子，我五爷王深荣 42 岁被胡匪打死了，我老爷王深龙才 38 岁也被胡匪打死了，家中人死了两个顶梁柱，这粉房就开不了啦。

我大伯父王振东才 41 岁就成了一流大粉匠。他也是木匠、铁匠、石匠，都是高手艺。像这样人真是少有。开粉房拉的磨，都是自己动手做的，两个大磨眼最大的有七寸宽，拉磨快、出粉面子多。补锅、锔缸都会。粉房里啥东西坏了，都是自己修理，缸、锅坏了都自己锔补，我大爷家的磨拉得快，别人家两个不顶一个，大磨盘每天能拉 2000 多斤土豆。

我大爷胆大心细，枪打得也准。有一天，他一人在家，来了胡匪，他一人用枪把胡匪二十多人打出去了，以后胡匪再也不敢来粉窑子了。

再说 77 年前的事儿。1946 年正月初六，那年我整满 9 周岁，开始懂点事了，我记得一清二楚，就是开粉房的事。

从 1942 年到 1945 年，共 4 年。一年 12 个月里，正月和二月是不拉磨的，从农历三月开始拉磨，拉到十二月，也就是腊月，共 10 个月。约摸每年能磨 90 多排粉，冬天漏冻粉，下到冰窖里冻三天，拿出来捶打、晾晒，干了上捆，用马莲捆绑，每捆十斤左右。三伏天也不住磨，那时拉小豆、绿豆，拉出粉面子漏马莲粉、漏细粉，要比土豆粉贵。都卖给长春商人徐大胖子，他长年用四马胶皮车运走，上长春卖，每车装 6000 斤粉，不够一车，就要住下等好几天，装够了才拉走。

粉房每天拉磨 12 班，共磨 1700 斤土豆，每班拉 140 斤土豆，4 个磨官拉粉磨，每套磨用俩毛驴拉粉磨，每天拉 12 个粉坨子，三天一排粉，每排漏 10 盆粉，每盆 100 斤粉条，共 1000 斤粉条。

大粉匠是自家人，我伯父王振东是高级大粉匠，还收了 6 个徒弟。

头一个是我三叔王振铎，是我大伯父亲手教的，我三叔学成后，手艺过硬，盆口好，手掌硬，漏出的粉相当抗炖。第二个学徒是赵忠山大粉匠，手艺也相当好，手掌硬。第三个邱吉富是亲戚，大粉匠也学成功了，手艺好，盆口硬。第四个王明德是我大哥，也成了大粉匠。第五个刘东来，也学成了。第六朱老八，学成上黑龙江漏粉，也是很好的大粉匠。

以上这些大粉匠，都在我大伯手下拉过磨，连干带学，学得过硬。

长年拉磨的还有邢德发、刘东来、张永兴、李磨官，李磨官叫啥名我忘了，这些人长年拉磨。

我简单说点 1945 年和 1946 年的事儿。

1945 年来胡子打死了两个人，种了 100 多垧地苞米都没扒，一冬一春苞米全要烂了，不能白扔啊，四五百石苞米咋能卖出去？

我大爷王深春想出一个办法，那就是开烧锅。要开烧锅可不易呀，得用钱买器具。头一个就是锡锅，得很多钱，木槽窖子也得老钱啦。我大爷王深春上长春借钱，置办开烧锅，结果真开成啦。四月份开始烧酒，杀猪宰羊庆祝开业，一年就把这些烂苞米都烧完了，1947 年 8 月，烧锅归公家啦……

孙宝珍口述

我叫孙宝珍，今年85岁。家住大房身村后夏家窝堡屯。

说起这漏粉哪，最早是那些大户人家有粉房，后来只有各生产队里有粉房。

大概是1981年吧，我二哥说："你家人口太多了，太困难了，你就开粉房吧。"

我说："那能行吗？"

我二哥说："你先试着干，我觉得形势好像要变。"

我二哥叫孙宝荣，是我的叔伯哥哥。我没有亲兄弟，还有就是我在三岁时娘就过世了，是一个打小就没妈的孩子。我的叔伯哥哥都把我当亲兄弟。

我二哥孙宝荣，原来在六队当大队长。六队是第一个成立粉房的，后来各队一看，这个好哇，社员都能挣钱啊，就都成立了粉房。

你成立粉房行，可没有大粉匠不行啊。于是，我二哥就各个生产队去教。你教也不行啊，哪有学那么快的，一遇到拍瓢啥的还得找我二哥去。

后来，我二哥当了大房身村支部书记，各队的粉房开得更好了。他当大队长当得好，书记当得也好，一当就是十多年。特别是漏粉漏得更好，他会"走瓢"。"走瓢"就是他坐在锅台上，手把着漏瓢，在大锅上转着圈拍粉。按他的话说："干啥就得像啥，就得有样儿。"而且"走瓢"还省劲儿，不用胳膊在一处用劲，还能照顾烧大火的。

你想啊，烧大火的也是个技术活。烧得大锅里的水大开不行，烧得锅"落架"了也不行。要遇到这种情况，有脾气的大粉匠就会大声吆喝，有时还会大骂。可我二哥始终把粉拍在水温正好的地方，再提醒烧大火的。

虽然"走瓢"省劲儿，可真正学会"走瓢"的，到最后也没几个，现在更见不着了。我二哥"走瓢"那是真美啊，一到他"走瓢"，满粉房就没断过看热闹的。

那时我二哥让我开粉房，一是看我家里太困难了。那时我家里六个男孩儿，两个女孩儿，十口人，日子过得紧紧巴巴的。二是当时我在良种厂当会计，厂里也有粉房，我一面跟厂长孟庆发学漏粉，一面跟我二哥学，拍粉手艺也算是行了。

我就听我二哥的，告诉孩子们，每天都赶着毛驴车往院子里头拉土，跟别人说盖房子。不到半年，我家的粉房就盖成了，也算是那个年代整个乡里第一家个人的粉房。

粉房开起来了，当时也有人来查过几次。也就是转年吧，包产到户了，当时的县委书记李清成就领一些领导和各乡的人来我家参观学习，一年来好几次。从那以后，看我家开粉房确实挣钱，慢慢地，粉房就多起来了，最后是家家都有粉房了。那个年代，吉林省电视台都播了咱们的粉条之乡。

后来，我看到石磨用量大，我就上唐山去了，在唐山一待就是小半年儿。干啥呢？和人家学做磨呀，然后拉回来卖。做磨学成了，就又学采石，最后都学会了，气得唐山做磨的、采石的都有点儿恨我了。我的六个儿子都会做磨，有时三天就能做一盘磨。

由于我家的粉条质量好，生产量又大，长春啊、四平啊、公主岭啊、咱们县里啊，搞福利啥的都到咱们家来。有时怕买不到货，提前半年就把钱给你押上了。销售量大了，我又帮着村里人卖粉。

后来啥样儿呢？哪怕他们买土豆儿、买猪肉、买秋菜啥的，也都交给我办，办好了，他们就来拉。

现在年龄大了，就帮老儿子打理一下合作社，老儿子的合作社主要是搞土豆种植和深加工啥的，也算是子承父业吧。

阚家奎口述

我叫阚家奎，今年61岁，祖籍山东，老家山东登州府，现在住在义发坎屯。

我小时候听爷爷讲，在清朝乾隆六十年（1795年），我们老阚家祖上的一个老爷子叫阚宏光和一个老太太，是很早很早闯关东过来的，在这开荒占草立了个屯子。刚来的时候附近没人家，就我们老阚家一家，所以那个屯就叫阚家屯，到现在说呀，得有200多年了。

咱东北叫屯，关里叫庄，就叫阚家屯，为啥后来改成了义发坎，这里有两个小故事。

其中一个呢，说是后来关东又过来一些人，有在别处立屯的，大家到一起说，你一发阚，光发老阚家不行，就用一的谐音字"义"来代替一，叫义发阚，这是第一种说法。

还有一个，是听我太爷说的，就是我们这个老祖宗啊，到这里带一个太太，到这又说（娶）一个老太太，到后期子女多了吧，因为财产啥地闹点小矛盾，闹矛盾就说分家。

那时候这俩老太太都没了，埋在一起了。两股人都说，不行就分坟茔地，要把俩老太太的坟分开，自己股埋到自己股的坟地里去。

把这个墓地铲开之后，大家一看，这个棺材呀，让那个芦苇根和各种树根缠到一起了，分不开了，用铁锹咋搞也搞不开。后来有人说，借斧子，用斧子砍。有人回家取来了斧子，就用斧子砍开了，所以又叫一斧砍，渐渐地由谐音叫成了今天的义发坎。

另外，还有一个说我们老阚家讲义气的事儿。

我们老阚家最早来了吧，我们西边有一个侯家草房，是一个大户，他也在那开荒占草，跟我们西边挨着。

在甸子西边有个张坨子张员外，这张员外很霸道。侯家草房有个叫侯五爷的，是他在这先占的地方。张员外霸道啊，老侯家已经占完之后，他又跨到他那里去了，强行就占上了，就这么的，就上县衙打官司。

要打官司，这个侯五爷是整不过这个张员外的，就找我们这个老爷子出手帮忙，上县衙去帮着打官司。

打官司时，等往那个大堂上一去，我家这个老爷子一看，张员外那朝廷有人啊，县太爷在那坐着呢，张员外就坐在县太爷身边。我们家老爷子说："这官司不打了。"

县太爷说："咋不打了？"

我们家老爷子说："张员外是被告，还在这坐着，可我们是原告，在这就得站着，说话还得小点声，这个官司我们不打了，在县衙不打了，我们上州里去打去！"

县太爷就问这人你跟他啥关系。

我们家老爷子说："我跟他没有关系，我就看这个事气不过啊，这老侯家先占上了那块地，张员外却很霸道，瞧上人家占的这地方了，就想在人家地界上争一块地，我是气不过，我就想帮他打这官司。"

县太爷听完一看这人行啊，挺讲义气啊！这是两肋插刀啊，最后县太爷就把这个官司给断了。

县令说："这老阚，挺讲义气，你讲义气，我祝你以后发家，以后你们屯就叫义发阚，阚家发财。"

还有一件事要讲，据说在爷爷那辈的时候，火种都在我们这阚家屯，周围屯子的人都要上我们这来取火种，他们来时都没有火种啊！

这是祖上早时候的事儿了。

孙永忱口述

我叫孙永忱，今年72岁，家住陈家磨房屯。

我家是闯关东过来的，祖籍是山东文登县。闯关东来那年，我太爷3岁，我太爷去世那年是83岁。

太爷有个外号叫孙三爷。打从我记事起，我太爷就对我讲以前那些事。太爷说："伪满洲国那时有一年下了四十多天雨，由于西伏山地势高、土质好，雨一停，西伏山这边水就没有了，都顺南沟子往北流下去了，西伏山这边儿没有被淹着。"所以太爷就经常讲："东跑西颠，别离三青山。这三青山是一块宝地，这地方人都幸福呀，啥灾儿也没有。"

太爷说我们家这边经常来胡子，有一年上我们家来，我们老孙家都很实在，也会办事，我太爷就通过关系把这被抢的东西都要回来了。那时候我太爷在这地界也是说得出的人物，谁卖地啥的，给谁保媒啥的，谁打架了啥的，都请他去当说客，我太爷就是这么个热心肠的人。

这陈磨房屯从我记事就有了，我有一个叔伯二爷是在这边生的，是个老石匠，能锉磨，他叫孙守什么记不清了。他腰弯得特别厉害，他手艺高啊，大家都叫他孙石匠。那时长春以北的磨大多都是他锉的，他的师傅姓肖，人称肖石匠。到后期，我这个叔伯二爷领着我的亲老爷，跟一伙人就上黑龙江去，到那边开粉房去了。

现在说到漏粉，我19岁就给人家拉磨了，那时漏粉就有点经验了。最早的时候，我们家有全套的手拍瓢家伙事儿，那瓢现在还有呢，铁的前屋有一摞呢。那玩意如果使用的时间长了，瓢眼磨大了不行啊，漏出的粉条不匀乎、不标准，客户也不满意。我一年得换好几茬，那时候十块二十块换一个瓢，现在换一个瓢得三百多块钱，你算算这翻了多少倍，这一年得换好几茬瓢。

那时候我们分组单干的头一年，我们十二家为一个小组，我这一个生产队分了四个小组，我当组长。到了年底，其他三个小组人均收入每天七八毛钱，我这个小组能达到每天人均收入两块六毛七。

分组单干结束之后我就个人单干了，单干我就开粉房了，之后这粉房就没断过。那时候一年最多加工土豆二十万斤，一点点到四十万斤，之后七十万斤、八十万斤。

咱们产量是少，可咱们以质量取胜，各地都比较认咱三青山的粉条。

1998年的时候，三青山粉条在那个北京展览会上还获得了金奖呢。那年就拿我们几家的粉条啊，这粉条质量真好啊，怎么摔都不掉渣啊。粉条的质量好，是因为矾，老话说得好，矾是骨头，芡是筋。这矾就跟人这骨头一样，你打芡，就是跟人的筋一样，人的骨头得有筋拽着，才能站起来，这粉条也是，抗炖不抗炖都在这两样上。

我们这有套嗑儿：浆上面、水显白嘛。全靠水，水越好粉条就越白，这玩意你哪块儿不钻（研究）透都不行。三青山的粉好，跟水有关系，别的地方的水漏出的粉发灰，咱们西伏山这水漏出来的粉就白。新闻记者以前没少来，他们都把自己的矿泉水倒了，灌西伏山的水拿回去喝。这里的水甜还干净，特别干净，你烧不出水垢来。

想赚钱就得保证质量，信誉至上嘛，现在啥都一样，没信誉是不行的。来咱家拉粉，谁来我都告诉他三包：牙碜、吃不住，是我的货我都包赔，必须退货，给你退钱。跟你不用讲，这都是必须的。

现在我看三青山的粉业又有点起色了，也就是要火起来那种。

我现在最担心是后面没有人学，没人干漏粉了，就是这茬五六十岁的粉匠干完了就完事儿了。这技术的人你不拢住，到时往回再拽，你拽不回来的。你还别说，头几天，还真有几个外地的年轻人来跟我学手拍粉的手艺，我就教了他们几招。

李俊岐、唐桂荣口述

李俊岐，76岁，祖籍山东省青州府寿光县王里庄。唐桂荣，76岁。老两口家住下头子屯。

说祖上

李俊岐：我祖辈就是传那个漏粉手艺的。我们这辈儿，亲哥们我是老四，我们叔伯弟兄哥十个，我排行老五。

左：李俊岐　右：唐桂荣

我们老家在山东省青州府寿光县王里庄。我爷爷告诉我，我家好像是1889年光绪十五年冬季，为了生计，我太爷李景领着家人挑挑儿过来的。走到半道，实在走不动了，实在是没办法了，就把我爷爷扔半道儿了，我爷爷的姐姐，我姑奶舍不得，又跑回去，把我爷爷抱回来了。

那时闯关东路上走丢是经常的事儿，我们家就走丢了一股，到现在都没找到。听我爷爷讲，那阵儿不是奔这来，是奔新安镇，那阵儿叫老集场，到那落脚儿。因为我们是大家族嘛，有一些事情变故，就解体了，然后我们这股就往这边来了。

那时候我听我爷爷说，我太太爷吧，就心疼他的一个粉瓢，他那时是在给山东寿光的几个东家扛活，按现在说就是打工。

他那个粉瓢，走的时候是带着的，走到半道上吧，又饥又渴，也累，把这玩意儿扔了，也没带过来。

等后来到这边集场吧，转年他要开粉房子，这玩意儿又都现买的。

听我爷爷讲，那阵儿一到漏粉的时候，跟前儿这邻居都来帮工。就连平日不帮工的邻居也都来看热闹。

说漏粉

李俊岐：说到漏粉，漏粉这个这玩意儿说道多了。说你这个粉好不好漏，在平时拉磨啊、撒缸啊、擩粉打芡啊，这些活你干不明白，到漏粉时你可就漏不好了，那玩意讲究挺多的，各个关口你都得把好关。

说相亲

李俊岐：再说说我们俩相亲的事儿。

她叫唐桂荣，是前伏山唐家屯的人。我俩是西伏山后借贷庄老丁头给介绍的。她跟我们家是老亲，管我一个姥娘儿叫姑舅姐姐。那年头呢，她们老唐家她的婶子是老丁头的侄女，就这么个事儿。

我十八订婚，二十一结婚，这三年当中，我老丈人家我一趟没去过。并且，我们俩就是出门遇上，连一句话都没说过。头一次相门户（相亲）的时候，是老丁头领着我去她家瞅瞅，也不像现在呀！

唐桂荣：老丁头就是个保媒的，我那老妹子都是他介绍的，我们姐俩都是他介绍的。

李俊岐：那年头，可不像现在，你说我去见她那天吧，这裤子还短点，是一块土兰布做的，穿个小黄胶鞋，这能忘吗？你看我活这七十多年了，但年轻的事儿哪个都没忘。

唐桂荣：那时候，他们家也没有啥钱，啥也没有，那阵我小，我也不管，我妈说了算。

他和老丁头去我家那天，他们也没在我家吃饭，完了再也没去。后来他爹跟他妈俩来了一趟，完就拉倒了，就算定亲了，就拿百十来块钱，也许是我父母看他是个粉匠吧。

李俊岐：没结婚时她来一趟，拿七尺布票，十块钱。

唐桂荣：那不是嫁妆，我上他家来串门，我带来的，我和我五婶子一起来的。

李俊岐：那时办事是六个菜，都得亲朋故友凑啊，那阵儿太困难了。

唐桂荣：春天的时候也没啥菜，有个黄豆炖粉条，还有啥菜我也忘记了，我就记住那个菜了。

李忠元口述

我叫李忠元，今年51岁，三青山村村民，现在在长岭开发区工作。

我的祖太爷李景于清光绪十五年从关内山东省（当时为青州府）寿光县挑挑儿过来的，带来了祖辈传下来的漏粉手艺。

最初，我们李家在长岭县老集场（新安镇）安家落户，也就在那里成立了第一家粉房。

后来，由于家庭内部的变故，原来铁板一块的大家庭瞬间解体，分成几股人家。其中大多搬到三青山镇三青山村，原址在现在的下头子屯东南100米，早年修的集水坑（当地老百姓早年称为机井下蛋）北侧。我小的时候还见过那里有一片小树林和房场遗址，只可惜没有保存起来，后来被村民开垦起来用作耕地，如今一点痕迹也不见了。不过要问起上了岁数的老人都能有记忆。后来，大多搬到了现在的下头子屯，其他的又零星分布到各地。

在三青山落户的李家沿袭了祖传的漏粉手艺，在那里大干了一场。他们广种马铃薯，搞起了粉条加工，日子过得逐渐红火起来。李家的男人当时全是出名的大粉匠，有时候村里人干脆管他们叫"李大粉匠"。

当年，兰家也是闯关东来此落脚的，而且有祖传的漏绿豆粉手艺，在当地也非常有名气，吸引了众多的经销商过来装粉、销售。那时，有很多外地人打听道儿都问："上兰家粉房怎么个走法？"这样一来二去当地人也跟着叫起来，逐渐把原来的屯名淡忘了，后来人们干脆就叫起了"兰粉房"，并且载入了县志。如今，兰家的后人都搬走了，但是这个兰粉房的名字却永远留下了。

早些时候，有一年，春旱持续了很长时间，干旱过后，种玉米已经不赶趟了，可栽种土豆还行。那时，李家的户主就把部分土豆种全都拿了出来，分给各户种植。由于种植后期风调雨顺，当年土豆获得了大丰收。可秋收后，那堆积如山的土豆咋处理成了难题。李家就教各户漏粉条。不久，不少农户都学会了漏粉，开起了粉房。许多农户看加工粉条比种玉米挣钱，就都开粉房了，粉条加工就逐渐成了三青山的规模产业。

在长岭县文联创作室工作的葛烨，老家就在当年的老集场（新安镇）住，他小时候常常听父辈讲我们李家粉房的故事，总是津津乐道地提起李龙海、李龙江、李龙湖等几个老粉匠，还亲自品尝过李家粉房的粉条。

他说："这个李家做粉条的事儿，我很早就经历过，在查县志时也知道这个事儿，后期在1984年七八月份的时候，我当时在乡下，在乡政府当通讯员。乡政府的干部李俊民家几个老爷子，他父亲的哥几个聚在一起了，非常高兴，就拍了点儿粉。那个李俊民还邀请我们上他家去吃这个手拍粉儿。就这么才知道，原来李家粉条这么好哇。"

葛烨说的李家老爷子，是我爷爷辈的李有金、李铎金、李雨金、李得金等哥几个。

他讲的就是当年我爷爷辈儿的几个人，回到新安镇李华金家走亲戚时聚会的场面。

李家粉房开到了20世纪90年代。我们上辈，也就是"俊"字辈儿的还有李俊清、李俊臣、李俊岐、李俊杰、李俊和、李俊德、李俊仁、李俊文等多个大粉匠。

"忠"字辈的还略懂一些，也漏过多年粉，后期也放弃了这一行业。

即便是如今，我家的仓房里还存放着石磨、梁瓢、大锅等多种粉房用具。

李万祥口述

我叫李万祥，今年 79 岁了。

我们这个老屯子叫碗铺。之所以叫碗铺，因为过去这里是个老荒甸子，曾经有一个老姚家，他们在这里开荒占草，专门烧些泥碗、泥盆、泥碟等的东西，所以这个地方就叫碗铺了。现在也能找到碗铺老地方，现在他住的这个村子当中，村西有口老井，那就是从前碗铺的位置。

想起当年我的爷爷李顺才，他是个粉匠，又是个织匠。

我太爷叫李培玉，那时候我们老家是从王大院搬到这边来的。王大院那边的地势低，湿地一下雨，呼扇呼扇的，所以后来我们就搬到了碗铺这个屯了。

当年我的爷爷是老哥仨，爷爷李顺才，大爷李顺英，三爷李顺志。老哥仨平常在一起总是琢磨着怎么生活，所以在老哥仨的琢磨下，我们家开了粉房，又开了织房。

后来，我记事的时候，那时候是六七岁，我记得我就领着爷爷去卖袜子。当年，爷爷眼睛不好使，我背着袜子，可是不知咋地却丢了一打袜子，一打袜子一捆十二个，我害怕爷爷打我，吓得直哭。

可是爷爷却没打我，他摸着我的脑袋说："别哭别哭，看能找着就找着，找不着就拉倒，谁还不行丢点东西呢！"

爷爷眼睛不好使，外出的时候都是我领着爷爷，而且不光卖袜子。后来，就是他眼睛不好使的时候，他依然可以在粉房倒粉。一般人以为倒粉非得是眼睛好，可是我爷爷虽然眼睛不好使，却倒粉倒得很溜道，照样可以倒出上等的粉来。

而且记得我家这个袜子，是用小白花旗做成的各种大布袜子。从前经常有人来买，而且我们也出去卖，但后来也不景气了，就不再织了。我们这屯子来过胡子，当年胡子一进村吓得人都躲。

听老人讲，那时我还在妈怀里吃奶，我妈抱着我躲在柴火垛里。那些胡子们都骑马进村，后来就又跑出去了。

现在想起来，这个老村和我的爷爷、大爷和三爷这老哥仨的故事，在今天的碗铺，家家都知道。

左：李万祥 右：本书作者

邱守先口述

我叫邱守先，今年70岁，现居住在前借贷庄屯。

我出生就在咱们邱家屯。父亲邱吉富从十七八岁那年就开始学漏粉，到20岁左右就学成了。他是个全能手，也就是说漏粉、修磨都会，所以有人说他是双料粉匠，又会漏粉，又会修磨。他修磨的手艺，是跟伏龙泉一个姓高的石匠学的。

父亲说，他跟高石匠学修磨，高石匠跟他学漏粉。

父亲学漏粉的第一个师傅是我舅，我舅叫王振铎，人称王大拿，也有人叫他王粉头。父亲跟人家漏粉、修磨一直干到土改。

当时干活的时候，我姥姥家一看我父亲老实巴交的，就想把自己的女儿嫁给我父亲。那时，民间就叫手艺人就找手艺人嘛，不是一家人，不进一家门。姥爷一看，我父亲和我母亲同岁，父亲又有手艺，于是姥爷也就相中了我父亲。

土改之后，生产队有了粉房，父亲被找去当粉匠。漏粉有时候干，有时候不干，不固定。我父亲一寻思，这样干，没能多挣多少钱哪，也剩不了多少钱，干脆就出外漏粉去吧。

那时候，我也渐渐地长大了。记得我是17岁那年，我当大半拉子，第二年，就干整工了。干整工之后，我就想开个粉房，于是就跟父亲说了。父亲说："孩子，爹给你置办个粉房，你开粉房吧。"

于是，父亲凑了点儿钱，给我买了磨，买了缸，我自己买了驴，也搞了一个小粉房。

这个粉房天黑了才干活，白天给生产队干活，不能扔活儿啊。黑天

167

才回家，磨完了浆子才睡觉，早上还得起来上山（到地里干活）呢。

所以，白天干活，晚上漏粉，收工时就开磨，粉漏出来之后，晾干了的时候才能去卖。有人觉得，当时卖粉、漏粉是投机倒把，怎么办呢？所以我就偷偷地贪黑装上车，往外拉。

往哪拉？当时，我们卖粉得到杨大城子那边去，那时候白天不敢走啊，就黑天走路，所以等天黑了以后才出发。

等以后队里就上电了，我们的小磨房也开始接电了，用上了电，干活就快了。开始上电之后，效率就大大地提高了，就这么一点儿一点儿的，就把大伙儿都带起来了。当时没有几家不开粉房的，家家都开，所以这个粉房的开发是我们家给带起来的。

当年，这个粉房是我爹辛辛苦苦给置办的，到处给我找人出手续，才帮我办成这个粉房。所以，咋也不能给爹丢脸啊，得当个好粉匠。

当粉匠靠啥呢？其实，靠的是人的眼力，就是看这种面形。这个粉是怎么弄的呀？主要是会看面形，除了这个，还在于你选的井水好不好。如果水井是浅水井的话，打的那个水，一漏粉的时候就漏不出来，漏出来也少，它这个水和你这个"和面"都非常重要。如果是深井水，你磨出来的粉，那就没有不好吃的。所以，那时候，那浅水井已经不好出像样的粉条了。

还有就是缠磨。缠磨，又叫扒皮，也就是把磨锉好，把一层一层的皮锉好了，然后打成线。不然，你这磨就吃肉了，那就磨不了土豆，那就是碴子，石头把磨的"牙"已经磨没了，磨"牙"没了，你还磨啥？

就这样，一年年的我就成为一个成熟的粉匠了。

可是说起来，那时我还没成家。而我之所以能成个家，是因为我父亲给人家当粉匠，给我牵了这个线。表面看着父亲给我牵了个线儿，其实是粉匠的手艺做了媒，这才使我娶了媳妇韩玉华，我这个老伴儿……

韩玉华口述

我叫韩玉华，今年68岁了，我比我们当家的小两岁。说起来啊，我小时候的命非常苦。

那时候，我的老家是在一百多里地外的地方，叫四间房。

四间房这个地方，当地的人都叫它西荒。所说的西荒啊，是这一带老荒甸子长满了野草，而且人们也不经常往这里走。当时我家的生活很苦，我4岁的时候，娘就没了，爹领着我过日子。后来我被爹送到姥姥家，我是在姥姥家长大的。

那时候，我爹在生产队喂马，认识了一个老粉匠。这个老粉匠白天漏粉，晚上他住在更房子里，我父亲和他两个人，晚上就在更房子里唠嗑儿。那时，白天我就抽时间去给我父亲送饭。

记得我当时看着这个老粉匠，他高高的个子，成天在那里干活儿。他看着我去送饭，就跟我爹说："她是谁呀？"

我爹说："是我老姑娘。"

那个老粉匠说："我就一个儿子，没姑娘，去给我做姑娘吧！"

当时说是说，我以为是开玩笑。

后来，我多次送饭，回家又听爹说，这个老粉匠就一个儿子，也在家开粉房，还没成家呢。

后来他又跟我爹说："让丫头给我做儿媳妇吧。"

我当时想，两个老人的话，那就让他们决定吧。

当时我爹给老粉匠介绍说："这孩子从小没妈，4岁就在她姥姥家待着，这么大的事，得问问她姥姥。"

姥姥说："他干啥的？"

爹说:"是个粉匠。"

我姥就说:"那也行,孩子一小就没有妈,要找就找一个有爹有妈,知冷知热的。"早些时候那些人不都讲这个知冷知热的吗?而且听说是知冷知热的粉匠,姥姥就同意了。

我14岁那年,定下了这个事儿,到18岁那年,我俩结婚了。记得那是用大马车来接我们的,大马车从一百多里地的西荒赶来的。那车走多长时间呀?别提了,得头天来,住一宿,第二天才办事儿。这也确实是东北的民俗,记得当时我们走了一天才到了邱家屯儿。

头一天来了,就先在别人家住一宿,当地人管这个叫"打下水"。我当时住的那家人家好像是老杜家,是我丈夫他们家旁边的老邻居。跟着来的还有很多亲戚,叔叔、舅舅都来送我。就这样,我成了他邱家的媳妇儿了。

其实是粉匠手艺使我们成了家。

回想起来,我和我丈夫成家,是因为我老公公给人家当粉匠,才结的缘。在我们周围这些村子里,像我和我公公家这样的生活经历,很多粉匠家都有,人们所看重的就是粉匠的手艺啊。

左:韩玉华 中:邱守先 右:本书作者

邱守宝口述

我叫邱守宝，今年54岁。家住西伏山前借贷庄屯。

祖辈是闯关东来到这里的，到这边立的屯，就是现在的邱家屯。

父亲年轻时和叔叔一起跟人学过石匠，但父亲不干石匠，那时联系卖粉、卖土豆、买磨、卖磨啥的，养育了我们姐弟六个。

我们亲哥五个和我的叔伯哥哥邱守先的漏粉手艺，都是和我叔叔邱吉富学的。我叔叔那时候既是粉匠又是石匠，外号叫邱三荒子。

我叔叔这个粉匠手艺是跟他大舅哥王振东说的，就是那天王明达提到的那个王振东，当时应该算是大粉匠里的大粉匠了。

当粉匠那时候吃香啊，邱守先家我这个嫂子，是我叔叔那时候当粉匠到西荒去漏粉的时候，认识个老韩头，也就是我这个嫂子的父亲。他一看，我叔叔是粉匠，有手艺，就把姑娘嫁给我哥了。

西荒那地方现在叫四间房。那时在长岭这个地方，离你住的地方超过30里就叫荒了。往南30里之外就叫南荒，往西30里之外就叫西荒，往北30里之外就叫北荒，往东30里外就是东荒。那时，没有地名概念，40年前还那么称呼呢。因为那时候交通特别不便利，道路也不好，基本就是靠两条腿走，30里地得走一小天儿。

说起开粉房，那个时候千八百块钱差不多就能开个粉房，包括一盘磨、几口缸、三间土房、一铺大炕，还有大粉锅啥的。那时候三间土房也就百八十块钱。

到了后期，就是说我们三青山粉房兴旺的时候，我们亲哥五个，加上我叔叔家的我哥，我们哥六个，家家都开粉房，后期我们都是粉匠了。

要说大粉匠，包括我叔叔他们，那是真厉害。一般的粉匠得拿秤去称粉面子、矾啥的。大粉匠不用，他们凭眼力、手感就能把一切处理得妥妥的，主要还是经验。

我家后院那三间房就是原来的粉房，我正准备恢复回来，不是要特意加工生产，主要是舍不得毛驴拉磨和手拍瓢的这些手艺。

李士刚口述

我叫李士刚，今年56岁，现住在三青山镇大房身村。我们老家在山东德州府德平县。

我太爷叫李永焕，太爷那辈一共亲哥兄弟四个，我太爷排行老二，当时人称李二爷、二掌柜的，或者二掌包的。

当年，这一带也有胡子来。那时我家有大院，大院四角有炮台，两道院墙，墙头都很宽，头道墙后面有个二道台，能来回走人，那个二道台上搭着钐刀准备着，胡子要是敢跳墙过来，这钐刀就搂你。

村东南以前有块柳条通，那块地是我们家租给老徐家种的，老徐外号徐红眼珠子。那天，他正趟地，来了俩胡子，给他犁杖上的三匹马抢跑了。俩胡子骑着两匹马，牵着这三匹马，贴着屯子南高岗树林子往西北跑了。

听到信儿，我太爷骑着马，带着一长、一短两杆枪就撵，撵到一片草甸子，我太爷拿长枪一枪就把胡子帽子给掀了下去，这胡子吓得就给马扔下了，我太爷到跟前儿把马牵回来，就拉倒了。

我太爷当时养的小红马，在附近也相当有名，这匹小红马已经被我太爷训练出来了。那时候兔猫（野兔）厚（多），我太爷骑马就能把兔猫抓住，百十来里都知道我太爷这小红马。

有伙胡子就惦记我们家这匹马，他们想来抢我们家，但又不敢，知道老哥四个不好惹。胡子捎信儿的叫插签的，来吓唬我们家，一下午来两三趟，我太爷说你要不怕死你就来。胡子想抢，又不敢抢，后来又来了一个插签的，说我们不抢，也不打，我上你家院子看看吧。太爷就真的让他进院了，插签的进大院四处瞅个遍就出去了。

这插签的出了大门，哐一枪就把自己的马就打死了。马打死之后，就说是你家那个谁谁把马打死的，就耍赖。

后来，我太爷说："那就把我的小红马给你吧，大不了我再遛一匹马。"

我们家祖辈都善良，我太爷有一次出去办事回来路过我们家地，看到有人在我们家地里正掰苞米，掰了一袋子了。一看到我太爷就吓得要跪下，我太爷说："你跪啥啊，我取给你，你扛回去吃去吧。"

我父亲李长德79岁，三叔李荣德73岁，都是老粉匠。

我三叔漏粉时间长，打分产到户那时就开始自己开粉房了。我三叔是跟我三太爷学的，我也是跟着我三叔、我父亲他们这些长辈学的。

这屯子以前家家都有粉房，家家都拉磨，都漏粉。这个地方产出的土豆淀粉含量高，漏出的粉条好吃。咱这种地，苞米一半，土豆一半，土豆都稳产高产，苞米和土豆轮种产量更高。

以前漏粉的时候，有的粉匠师傅因为手艺不精，浆和芡没调好，漏出的粉断头或者漏不出来，这叫扣盆。

这跟拉磨、撇浆、揉面、打芡都有关系。尤其是撇浆，浆撇狠了就是茬高了，漏出的粉就发黑，浆撇轻了就是茬低了，粉就发白。

撇缸有三四道工序呢，拉好的粉面子从跑缸倒到大浆缸再倒到小浆缸，如果倒不好，那就是人家全是桄，你的就漏得不成桄，粉条没劲儿，漏出来也就断了，这就能看出谁是大粉匠，谁是一般的粉匠了。

后来，我们家去农安买的机器，我爸在那学了三天。虽然是机器，但我家买的机器是拍瓢漏粉，不是挤粉。我们把产量提升了，质量保证得很好，漏出的粉条和以前人工手拍粉一样抗煮耐炖。

我家这些粉瓢全是铜的，都四十多年了，粉瓢前面有个环，用绳挂到梁柁上，一手把着瓢把，一手拍粉。不挂起来，就这么端着谁也端不起。

漏啥样的粉就得有啥样的瓢，马莲粉的粉瓢漏眼就是长方形的，圆粉的粉瓢漏眼就是圆形的，粗眼的漏粗粉，小眼的漏细粉，咱们三青山常漏的粉条也就是圆条粉、马莲粉、带子粉、汤粉（细粉）这几样。

说起现在的机械化生产，其实也就是工艺的改进，用机械代替手工，提高效率。实际呢三十多年前就有人在琢磨，在做了。

我记得年轻的时候，我们村里有个粉匠叫闫贵仁，当时他五十八九岁。他就研究用机器代替毛驴拉磨，既省工又省力。各家粉房也都支持他。

我记得他好像是把许多砂轮片串到一起，连到电机上，利用一个封闭的箱子，通过这些砂轮片将土豆磨出浆。

当时，长春的解放牌缝纫机厂听到信儿后就找到他，要集中生产，他也答应了。那时这个厂子就派来技术员和他学，忙活了有半年多，这个机器就研究成了，可能这就是最早的加工粉条的机器了，但还只是粉碎和磨浆，没有后期的制粉。

记得有一天，有人就喊："老闫头儿出事了，送到伏龙泉卫生院了。"

我们就都跑到卫生院，那时他已经不行了。

听人说，老爷子始终在研究机器咋能更好使，就是还要改进。那一次，可能是砂轮片质量出了问题，就在老爷子试机器的时候，有一片砂轮突然崩裂了，碎片伤到了脑袋，老爷子就这样没了。

如果老爷子活着，我敢说，咱们现在用的机器，早就有了，最少得提前十年。你想啊，咱们都是2000年以后才开始使用机器加工的，而十几年前他就把磨浆的机器研究出来了，因为闫贵仁老爷子啥都能琢磨成，这是大家都公认和信服的。真的太可惜了，我现在还能记得他的样子。

沈殿军口述

我叫沈殿军，今年75岁，木匠，是沈染房子人。

其实这个沈染房，应该是沈染坊，专门染布的染坊。沈染房子的历史非常久远。

在沈染房子屯，我爷爷沈国臣他们老哥仨，开着最早的两座染坊，而且这两座染坊开起来之后，当地和周边的人都买来白花旗布，所说白花旗布就是白色的粗布。然后他们再经过靛（一种植物），把它染色后做成了兰花旗，做成蓝印花布。当然，除了蓝印花布之外，还染其他的布料，而且在这，形成了沈染房的大户人家。

右：沈殿军　左：本书作者

我们老沈家那时在这的东头，老田家在西头，老田家和老沈家是大户人家，所以当年胡子一来，全村人都往老沈家大院和老田家大院跑。如果从西头进来，那么往沈家那跑，如果从东头进来，就往田家那跑。

我们老沈家的几代太爷里，最著名的人物叫沈七，枪法很准，所以就连胡子路过，别人都会说："你赶快走吧，别碰上沈七。"

胡子听说沈七在这呢，他们立刻就撤。所以，我们这个沈家排行老七的沈七，是胡子非常惧怕的。

沈七太爷不光为人仗义，会染布，还会漏粉，也会各种独特的手艺，可惜这些手艺在今天都失传了。

侯树凡口述

我叫侯树凡，今年75岁，家住大会屯。

说起大会屯，实际在伪满洲国时期叫黑山嘴子屯。为啥叫大会屯？我听说呀，其实是出过会。出会，是中国民间一种古老的民俗形式，东北也盛行。主要是一些人经常把一种赌博活动称为"会"。那主要是当家的一些大人、官员，他们亲自来出会，让百姓押会（押宝）。

这个大会屯，从前的名字叫哈拉火烧，也叫黑山嘴子，两个名。

那时候，一共才18户人家，于是老人就说咱们开大会。

当时所说的开大会，其实也是指村子当中出现一些什么大事情的时候，就要召集所有的人到这里来开会商讨。

当时有一个小青年行为不轨，屯里的百姓决定要处置他，怎么处置？于是就决定在大会屯开会，公开揭露此人的不轨行为。这个事儿，《长岭县志》里也有记载。

所以大会屯有很多的规定，使得百姓们个个遵守，这是一种习俗，也是让正义在大会村代代相传。

我给你说说当年大会屯的"出会"。

到出会时，押会人往往是三十七门，什么独门冲等等。也就是说你押一元钱，那么你要赢了，就给你三十七元。当年我爷爷也去押了，记得爷爷一下子输了几千元，于是我爷爷一气之下，就把他骑着的一匹红骟马押上了。

当年押完会之后，要用个信封封上，然后交给跑会的去送封，也叫递封。

递封的人来到会上，会上一问一答。

"谁的贴？"

"是侯广生啊！"

"是侯广生？"

"是，是。"

当送封的人说侯广生的时候，接会的人就立刻吃了一惊，然后就通知我家，这时候爷爷也去了，四目相对。

封主说："你输了咋整？"

爷爷说："我输了，我愿意！"

封主二话没说，可是接着又笑了。

原来爷爷押上了红骟马，这下子是赢了。

然后这局子就把三十七局的码，也就是爷爷从前输的钱都还给了他。

所以那时候，大会屯的这种押会的行为，我爷爷使他们震惊了。而且这种震惊也影响了当地很多的地方头子，比如说土匪老头好。

老头好多次来抢大会屯。一年胡子来抢三五次，什么都抢。马叫连子，衣服叫叶子，帽子叫顶天，粉条叫干枝子。

有些十四五岁孩子们要下地干活，叫胡子抢的裤子都没有，只好搭个麻袋片儿。百姓真苦唯，衣服都被胡子抢去了。

所以，后来爷爷上公主岭买枪，没想到枪没买回来，人也没回来，让俄国人开枪打死了。

爷爷是1949年死的。为啥去公主岭买枪？公主岭有熟人，能买回枪，是为了全屯子人防胡子，也是为乡民们办好事儿。

但是枪没买成人就没了。那年我爹虽然最大，可他也才17岁。人们就张罗着，在大会村给我爷爷送行，就是现在说的开追悼会。因为那时候大会村越来越出名了，我爹说，他们脸上老有光了。

葛凤兰口述

我叫葛凤兰，今年69岁，家住后柳条沟屯。

我父亲葛福廷，是个大粉匠。他的粉匠手艺是跟一个叫邓文生的人学的，是后柳条沟的人。

邓文生的祖上叫邓宝，这个屯子就是他立的。《长岭县志》

左：葛凤兰　右：本书作者

里记载说："后柳条沟屯有粉匠。"这指的就是我父亲。后柳条沟的粉匠很出名，不但县志记载，大家伙儿也都知道。

当时，在后柳条沟的粉匠，都是大粉匠。许多时候如果漏不出粉了，就说去找葛福廷来，或者找邓文生来。因为人们都知道，葛福廷和邓文生是这个后柳条沟屯著名的粉匠大拿。

当年这个屯子有两个特点，一个是粉匠，第二是耍钱。提起葛福廷，老人都知道，他是在邓文生那里学到的漏粉手艺，从此就出名了。

葛粉匠，不但漏粉出名，而且他还会说书。所说说书，就是说东北的大鼓书。父亲说书，不知不觉地连同漏粉手艺，就都被我哥葛相臣学会了。那时候，我姥爷出名，我姥爷姓李，外号小胡子。

当有胡子来了，我姥爷一去，胡子就给面子，胡子们都知道他仗义。

当年我哥哥葛相臣最拿手的大鼓书，除了老的《大八义》《小八义》以外，还有《紫金镯》。

《紫金镯》说完了，没听够，有人就说："你得继续说呀。"于是，他就把俩舅舅会拉磨、会做粉、会铲磨的事儿，加在了《紫金镯》里面，把里面的人物，换成了大舅李明、二舅李凤，使百姓听得津津有味。

当时，父亲既会漏粉还会铲磨，而且也会说书，所以大伙儿都管我父亲叫葛大爷。

179

陈显刚口述

我叫陈显刚，今年69岁，是前借贷庄的粉匠。

漏粉是一个特殊的活。我家当年的那盘老磨，到现在还在村头的土墙下立着呢。现在我们这儿叫陈磨房，人们现在进村，就能看见那盘老磨、老土房、老土墙。老石磨，那个磨盘上有个孔，是安铰刀的两个孔。

我们这一带，从前叫老边道，是从长春的那种老道通到这里。

老太爷，叫大东升，是陈氏老哥俩儿，老家是山东登州府的，是挑挑走来的。当时这有个叫树林子的地方，所以这里的土名叫树林东、树林西。

老陈家当年是大户。从前，我老家在山东宁海县也开粉房，旧手艺，小眼磨，用锨刀来锨土豆，用手一摇，把土豆切碎，然后再上磨。

我五爷是村里的木匠，叫陈鸿章。还是太爷的时候，他是有名的车老板。有一回，去长春卖粉，下坡时老爷子一下子掉下来，可是那马，一下子就叼住了他的棉袄，把他从车底下捞了出来，一下子上来了。

郭子言是屯里大户，打枪准，为人公正，大家都服他、听他的，那胡子都没人敢打他。所以，当初老百姓就听胡子说："宁打伏龙泉，不打郭子言。"他们都害怕郭子言。

每年过节，郭子言都组织大家开会。会上，大伙都总结、分析，看都谁犯错误了，所以老百姓管这种活动叫粉条会。所说这种开会，就是老人讲"古"，在这种村民的会上，人人都发言。

所以一要过年，大家年前就把谁家犯错误的事儿，清理一遍，咋改？都说出一二三。大年会开过后，你看吧，人人都好了，一到初一，人都不一样了，就像换了一个新人一样，粉条会真叫人佩服啊。

到了我们这一代，这个会也变成了家庭会。记得那时候一到过年，我爷爷就说："集合，集合！"

"干啥？"

"开会！"

"谁开会？"

"爷爷给你们开会！"

……

村头的那口老石磨，应该是我二大爷留下的。

当时，村里有个邱石匠，他锉磨锉得好，我二大爷就和他在一起锉磨。当时的磨很稀少，有一个南方人拉来了圆盘石。由谁来锉呢？二大爷说："由我来锉吧。"当年我二大爷锉磨的手艺，那已经是数一数二的了，现在看来，我家门前的那口古磨，就是我二大爷当年锉出来的呀。

左：陈显刚　右：本书作者

张令江口述

我叫张令江，今年65岁，家住西伏山村张纯英屯。

清道光十二年（1832年）我的祖爷张宽，从山东省登州府闯关东到了西伏山一带开荒占草，在这里立了屯。张纯英是张宽的儿子，也就是我的太爷。他这个人好交朋友，在十里八屯都很有名，后来大家就管这里叫张纯英屯了。

当年开荒之后，他们就在家里建了粉房。那时候的粉房，用手工拍粉、漏粉，我们叫手拍粉。

手拍粉又叫"守白条"。所说的"守白条"就是漏出粉之后，守着这些粉条来生产、生活和销售，所以叫"守白条"。

西伏山这一带的粉条特别好，是因为这一带水好。

据说西伏山这一带的地下有一条水线，从长白山过来的水线，连着西伏山一直到三青山，这一片地下都是好水。

粉匠们常说，没有好水就漏不出好粉，所以粉条好，水得好，水好到什么程度呢？

我们这的老百姓都说，这水线是从长白山流过来的，而且还编了一个顺口溜：

> 长白山水哗啦啦，
> 溜到西北是他家，
> 要问哪里是他家，
> 柳罐斗子大粒沙。

这句话在当年的西伏山，在张纯英屯，人们都知道，所以这里的粉条好，就是因为水好啊。

吴景海口述

我叫吴景海，今年 75 岁，是夏家窝棚村吴麻席屯人。

过去，我们老吴家就是用大车装粮食，往长春二站那边送。咱们那时送粮没有麻袋子，也没有穴子，用穴子你还得编穴子，你穴子底下铺被也不行啊，谁家有那些被子呀，一整就坏。于是就用苘麻编那个小席子，编完了铺车，这就是那个麻。

席，又是怎么来的呢？现在没有了那炕席，就过去用秫秆，用个梭子一捆那秫秆，分三瓣或用刀破四瓣，泡了、沤了再编席子，又是麻又是席，就这样，编麻席就从我们祖辈这开始了。

我们家祖上不是地主，也不是富农，就是编席子的，编麻席，全家都会编袋子、编炕席，吴麻席就是这么来的。

到了伪满洲国的时候，要经常往长春二站送公粮，你家有席子，又有大车，那就你家送吧。那大车不是后来的胶皮轱辘车，是木头车轴。用时，那得带着油瓶，跟车的就得提着油瓶盯着车轴上油，那时叫"叫油"。你不"叫油"，那车轴就碾（过热）着（火）了。我是 1966 年毕业的，毕业以后我就进生产队了，也赶胶皮车。

在叫吴麻席之前，这个屯子叫啥，我就不知道了，好像也没有名字。我们自个人家（老吴家）从山东过来后，有几户人家跟着我们老吴家，你到哪，他到哪，就这么立起来的屯。

编麻席用的这个麻就是苘麻，那时候家家种苘麻呀，苘麻现在咱们这边也有。

种苘麻有好多用途，所以家家都种，过去的时候有的成垧种。苘麻结的果叫麻果，属于一种中药，苘麻割下来时候在大坑沤，割完的麻茬，还能做柴火用。

这麻秆还得扒，苘麻这个皮扒下来，就是编席子的材料。这麻秆呢，细的不要了，一般的留手指头粗细的麻秆，用干灰撸了，放那边去晾干。那时候火柴也挺金贵，划个火柴把麻秆引着了，供老头、老太太点烟、抽烟。东北有一种东西叫糠灯，糠灯就是麻秆做的，这糠灯在清朝的时候特别受皇帝的喜爱。

赶大车的手艺用不上了，现在没大车了。编炕席我会，别人也不用了，这行也失业了，好在我还是个粉匠，漏粉的事儿，我看还会好。

右：吴景海　左：本书作者

孙国珍口述

我叫孙国珍，今年63岁，家住在前借贷庄。

说起来粉匠的事儿，我不会做粉和漏粉，可是我会晾粉。

我娘家在聚宝山，我长大以后，嫁到了前借贷庄，丈夫叫杨宗奎。杨宗奎也是个挺聪明能干的男人，所以我就嫁给他了。

但是他不会漏粉，我也说过他："你看人家，家家都漏粉，你就不能也学学，当个粉匠？"

他倒好，跑出去一阵子，回来告诉我，他实在学不了漏粉，但他学会了一门手艺。说出来不怕你笑话，他学会啥了？烧大火！哈哈哈！

其实呀，烧大火也不容易，得看好火候，不然呢，锅里水滚开了，或者你这锅凉了，人家粉就都漏完了。所以烧锅的人也得有一种技艺，得和粉匠配合好，心往一处想，劲往一处用。我也挺佩服我丈夫这一手！

但是我经常说，你会烧锅，我会晾粉！咱家日子也差不到哪去。

晾粉，其实也很重要。比方说，你在晾粉的时候，要能分出这个粉是不是拨好了，如果拨不好，就不好晾，拨好就好晾。

拨好拨不好主要是看黏不黏、粘不粘。没拨好的粉丝一晾，就抖搂不开，而且常"断腰"，就是掉条。所以，粉匠们漏的粉如果好晾时，就轻松爽快好抖搂。

我们晾完粉，大家都要捆。捆的时候，咱们往往用甜秆儿来捆，甜秆儿是东北庄稼院给孩子们吃的一种嚼果（好吃的东西），你看外面苞米地旁边那两排了吧，那就是甜秆儿。用这个来打捆，是既好打捆，也能增加点分量，这也是咱老百姓一种自然的心理。

崔岗口述

我叫崔岗，今年72岁，是崔山屯老崔家的后代。

当年，我的祖太爷崔太闯关东来到了东北开荒占草。

我们老崔家是山东登州府莱阳县崔家庄人。当年老人家，挑着挑儿，千里迢迢来到了北荒，那时候哇，这里遍地是野狼。

到达这里的时候，遍地是荒野，只有黄羊子到处跑，没有人家，所以我们老崔家在这里开荒占草。开始年年耕种，形成了最早的老户。到我爷爷崔山的时候，这个屯子的几个大户人家都和我们老崔家处得非常好，于是就叫了崔山屯。屯里还有这几户人家，包括老尹家、老杨家、老韩家、老唐家等共五个大院。

这五个大院特别团结，这五个大院当中家家都有枪、有炮手，也是为了护一方百姓的平安。所以土匪一听说崔山，那得想想人那块儿有炮手，胡子一听"五大院"，就说咱们别去啦。所以，土匪吓得一般轻易不敢到崔山屯。

由于崔山屯这五大家都比较团结，而且风气也很好，过年过节互相走动，谁家有事，都来帮忙，这样就形成了很好的民风民俗。

据老人讲，每当土匪来袭击时，村民们都往崔家大院跑。崔家人都是好吃好喝地招待，有时路过崔山屯的穷人，也会受到崔家人的招待。

在这屯子当中也有粉匠，就是老唐家。

老唐家有个老粉匠，后代叫唐新国。唐新国的祖上开粉房，他就自己开老粉房，用手来拍，也是笨工，但粉条非常好吃。一到过年过节，这五大户基本上都需要买老唐家的粉来过年，杀猪、炖粉条等等，所以这个村形成了非常厚重又淳朴的民俗风情。

刁琳口述

我叫刁琳，今年91岁了，我两岁的时候和家人来到这王大院。

当时，这个屯子叫东南沟。我从小就喜欢打听地名的来历，所以经常向老王家的人打听，这咋叫王大院呢？

但是问来问去，人家说了，叫王大院的原因是老王家人

左：刁琳　右：本书作者

口多，在这个屯里光老王家就三十多口人。而王大院这个屯子，却不是一个王大院，还有于大院、杨大院，三家连着，但是三家大院当中呢，由于老王家人口多，所以就叫王大院了。

三家当年很团结。从前这一带胡子多，胡子经常来抢啊，可是来抢的时候，老于家、老杨家、老王家三户大院的人和老百姓一起，把树枝子钉上桩子，用洋条摽上，形成一道"钢墙铁壁"。所以，土匪一般也不敢轻易进。

这是第一点，第二就是咱们村子棒棒的，没有"活人儿"。所说的"活人儿"，就是花舌子，花舌子是给土匪送信儿的。就是没有给土匪来插签报信儿的人。这类人在土匪和村子中间两头送信儿，我们屯子没有这样的人，所以土匪后来也就不来了。

在伪满洲国时期，王大院这个屯子的老百姓生活很苦，什么都不让开，开粉房不让你干，过年拉磨都偷着干，不然兵来了就打你，抓你上税。

但是这个村后来也有许多粉匠，有一个叫王连友的粉匠，是后期开的。他后期开的这个粉房之后，村里很多人家也开起了粉房，也开始漏粉、卖粉了。

张喜口述

我叫张喜，今年 69 岁，三青山镇大房身村于平房屯人，现住在长岭县。

现在懂老粉匠漏粉手艺的人，基本就要断了。我们这茬人，像我们这个岁数的，百分之五十吧，过去都有粉房，都亲自干。那时，三青山要说粉房多，我们那屯几乎家家都有。

那阵儿都是自己家小粉房，咱们三家合伙儿换工。换工就是互相帮着干活，你家漏粉另两家都过来帮忙。这样吧，既省事又省工，互相也合计知道能咋干。换工这个形式，也是一种合作，漏粉这玩意儿，不是一个人干的活。

我们那阵摊面子不是大缸而是大粉盆，已经淘汰了。后来使锅，人多使十八印的锅，人少用十二印的锅。一天讲究漏几盆（锅），我那阵儿出去漏粉，漏一盆一块钱，一天漏七盆七块钱，这是工钱。

那时的粉条啊，咱不能说现在不好，因为科学在改进，现代化了。那阵儿都是石磨，石磨拉出的这粉条好吃，这你不承认不行，传统的工艺，就是功夫慢，哪有现在快呀。

那时，一天讲究拉出很大、很多的粉坨，拉十套磨十个坨，二十套磨二十个坨。

那时全用缸，一个粉房得好几十个缸，好几十个大缸，好几十个小缸，一个大缸得配个小缸，那是家庭作坊，但是那时生产队或者开加工厂的，也都是老做法。

现在工艺技术在改进，是谁也挡不了的事，老的（工艺、设备）吧，咱不能说不好，但是费工、费力，效率低。现在全是大槽子，直接从槽子里往出一捞就甩干，甩到炕上，完了就漏粉了，这时候直接用一个大槽子沉淀了。

那时漏粉太费劲了，但是那时漏多少粉条都能卖出去。那时行情跟现在不一样，那时是一斤猪肉一斤粉条、一斤鱼。他们仨平衡，粉条啥价，猪肉就啥价，鱼也啥价。

现在我看价格拉开了，粉条再好，六七块钱也就不错了，现在猪肉多少钱？鱼多少钱？

我现在69岁，20岁那年就在粉房了，我在生产队当的是出纳员，队长说你管粉房吧。那时，像我这岁数的粉匠根本没有，学不着啊。

队长对我说："你愿找谁学就找谁学。"最早是找那个依家坨子单六（单义太）那老头，哎呀，这老头那阵就60多了，他没儿子，在闺女家住，那时找他漏了几排粉。

后来又请来前伏山的老粉匠高喜林，他在那边干，咱们就精心看，就瞅，瞅他咋干。本身这老头儿也挺累的，我就说爷们我给你打茇，你教我。就这样，把这玩意儿学会了，在生产队的粉房干了4年。

漏粉这活是技术活，说道儿不少，也得靠经验，眼睛不好使绝对不行，你掌握不了湿干，炕的凉热这都是有说道儿的，需要有人看面子，不勤快、不动弹，炕的面子顶上干巴了就不行了，要不底下糊了，那就得找人看着，加水啊、翻折呀，你得勤快点。

现在这漏粉还炕面子呢，炕面子必须经过大炕，把这面子炕热乎了，漏粉才好漏。过去晾坨子，你要晾湿了不行，晾太干了也不行，所以各道工序都非常重要。

按照老的工艺漏出的粉条就是好吃，那时吃粉条比吃猪肉强。

过去的大粉匠，真有厉害的，无论你漏粉过程中出现啥问题，比方扣盆了、漏不出来什么的，他到那，保准儿手到病除。好粉匠都有一双好眼睛，锅里水多少，炕热不热乎，面湿干，天气好坏，人家一看就知道问题出在哪儿。

漏粉的时候，粉匠的话非常简单，说上瓢，就是开漏。要漏完了，就说抹瓢了。

漏粉分工的有几个人,比方说,上瓢的、拨锅的、倒粉的、看锅的和拿杆的。看锅的就是烧火,别小看这烧火,漏粉烧火这是大事儿,你这边都上瓢了,干等水,水不开不行啊!水不开粉不熟,拨锅的拨不出来。烧得大开也不行,锅滚开,这粉条就煮散了。

当年这些老粉匠,他们打瓢都要样儿,那小身板往这一坐,晃得非常匀称,坐那就像扭秧歌似的,踩上点,"唰唰",那瓢一走开,粉就匀乎地往锅里下,这"啪啪"地一下一下,边上看非常好看。

我说这些老粉匠都要样儿,干啥像啥,非常利索。

包景明大粉匠漏粉就是走瓢,瓢在锅上边,边走边拍,扭大秧歌的都没他好看。

孙宝荣打瓢打得浪,就是好看,有节奏,还有型,更有样儿,漏得还好。

王福民口述

我叫王福民，今年55岁。原来在三青山居住，现搬到长岭县城了。我是三青山粉条省级非物质文化遗产代表性传承人。

我这个传承人，是2011年经过咱们省委、省政府评审认定的。

我是2002年到三青山的，我到三青山之后主要是负责粉条的生产、销售这一块，见证了三青山粉条产业这20年的发展历程。

我2002年刚到三青山的时候做过统计，那时候全镇主要有西伏山、三青山、大房身、前伏山、夏家窝铺这五个村有粉房，实际粉房数量得有五百户。

那时候1—9月份，全都是晾粉的，遍地都是。车也多，可以说络绎不绝。一到这时候咱们周边有倒腾土豆的，有倒腾粉条的，非常热闹。

当时，马金昌是三青山镇的党委书记，他主要是抓咱们粉条的生产，要搞一个进一步跨越。他带领我们，先后到河北昌黎、内蒙古的赤峰和宁城，先后去了两趟，四台大客，得有一百多人。

学习参观完回来，就是进行技术改造。当时咱们三青山做粉条，都是使这个原始的小电磨在自己家做的，生产量非常小，一天加工土豆也就是3000多斤。

到内蒙古宁城和河北昌黎学习之后，引进他们的生产机械，引进上料机、粉碎机，这样咱们生产量就上来了。在2002年的时候，原来日加工3000多斤土豆，改造后能加工到2万斤。漏粉呢，由原来的一天1000多斤能达到5000斤左右。

通过改造之后，咱们三青山粉条的生产，实现了一个跨越。从原来的那个小电磨，发展到了半机械化生产。那时漏粉、和面啥的都不用人工了，都有小和面机、打瓢机，不再用过去的手拍了。打瓢就是机器打，但是它的工艺流程和人工手拍是一样的，只不过以前的拍粉用手拍，现在变成机器拍。有人说是挤，其实不是挤，也都是拍，挤的口感和拍的不太一样，拍的那个芡要软一些，挤的芡硬，挤出来的粉条口感比较硬，不好吃，所以现在三青山这边都用机器拍。

只有咱们三青山用机器拍，其他地区不用这种机器，有的是纯机械化的，是振动的，瓢旁边放一个振动棒，靠振动出粉，他那芡稀。粉条的原料也不一样，有的地区原料中红薯粉多些，掺一些木薯淀粉以及玉米淀粉。

咱们三青山适合土豆种植是有科学依据的。咱们这个土是高钙土，也就是人们说的黑土。黑土底下是红沙土，种植土豆最合适，并且省农科院做过实验，咱们三青山种植的土豆和其他地区种植的土豆相对比，淀粉含量高于其他地区。

所以一直以来，咱们是靠三青山的土豆生产纯土豆粉条，口感好，抗煮耐炖，吃起来筋道儿。

说起浆来，咱们这里的老粉匠都知道，浆是咋回事呢？在开始正式漏粉之前，得先用磨拉点土豆养上浆。这个浆起啥作用呢？就像咱们那个酵母似的，作用是一样的，是一种有益菌群。养浆少则七八天，多则十来天的工夫，这跟屋里的温度有关，浆的好坏跟磨出来的土豆淀粉浆在水中的沉淀快慢有关，漏出来的粉条白不白跟浆的好坏有关系。

现在吧，都用那干面子了，它也得用大缸泡，泡个七天八天左右，这也是养浆过程，学名叫酸化。要是不酸化，咱们那个淀粉一漏，粉条面，不好吃。

咱们这就始终使这个打瓢机，有一段时间，也上外地学习过，他们就使用挤粉条的机器，咱们也引进了，实际使用之后，就发现挤出来的粉条口感不如打瓢这个，所以现在又都使用打瓢这种方式生产了。

可以说三青山差不多是现在全国唯一使用拍瓢方式来生产粉条的，

跟三青山最早的漏粉方式基本是一样的,只不过原来是用手来拍,现在是用机器拍,这样效率高,产量能上来了。

不管手拍也好,机械拍也好,还是原始的漏粉方式和工艺流程,粉条的口感都没有变化,还是传统的味道。

咱们这个粉条,反映就是口感确实好。我们有个客户是上海的,开始他嫌咱们这个粉条贵,之后有一段时间就不买了,他就用其他地方的粉条了,比咱们价格低一些,但口感不行,就又回来要咱们的粉条,这个老客户在这买粉条有四五年的时间了。

给这些客户提供三青山粉条心有底呀,咱们三青山粉条质量好,牌子亮啊,咱这粉条上美国去过,澳大利亚也都有,但也都是中国人吃,说实话他们外国人不会吃。

第四章

粉匠传承谱系

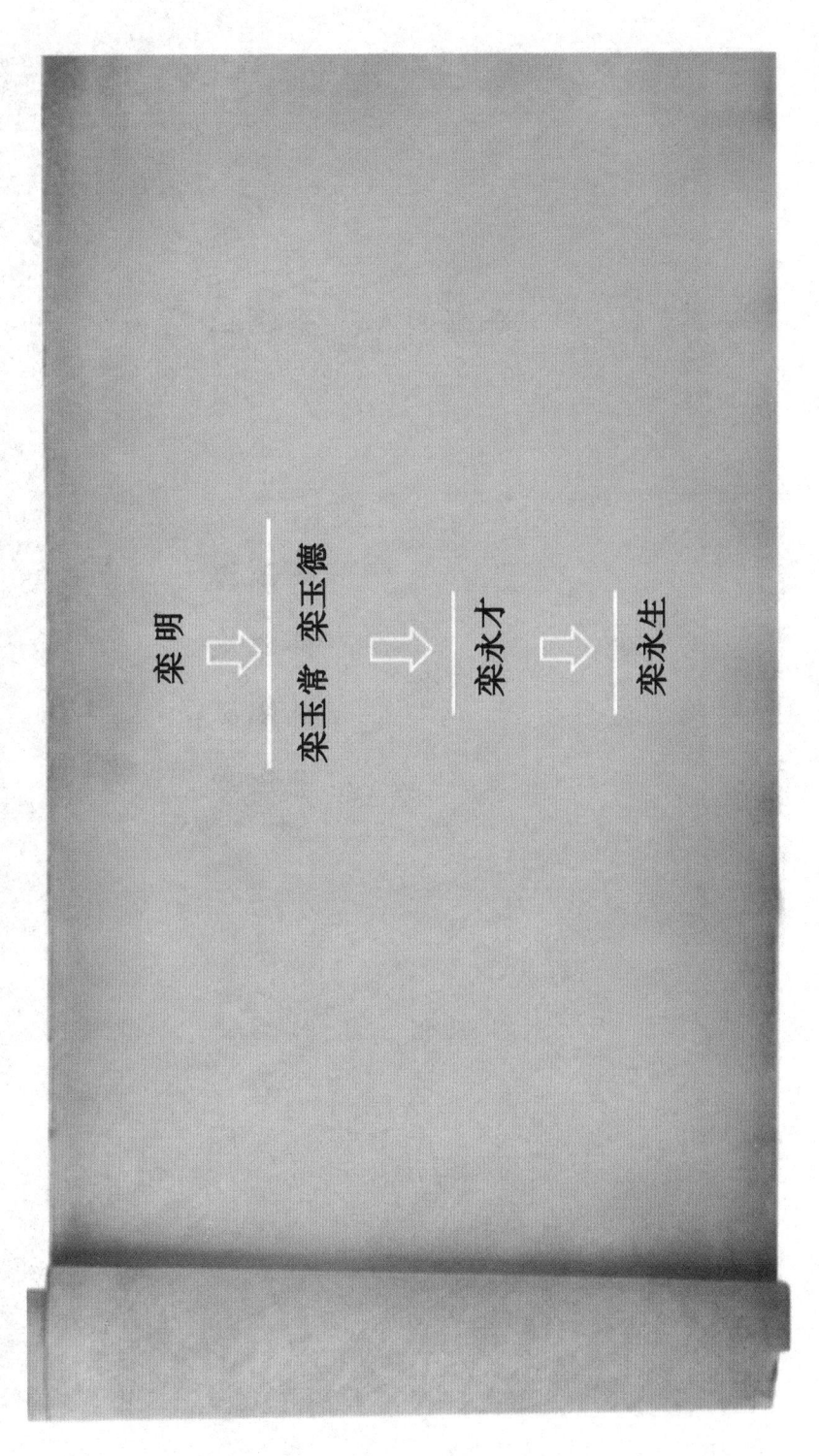

栾家窝棚（兰粉房）栾明粉匠传承谱系

栾明 ⇨ 栾玉常　栾玉德 ⇨ 栾永才 ⇨ 栾永生

下头子屯李龙海粉匠传承谱系

李龙海 ⇨
- 李昌金 ⇨ 李俊仁
- 李有金 ⇨
  - 李俊岐 ⇨ 李忠义
  - 李俊杰
  - 李俊和
  - 李俊德
- 李明金 ⇨ 李俊文

第四章 粉匠传承谱系

大房身屯李永庆粉匠传承谱系

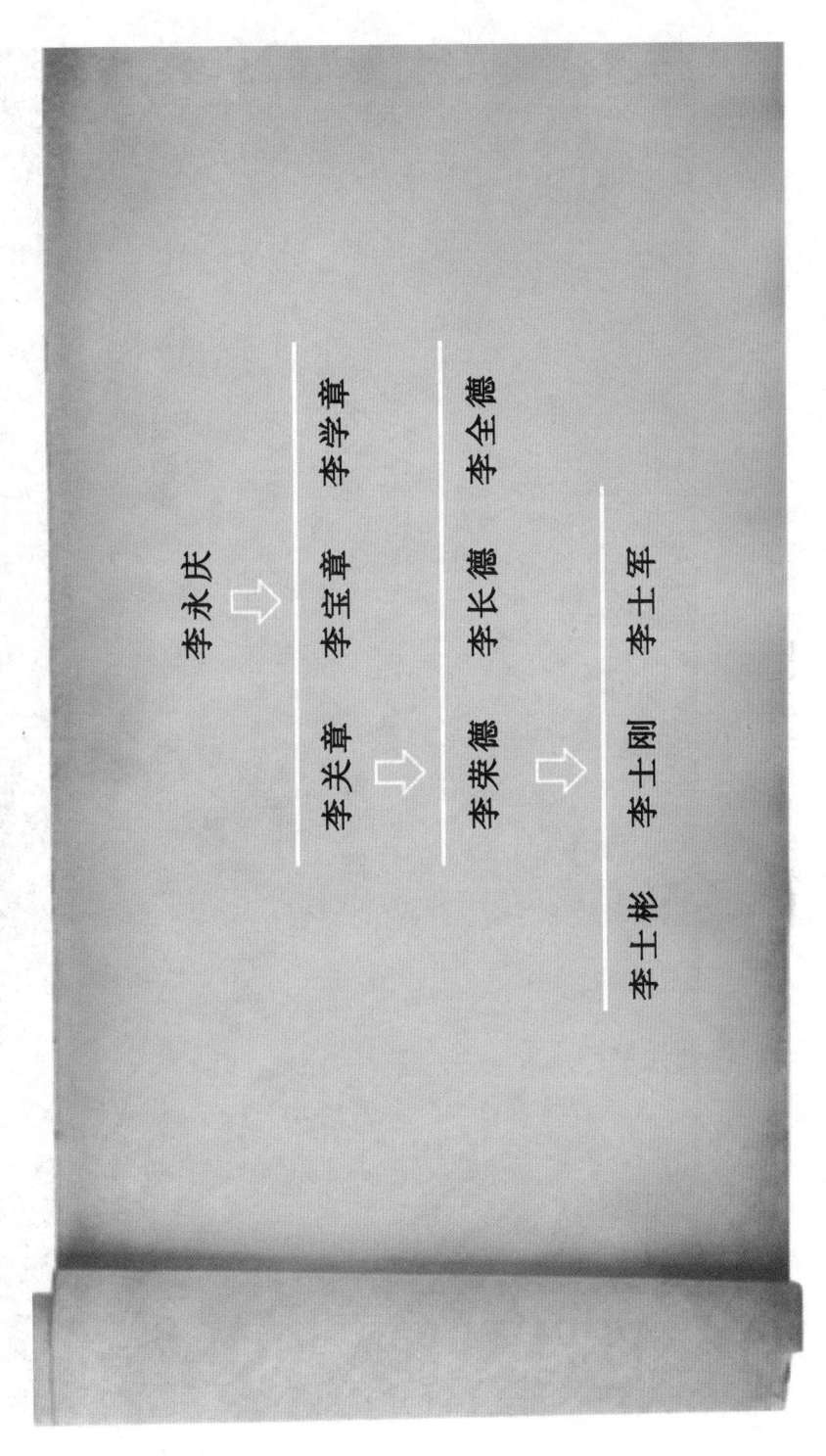

李永庆 ⇨ 李关章　李荣德 ⇨ 李士刚　李士彬
　　　　 李宝章　李长德　　　李士军
　　　　 李学章　李全德

前柳条沟屯单义太粉匠传承谱系

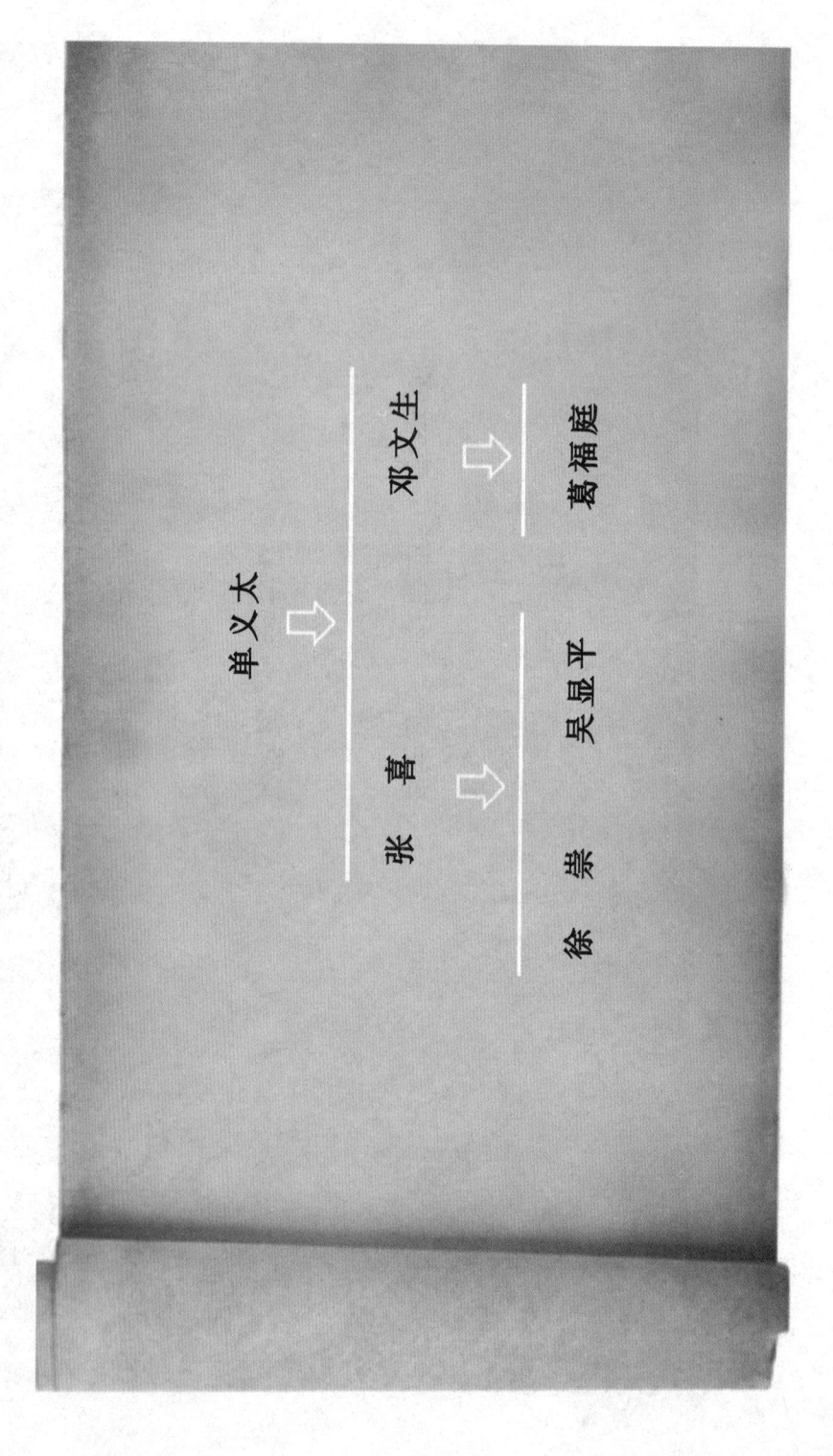

单义太 ⇒ 邓文生 ⇒ 葛福庭

张喜 ⇒ 吴显平

徐崇

前借贷庄屯王深春粉匠传承谱系

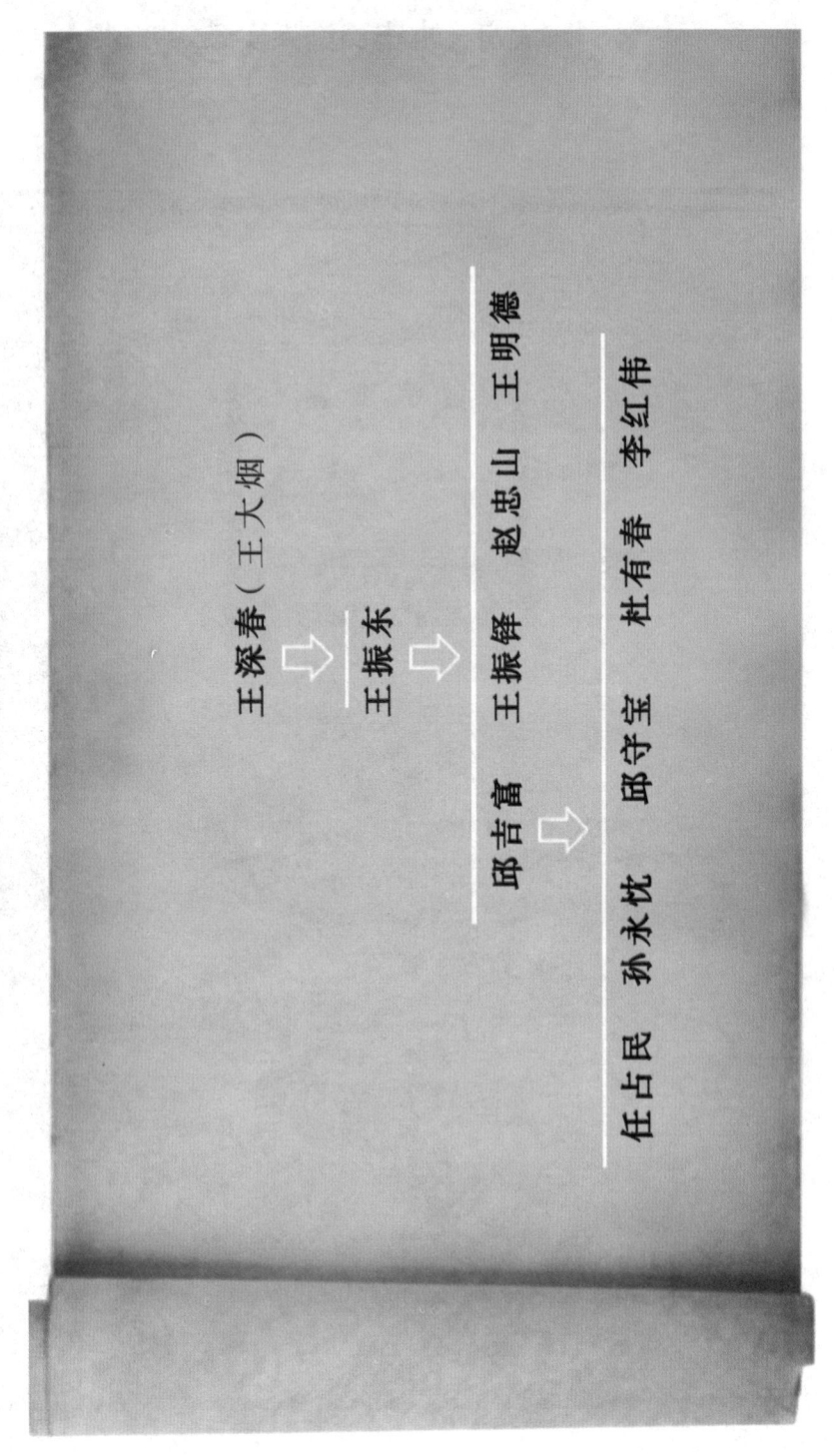

王深春（王大烟）⇨ 王振东 ⇨ 邱吉富　王振铎　赵忠山　王明德
　　　　　　　　　　　　　任占民　孙永忱　邱守宝　杜有春　李红伟

大房身屯李氏谱系实录

三青山大粉匠名录

栾 明（1875—1956）：三青山镇兰家粉房屯。家族传承漏粉手艺。

王深春（1877—1952）：三青山镇西伏山村前借庄屯。自学漏粉技艺。专长：漏粉、手端瓢。

李龙池（1881—1960）：三青山镇三青山村下头子屯。家族传承漏粉技艺。

李龙江（1883—1975）：三青山镇三青山村下头子屯。家族传承漏粉技艺。

李龙海（1885—1979）：三青山镇三青山村下头子屯。家族传承漏粉技艺。

李永庆（1885—1984）：三青山镇大房身村大房身屯。家族传承漏粉技艺。专长：漏粉、手拍瓢。

王振铎（1903—1946）：三青山镇西伏山村前借庄屯。王深春之子。专长：漏粉、手端瓢。

单义太（1904—1997）：三青山镇依家屹子村前柳条沟屯。自学。曾在三青山镇周边漏粉。

王德久（1905—1989）：三青山镇夏家窝堡村。自学。曾在复家窝堡村周边漏粉。

王振锋（1923—1992）：三青山镇西伏山村前借庄屯。王振铎徒弟。专长：漏粉、手端瓢。

孙庭军（1924—2003）：三青山镇三青山村东范马架屯。手工业专业漏粉。

包景林（1924—2010）：三青山镇前伏山村包家屯。自学漏粉技艺。年轻时，是远近闻名的大粉匠，曾到过黑龙江省多个地区漏粉，周边许多知名粉匠，大多是他的徒弟。

刘东来（1924—2010）：三青山镇西伏山村前借贷庄屯。原名：刘庆山。王振东徒弟。专长：漏粉、手拍瓢。

赵忠山（1925—2008）：三青山镇西伏山村前借贷庄屯。王振东徒弟。专长：漏粉、手端瓢。

李夫章（1927—2010）：三青山镇大房身身屯。家族传承漏粉技艺。

王明德（1928—2012）：三青山镇西伏山村前借贷庄屯。王振东徒弟。专长：漏粉、手拍瓢。

尹凤林（1930—2013）：三青山镇夏家窝堡村西山上屯。家族传承漏粉技艺。

邱吉富（1932—2016）：三青山镇西伏山村前借贷庄屯。王振东徒弟。专长：漏粉、手端瓢、吊绳瓢。技术精湛，专门解决周边其他粉房漏不出粉条的问题。

孙宝荣（1932—2017）：三青山镇大房身身屯后夏家窝堡屯。自学漏粉技艺。专长：走瓢。

邓文生（1934—2005）：三青山镇宝青山村。自学漏粉技艺。曾在宝青山村周边漏粉。

刘永生（1935—2018）：三青山镇夏家窝堡村韩家屯。家族传承漏粉技艺。

闫贵仁（1936—1992）：三青山镇大房身身屯夏家窝堡屯。自学漏粉技艺。专长：手拍瓢。

尹巨宽（1937—2018）：三青山镇三青山村崔山屯。专长：漏手工。

冷树军（1937—2021）：三青山镇小榆树村小张坨子屯。自学漏粉技艺。曾在小榆树村周边漏粉。

孙宝珍（1937— ）：三青山镇大房身村后夏家窝堡屯。自学漏粉技艺。解决村屯周边漏粉难题。

李学章（1938—2015）：三青山镇大房身屯。家族传承漏粉技艺。

葛福廷（1941—2016）：三青山镇宝青山村。邓文生徒弟。负责漏粉20多年。曾在三青山村、宝青山村周边漏粉。

任战民（1943— ）：三青山镇半截岗村邱家屯。邱吉富徒弟。专长：漏粉、手端瓢、吊绳瓢、机械拍瓢。

沈殿臣（1944—2016）：三青山镇夏家窝堡村沈家房屯。家族传承漏粉技艺。

李俊岐（1946— ）：三青山镇下头子屯。家族传漏技艺。

宋安福（1946— ）：三青山镇夏家窝堡村韩家屯。家族传承漏粉技艺。

李荣德（1949— ）：三青山镇大房身村大房身屯。家族传承漏粉技艺。曾任大房身村周边、怀德镇周边漏粉。专长：漏粉、手端瓢、手拍瓢。

郑国富（1949— ）：三青山镇大房身村大房身屯。家族传承漏粉技艺。专长：漏粉、手端瓢、吊绳瓢、机械拍瓢。

孙永忱（1951— ）：三青山镇西伏山村陈磨坊屯。邱吉富徒弟。现任西伏山村永臣粉业经理，是省、市级劳动模范，县级人大代表及县级党代表，2004年被誉为省级农业特产大户。

张　喜（1954—　）：三青山镇大房身村于平房屯。师傅单义大，徒弟徐丛。25岁任生产队粉坊经理，31岁任三青山镇粉丝厂厂长，任职时间4年，积累了漏粉及管理经验。

李宝章（1954—　）：三青山镇大房身屯。家族传承漏粉技艺。

李俊和（1956—　）：三青山镇下头子屯。家族传承漏粉技艺。

王长林（1960—　）：三青山镇夏家窝堡村。家族传承漏粉技艺。曾在夏家窝堡村周边漏粉。

吴显双（1966—　）：三青山镇义发坎村三不管屯。郑国富徒弟。漏粉25年之久。

杜有春（1966—　）：三青山镇西伏山村陈磨坊屯。邱吉富徒弟，是当前三青山镇漏粉技术比较精湛的人。

李士刚（1966—　）：三青山镇大房身村，现任大房身村党支部书记。家族传承粉技艺。专长：漏粉、手端瓢。

邱守宝（1967—　）：三青山镇西伏山村前贷庄屯，现任西伏山村党支部书记。邱吉富之任。专长：手端瓢、吊绳瓢，机械拍瓢。

王福民（1967—　）：现任三青山镇，吉林省三青山手拍粉非物质文化遗产代表性传承人。

李洪伟（1974—　）：三青山镇西伏山村陈磨房屯。邱吉富徒弟。专长：漏粉。将漏粉技艺传授到了扶余市等地。

第五章

粉匠村落代表性村屯地名的由来

三青山镇粉匠村落，主要指坐落于长岭县三青山镇境内的相关粉房村屯。这些村屯大多因粉而生，因粉而延续。在不断发展壮大过程中，始终与粉文化紧紧地连在一起，特别是深深刻在粉匠骨子里的忠义情怀，至今仍在粉匠村落不断得到传承和创新。

三青山镇位于吉林省长岭县东部，东与农安县伏龙泉镇接壤，南与太平山镇相连，西与光明乡、集体乡毗邻，北与巨宝山镇交界。

三青山名由神话"山请山"演化而来。传说，三青山一带山峦连绵起伏，像一条扬头翘尾的巨龙，头在西称"山头"，尾在东称"伏山"。每当暮色苍茫，便显现出一辆华丽的马车东来西往或西来东往的景象，似两个山神在互请，当地人称为"山请山"，如此世代相传。后来又因当地有三道山梁，就叫三青山了。

三青山镇政府位于长岭县政府驻地东45千米的三青山村兰家粉房屯。清咸丰元年（1851年），山东来的兰大粉匠到此开荒，还开了个粉房，远近闻名，故得名兰家粉房。

清光绪二十七年（1901年），境内已建起很多屯落，属农安县农新社。1907年，改为农修区。1913年，改属农安县第八区（伏龙泉）。1937年，设三青山村。1947年，三青山解放后重归伏龙泉区。1956年，分设三青山、小榆树、依家坨子三乡。1958年3月，合并为三青山乡；10月，并入伏龙泉公社，为一个管理区。1961年，设置三青山公社。1966年4月，三青山公社从农安县划入长岭县。1983年12月，公社改乡，改为三青山乡。1992年12月，撤乡设镇，改称三青山镇。2014年，辖10个村，设105个村民小组，74个屯。地形为台地平原，地势平坦，土质肥沃，土壤疏松，属沙性黑钙土。地下水资源丰富，且水质纯净，含多种矿物质。

三青山镇马铃薯粉条生产历史悠久，被誉为马铃薯粉条之乡。三青山牌粉条在国家市场监督管理局注册，产品在国内外多次获奖。

2012年三青山粉条被国家质量监督总局确定为国家地理标志保护产品。

西山头屯

西山头屯，依家坨子村所辖，位于镇政府驻地兰家粉房西南6000米。清乾隆二十年（1755年），山东荣庄搬来的荣玉中来此开荒种地，因屯址在三青山西头，人们便称西山头。

王大院屯

王大院屯，三青山村所辖，位于镇政府驻地兰家粉房东南1700米。

清同治元年（1862年），山东来的农户王好发在此开荒种地，当时因王家院子大，故得名王大院。

大 会 屯

大会屯，宝青山村所辖，曾名黑山咀，位于镇政府驻地兰家粉房西8800米。

清道光十五年（1835年），从山东省黑山咀来的侯广起在此开荒种地并立屯，后称黑山咀。因为经常召集大家在这里开大会，所以人们便称其为大会屯，产粉条。

沈染房子屯

沈染房子屯，夏家窝堡村所辖，位于镇政府驻地兰家粉房东南9200米。

清乾隆二十六年（1761年），沈廷有从山东省登州府蓬莱县到此开荒种地，并在此开染缸房，远近闻名，由此得名沈染房子。

崔 山 屯

崔山屯，三青山村所辖，位于镇政府驻地兰家粉房东1400米。

清光绪七年（1881年），山东来的崔山在此定居，形成屯落后，人们便称崔山屯。

东岗子屯

东岗子屯，曾名徐家屯，大房身村所辖，位于镇政府驻地兰家粉房东南4800米。因立屯时此处地势高，种植粮食产量低，居民穷，故称穷岗子屯。后来因此名不好听，人们叫着不舒服，此屯姓徐的户数多，1980年改称为徐家屯，没有叫开，后又改称东岗子屯。

王明福屯

王明福屯，曾名东岗子屯，依家坨子村所辖，位于镇政府驻地兰家粉房西南4300米。

清道光二十二年（1842年），孙迁员从九条玉带搬到此地定居，命名同兴永。清咸丰十一年（1861年），孙家将地卖给王明福，从此更名为王明福屯。

三门唐家屯

三门唐家屯，前伏山村所辖。位于镇政府驻地兰家粉房东 4300 米。

清道光二十年（1840 年），从山东来的唐士明、唐士有、唐士富三兄弟到此立屯，因是三位姓唐的亲兄弟来此立屯，所以得名三门唐家屯。

前借贷庄屯

前借贷庄屯，曾名借贷庄，西伏山村所辖，位于镇政府驻地兰家粉房东北 5000 米。

清咸丰三年（1853 年），由山东来此的陈老夫、付老朋、张老权、杨老井四户在此立屯，因四户都有钱，共同开借贷庄向外借贷、借粮，形成屯后得名借贷庄屯。后因在借贷庄北又建了一个新屯，人们便称此屯为前借贷庄屯。

后借贷庄屯

后借贷庄屯，西伏山村所辖，位于镇政府驻地兰家粉房东北 6000 米。

清光绪元年（1875 年），杨老井由前借贷庄到此兴建屯落，杨家有钱向外借款、抬粮食，故称后借贷庄屯。

碗 铺 屯

碗铺屯，三青山村所辖，位于镇政府驻地兰家粉房西 3000 米。

清嘉庆十九年（1814 年），山东来的范树法在此立屯，且开碗铺，远近闻名，故称此屯为碗铺屯。

215

阚家屯

阚家屯，曾名义发阚。三青山镇义发坎村所辖，位于镇政府驻地兰家粉房西南 6200 米。

清道光末年，从关里来的阚义发在此开荒种地，后以阚守仁在伏龙泉镇开一处小铺字号"义发阚"为名。东北沦陷时期，甲长唐志文把屯名改为阚家屯。

大房身屯

大房身屯，大房身村驻地，位于镇政府驻地兰家粉房东 5000 米。

清乾隆四十六年（1781 年），李之从山东济南府德平县关里庄来此开荒种地，始建屯落，在此盖房子，种小园子时常发现古代的青砖、土灰、铜钱等，人们认为此地曾经修过房子，是房身地，形成屯落后，便称此屯为大房身屯。

大依家坨子屯

大依家坨子屯，依家坨子村所辖，位于镇政府驻地兰家粉房西北5300米。

清道光三十年（1850年），依海波来此开荒种地，兴建屯落，形成屯落后，得名依家坨子屯。

吴麻席屯

吴麻席屯，夏家窝堡村所辖，位于镇政府驻地兰家粉房东南8000米。

清道光十一年（1831年），吴天禄从山东省登州府莱阳县来此立屯。此人是席匠，编炕席手艺好，自织自卖，远近闻名，又因建屯人吴天禄来自麻城，故得名吴麻席屯。

前柳条沟屯

前柳条沟屯，曾名柳条沟，依家坨子村驻地，位于镇政府驻地兰家粉房西北4500米。

清嘉庆十年（1805年），李树田的祖先李殿文从大石岭来此开荒种地，兴建屯落，因屯址前有一条天然的东西大沟，沟里长满了柳条子，人们便称柳条沟。后来，在屯址北又新建一个屯落，称之为后柳条沟，而此屯更名为前柳条沟。

后柳条沟屯

后柳条沟屯，三青山镇宝青山村驻地，位于镇政府驻地兰家粉房西北7000米。

清同治末年，邓宝父辈在此开荒种地，后形成屯落。屯址位于前柳条沟北，由此得名后柳条沟。

邱家屯

邱家屯，半截岗村所辖，位于镇政府驻地兰家粉房北5000米。

清光绪初年，邱殿臣从关里来此开荒种地，形成屯落。因是邱姓人来此建屯，故而得名。

张纯英屯

张纯英屯，西伏山村所辖，位于镇政府驻地兰家粉房东北5000米。

清道光十二年（1832年），张宽从山东省登州府来此开荒种地，始建屯落，张纯英是张宽的儿子，此人交朋好友，名声在外，故称张纯英屯。

西三不管屯

西三不管屯，义发坎村所辖，曾名新发庄，位于镇政府驻地兰家粉房南6500米。

清道光二十一年（1841年），史占元、沙云力、郑三三家从山东省登州府来此开荒种地，形成屯落后得名新发庄。后来，老李家又从张坨子迁来，因李家财势大，地方小官不敢收此屯的苛捐杂税，屯址又是长岭县、怀德县、农安县三县分界处，由此得名三不管。后来，又在屯址东建立两个屯子称腰、东三不管，而此屯更名为西三不管。

初 家 屯

初家屯，夏家窝堡村驻地，位于镇政府驻地兰家粉房南7500米。

清光绪三年（1877年），初万金从山东省登州府来此开荒种地，形成屯落后，故称初家屯。

东范马架屯

东范马架屯，曾名范马架，三青山镇三青山村所辖，位于镇政府驻地兰家粉房北1800米。

清同治十年（1871年），范可温由山东登州府来此开荒种地，初来时搭马架居住，故被称为范马架。后在屯址西又立新屯，便改称东范马架。

西范马架屯

西范马架屯，三青山镇三青山村所辖，位于镇政府驻地兰家粉房西北2000米。

清光绪初年，山东省田姓和益禄天来此开荒种地，因屯址建在范马架屯西，故得名西范马架。

221

前夏家窝堡屯

前夏家窝堡屯，三青山镇夏家窝堡村所辖，位于镇政府驻地兰家粉房东南6300米。

清道光十六年（1836年），山东省登州府来的谭贵在此开荒种地，形成屯落后，因屯址北有夏家窝堡，故得名前夏家窝堡。

后夏家窝堡屯

后夏家窝堡屯，三青山镇大房身村所辖，位于镇政府驻地兰家粉房东南5000米。

清道光初年，张德山的祖先和夏家祖先来此开荒种地，逐渐形成屯落，因夏家来此开荒种地时立了窝堡暂时栖身，人们习惯称之为夏家窝堡。后在屯南又建一个屯落，称前夏家窝堡，此屯便更名为后夏家窝堡。

于平房屯

于平房屯，三青山镇大房身村所辖，位于镇政府驻地兰家粉房东南4600米。

据老住户张玉春讲，清咸丰元年（1851年），姓于的来此立屯，因于家在此盖五间土平房，故得名于平房。

包 家 屯

包家屯，三青山镇前伏山村所辖，位于镇政府驻地兰家粉房东6400米。

清嘉庆二十五年（1820年），从山东省来的包财到此开荒种地，包家日子兴旺，为大户，故得名包家屯。

西宝青山屯

西宝青山屯，三青山镇宝青山村所辖，位于镇政府驻地兰家粉房西10000米。

清咸丰末年，姓石、姓李两户人家来此开荒种地。屯址坐落在一个高处，四面看此地好像高山，称为宝山，人们便称宝青山。后来在屯址东又建新屯，人们称东宝青山，而宝青山便改称为西宝青山。

东宝青山屯

东宝青山屯，三青山镇宝青山村所辖，位于镇政府驻地兰家粉房西北9200米。

清咸丰十年（1860年），乔振铎、陈宾来此开荒种地，后形成屯落，因屯址位于宝青山东，得名东宝青山。

小榆树屯

小榆树屯，小榆树村驻地，位于镇政府驻地兰家粉房西南4000米。

清咸丰十一年（1861年），刘文才从无定府惠民县逃荒到此开荒种地，形成屯落后，因屯址周围遍地长着小榆树，故称小榆树屯。

西伏山屯

西伏山屯，曾名陈家磨坊，西伏山村驻地，位于镇政府驻地兰家粉房东5000米。

清嘉庆十七年（1812年），陈洪章由山东省登州府来此开荒种地，后来陈家开豆腐房、粉坊，远近闻名，故称陈家磨坊。1947年，因东有伏山，此屯在伏山西边，故而得名西伏山。

第六章

粉匠村落传统工具 99 例

1. 土房（三间）

①材质：泥土、木、苇等。

②规格：80m² 左右。

③用途：制粉车间。

2. 大炕（一铺）

①材质：土坯。

②规格：300cm×160cm。

③用途：炕热粉面子。

3. 小刀头儿

①材质：铁质、木把。

②规格：长 15cm 左右。

③用途：割土豆栽子。

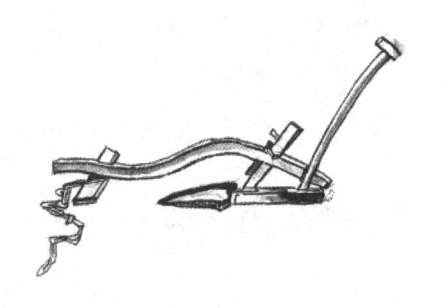

4. 手招犁杖

①材质：铁犁、木扶手。

②规格：长 150cm—170cm，高 120cm 左右。

③用途：犁土豆地、分垄、合垄。

5. 土篮子

①材质：柳树条、榆树条。

②规格：直径 20cm—50cm，高 20cm 左右。

③用途：盛装土豆等。

6. 片筐

①材质：树条。

②规格：直径 70cm—100cm，高 30cm。

③用途：端土豆、装烧柴。

7. 土豆挠子

①材质：铁头、木把。

②规格：长 140cm—160cm。

③用途：翻取地里落下的土豆。

8. 大车

①材质：木质。

②规格：直径 400cm × 200cm × 120cm—130cm。

③用途：运输粉条。

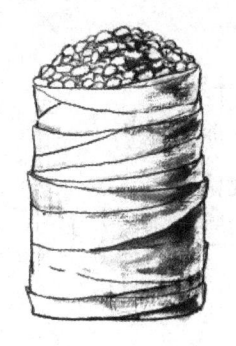

第六章 粉匠村落传统工具99例

9. 芡子
①材质：植物秸秆。
②规格：宽25cm—40cm，
　　　　长度不限。
③用途：为了装更多的土豆。

10. 土豆叉子
①材质：铁头、木把。
②规格：叉头30cm—40cm，
　　　　木把150cm。
③用途：收土豆。

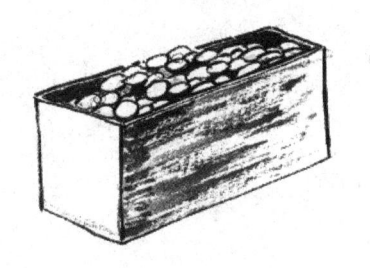

11. 洗土豆槽子
①材质：木质。
②规格：150cm×80cm×100cm。
③用途：洗土豆。

12. 老井
①材质：木质、石质。
②规格：直径120cm—150cm，
　　　　深1000cm以上。
③用途：用于漏粉和饮用。

13. 井架子

①材质：木质。

②规格：高 120cm。

③用途：架辘轳打水。

14. 辘轳把儿

①材质：木质。

②规格：直径 20cm—30cm，长 150cm—60cm。

③用途：打水。

15. 柳罐斗子

①材质：柳条。

②规格：直径 20cm—25cm，高 40cm—50cm。

③用途：井中提水。

16. 井绳

①材质：麻绳。

②规格：长度不限。

③用途：连接辘轳和柳罐斗子。

17. 扁担
①材质：木质。
②规格：150cm—200cm。
③用途：用于担水、挑粉。

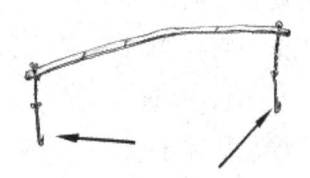

18. 扁担勾
①材质：铁质。
②规格：长 20cm—30cm。
③用途：用于连接扁担和粉桶（筐）。

19. 水桶
①材质：铁质。
②规格：直径 30cm—40cm，
　　　　高 40cm—50cm。
③用途：提水。

20. 欻土豆槽子
①材质：木质。
②规格：120cm×80cm—90cm×
　　　　30cm—40cm。
③用途：装土豆，与欻刀配合使用。

21. 欻刀
①材质：铁质。
②规格：底宽 20cm—30cm，高 80cm—90cm。
③用途：切碎土豆。

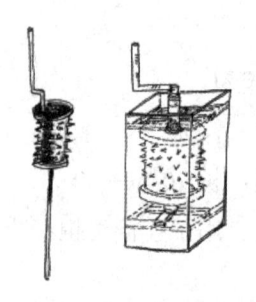

22. 土豆轮子
①材质：木质、铁质。
②规格：直径 25cm—30cm，长 50cm。
③用途：粉碎土豆。

23. 小眼石磨
①材质：石质。
②规格：直径 90cm—100cm，高 30cm—40cm。
③用途：碾磨土豆。

24. 笤帚头子
①材质：植物。
②规格：20cm—30cm。
③用途：扫磨。

25. 磨盘
①材质：石质。
②规格：直径 130cm—150cm，高 10cm—15cm。
③用途：拉磨、接渍水。

26. 磨斗子
①材质：铁质。
②规格：高 20cm—30cm。
③用途：置于磨盘上，可使土豆集中于磨眼。

27. 大眼磨
①材质：石头。
②规格：直径 90cm—100cm，高 30cm—40cm。
③用途：磨土豆。

28. 铰刀
①材质：铁质。
②规格：长 30cm。
③用途：粉碎土豆。安装在大眼磨的磨盘上，铰碎整个土豆，便于进行下一步碾磨。

29. 锤子

①材质：铁头、木把。

②规格：长 30cm—40cm。

③用途：用于锤打剁子或冲子，使刃口在石磨的正确位置吃力。

30. 剁子

①材质：铁质。

②规格：20cm—40cm。

③用途：剁磨。

31. 上滴水盆子

①材质：陶质。

②规格：直径 40cm，高 30cm。

③用途：拉磨用于上滴水。

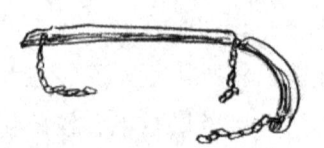

32. 套磨杆子

①材质：木质。

②规格：长 150cm。

③用途：畜力与磨盘之间的连接件。

33. 垫片

①材质：木质、铁质。

②规格：不限。

③用途：垫设备。

34. 驴夹板儿

①材质：木质。

②规格：长 40cm—50cm。

③用途：毛驴拉套。

35. 毛驴

①规格：不限。

②用途：拉磨。

36. 套包

①材质：苞米叶、布。

②规格：随马或驴大小而定。

③用途：套于马、驴脖颈肩胛处，
　　　　避免磨损。

37. 蒙眼

①材质：布质。

②规格：30cm—50cm。

③用途：蒙驴眼睛。

38. 滴水桶

①材质：铁质。

②规格：直径 30cm，
　　　　高 40cm—50cm。

③用途：用于拉磨接渍水。

39. 围裙

①材质：布、皮。

②规格：不限。

③用途：防止弄脏衣服。

40. 跑缸

①材质：陶质。

②规格：直径 40cm—50cm，
　　　　高 100cm—120cm。

③用途：轮番拉磨用，三缸水为
　　　　一套磨。

第六章 粉匠村落传统工具 99 例

41. 梁瓢
①材质：铁质、木把。
②规格：上口椭圆形 40cm×30cm×25cm，底圆形，直径 20cm。
③用途：撇缸。

42. 浆缸
①材质：陶质。
②规格：直径 50cm，高 120cm。
③用途：用于装水养浆。

43. 搅缸棒子
①材质：木质。
②规格：直径 7cm—10cm，长 150cm—170cm。
③用途：搅粉浆。

44. 收子
①材质：铁质。
②规格：30cm×20cm×12cm。
③用途：清理缸底。

45. 过包

①材质：布质。

②规格：100cm×100cm。

③用途：过滤、分离土豆渣子。

46. 十花架

①材质：木质。

②规格：长 90cm—100cm。

③用途：吊过包。

47. 十花钩

①材质：铁质。

②规格：长 10cm—20cm。

③用途：用于连接十字架和过包。

48. 夹板子

①材质：木质。

②规格：直径 50cm—40cm，
　　　　高 120cm—100cm。

③用途：夹紧过包，榨取剩余汁水。

第六章 粉匠村落传统工具 99 例

49. 葫芦瓢

①材质：葫芦。

②规格：不限。

③用途：盛水。

50. 水舀子

①材质：木质。

②规格：不限。

③用途：攉水。

51. 撇缸木瓢

①材质：木质。

②规格：不限。

③用途：撇渍水。

52. 小面缸

①材质：陶制。

②规格：直径 50cm，高 60cm—70cm。

③用途：用于沉淀粉面子。

53. 面碓子

①材质：木质。

②规格：直径 15cm—20cm，
　　　　高 90cm—100cm。

③用途：碓缸里的粉面子。

54. 吊兜子

①材质：粗纱布。

②规格：80cm×80cm。

③用途：吊粉坨子。

55. 刀铲子

①材质：铁质。

②规格：长 25cm，宽 8cm—10cm。

③用途：起面子、戗泥底。

56. 小面子锹

①材质：铁头木把儿。

②规格：长 60cm—70cm。

③用途：上面子。

第六章 粉匠村落传统工具99例

57. 下滴水盆子

①材质：陶制。

②规格：直径20cm，高10cm。

③用途：用于吊粉坨接水。

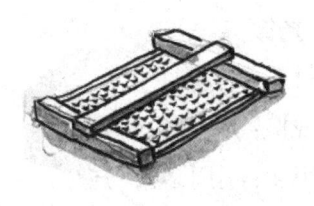

58. 粉擦子

①材质：铁质、木把儿。

②规格：30cm×20cm。

③用途：擦粉坨子，使之成为粉状。

59. 筐箩

①材质：植物。

②规格：不限。

③用途：装粉面子。

60. 簸箕

①材质：植物。

②规格：不限。

③用途：收粉面子。

61. 炕包
①材质：布质。
②规格：不限。
③用途：垫于炕席之上，防止热粉面子时遭损。

62. 扬锨
①材质：木质。
②规格：长 180cm。
③用途：用于翻面子。

63. 大撮子
①材质：铁质、木把儿。
②规格：40cm×30cm。
③用途：大量撮取粉面子用。

64. 小撮子
①材质：铁质、木把儿。
②规格：30cm×20cm。
③用途：撮粉面子时，少量撮取粉面子用于调整干湿和软硬。

65. 土锅台
①材质：土坯。
②规格：直径130cm—200cm，高60cm左右。
③用途：架锅灶火。

66. 大铁锅
①材质：铁质。
②规格：直径100cm—150cm。
③用途：承接煮制粉瓢中漏出的手拍粉。

67. 花篓
①材质：柳树条。
②规格：不限。
③用途：背柴。

68. 火叉子
①材质：铁质。
②规格：140cm—170cm。
③用途：用于烧火。

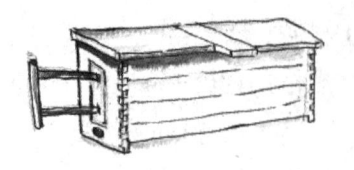

69. 风匣

①材质：木质。

②规格：100cm×50cm×60cm。

③用途：给灶台送风，增加火力。

70. 打芡小铁锅

①材质：铁质。

②规格：直径70cm—80cm。

③用途：打芡。

71. 粉秤

①材质：铁质、木杆。

②规格：不限。

③用途：称粉面子、粉条重量。

72. 粉斗

①材质：木质。

②规格：容量10kg左右。

③用途：量粉面子。

73. 粉升

①材质：木质。

②规格：容量1kg左右。

③用途：量粉面子。

74. 芡耙子

①材质：木质。

②规格：80cm。

③用途：搅芡。

75. 手端瓢

①材质：铜、铁、铝。

②规格：上口椭圆，最宽处25cm，长30cm，底圆形，直径20cm，高12cm。

③用途：漏粉。

76. 圆眼粉瓢（粗眼、细眼）

①材质：铜、铁、铝。

②规格：上口椭圆，最宽处25cm，长30cm，底圆形，直径20cm，高12cm。

③用途：漏粉，底部圆孔。

77. 宽眼粉瓢

①材质：铜、铁、铝。

②规格：上口椭圆，最宽处25cm，长30cm，底圆形，直径20cm，高12cm。

③用途：漏粉，底部长孔。

78. 带子粉瓢

①材质：铜、铁、铝。

②规格：上口椭圆，最宽处25cm，长30cm，底圆形，直径20cm，高12cm。

③用途：漏粉，底部宽长孔。

79. 汤粉粉瓢

①材质：铜、铁、铝。

②规格：上口椭圆，最宽处25cm，长30cm，底圆形，直径20cm，高12cm。

③用途：漏粉，底部孔眼小而多。

80. 拨锅大筷子

①材质：木质。

②规格：长80cm—90cm。

③用途：在大锅里拨粉条。

第六章 粉匠村落传统工具99例

81. 拨锅小筷子

①材质：木质。

②规格：长30cm。

③用途：往淌缸里拨粉条。

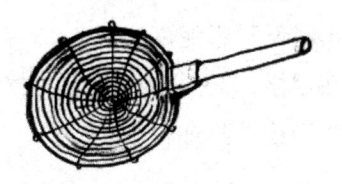

82. 笊篱

①材质：树条。

②规格：不限。

③用途：打沫，捞粉头。

83. 过帘

①材质：秸秆。

②规格：30cm×30cm。

③用途：放于大锅和淌缸之间的锅台上，防止粉条沾土。

84. 淌缸

①材质：陶制。

②规格：直径50cm，高60cm。

③用途：倒粉用。

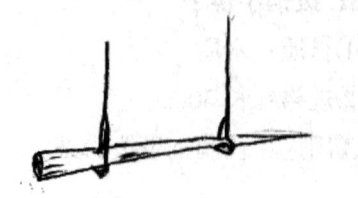

85. 粉杆子

①材质：葵花秸秆、木质。

②规格：长 80cm—90cm。

③用途：挂粉。

86. 泡粉槽子

①材质：水泥。

②规格：200cm×85cm×120cm。

③用途：冷却粉条。

87. 剪子

①材质：铁质。

②规格：长 20cm—30cm。

③用途：用于剪断出锅粉条。

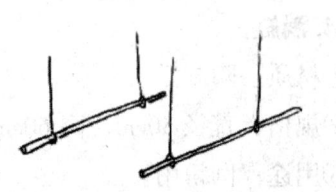

88. 粉丫子

①材质：木质、铁质。

②规格：长 85cm。

③用途：搪杆挂粉。

第六章 粉匠村落传统工具99例

89. 粉条吊架

①材质：木质。

②规格：不限。

③用途：用于挂粉。

90. 粉车子

①材质：木质。

②规格：250cm×120cm×100cm。

③用途：用于粉房到晾晒场之间运送粉条。

91. 大粉场

①材质：土地。

②规格：面积2000m² 以上。

③用途：晾粉、晒粉。

92. 晾晒粉架子

①材质：木质。

②规格：高220cm。

③用途：晾粉、晒粉。

251

93. 粉架杆子

①材质：木质。

②规格：直径4cm—15cm，长400cm、600cm。

③用途：晾粉、晒粉。

94. 捆粉绕子

①材质：草（草绕子）、马莲（马莲绕子）、秫秆（高粱绕子）等。

②规格：不限。

③用途：捆粉。

草（草绕子） 　　　马莲（马莲绕子） 　　　秫秆（高粱绕子）

95. 拢绳

①材质：麻质。

②规格：不限。

③用途：拢车捆绑。

第六章 粉匠村落传统工具99例

96. 绞锥
①材质：木质。
②规格：直径15cm—20cm，
　　　　高90cm—100cm。
③用途：拢车紧绳。

97. 吊悠
①材质：木质。
②规格：直径5cm—7cm，
　　　　高20cm—30cm。
③用途：配合绞锥使用，勒紧拢绳。

98. 苞米叶子
①材质：苞米叶。
②规格：不限。
③用途：包粉耗子。

99. 粉窖子
①材质：土坯。
②规格：2000cm—3000cm×
　　　　180cm—200cm×
　　　　180cm—200cm。
③用途：储藏冻条粉。

第七章

行话和生产过程

行　话

1. 蹚浆子：石磨掉碴滚进浆子里了，这时，要立刻停磨，把磨盘翻过来，寻找石碴子。

2. 生浆（面水儿）：磨土豆后产出的浆水。浆水在漏粉时，犹如发面时所用的"面引子"。

3. 养浆：将生浆养成熟浆（酸浆发酵）。

4. 上劲儿：同养浆。

5. 借浆：不自己生产浆水，向有浆水的粉房借浆水，进行漏粉。

6. 分浆：拉磨前，要将浆水按三缸水一套磨分好。

7. 过包：把渣子过滤掉。

8. 桄包：晃动过包。

9. 茬高了：撇缸时，没有撇净。

10. 茬低了：撇缸时，由于过深，致使粉面浪费。

11. 过罗：倒浆到小面缸里。

12. 上兜子：把小面缸里做好的粉面子，用刀铲和小面锹倒到兜子里。

13. 打兜子：拽住两根兜子绳，使劲碰撞，便于沥水。

14. 卸兜子：把沥完水的粉坨子卸下来。

15. 擦面子：将粉坨子用粉擦子擦成粉面子。

16. 炕面子：将粉面子铺放在热炕上捂热。

17. 搋面子：和面后，不断搋揉，使面团柔软、融合。

18. 打芡：用开水将粉面子稀浆烫熟，使之成为半透明的胶状稀糊（稀糊制芡），用于下一步和面。

19. 溜芡了：粉面子软了，需要添面子。

20. **棒芡了**：粉面子硬了，需要添水（当地人习惯将"棒"读作"bǎng"音）。

21. **小鬼儿跑了**：芡不足了。

22. **没劲儿**：没有浆劲儿，粉面子和不到一起。

23. **添顶了**：在和粉面子时，添加的干浮面子过多。

24. **叫瓢**：正式漏粉前，测试搋好的面子的软硬程度是否适合漏粉和粉瓢是否顺手。

25. **上瓢**：测试结束，可以开始漏粉了。

26. **拍瓢**：用手拍打粉瓢里的面子，开始正式漏粉。

27. **走瓢**：大粉匠坐在锅台上，手持瓢在锅上方走动拍粉。只有经验特别丰富的粉匠才有这个本领。

28. **烧大火**：给粉锅烧火，看火候。除了烧大火的，拨锅匠也管火候。

29. **撤风儿**：火候到了，为使火力变小，要停止拉动风匣。

30. **鼓上**：火力不够，马上拉动风匣，使火力变大。

31. **拨锅**：防止粉条粘锅、糊锅底，从锅里往倒粉锅拽粉。

32. **倒粉儿**：将煮好的粉条倒入缸中，进行冷却。

33. **拿粉儿**：将粉条逐一挂上一个个粉杆，再放粉池中进一步冷却。

34. **提粉儿**：冷却结束后，将成杆的粉条提到粉车子上。

35. **走水**：拨锅匠拨动锅里的水，使漏出的粉条随着水的旋转，直接进到缸里。

36. **倒桄**：两只手像捯线桄一样，不断倒动漏出的粉条，一般是倒到5—6桄时，将粉条剪断。

37. **换水儿**：勤换淌缸里的水，防止淌缸里的水过热。

38. **扎锅**：漏出的粉粘到了锅底。

39. 上豆芽子了：漏出的粉条不成根，断得像豆芽一样，表示漏粉没成功。

40. 扣瓢：漏粉没成功。

41. 抹瓢：粉匠用手将粉条从瓢底抹断，可以中间休息，抽一袋烟或歇会儿。

42. 挂瓢：当天粉漏结束。

43. 断腰：粉丝没拨好，晾晒时抖搂不开，容易掉条。

44. 并条：粉条没有抖开，粘到了一起（当地人习惯将"并"读作"bìn"音）。

45. 顺当：问候语，比喻粉条卖得好和办任何事都顺顺当当。

生产过程

粉条生产是一个繁杂而劳累的过程，是需要在大粉匠的统一协调指挥下，通过众多粉匠和相关人员的相互配合，才能完成的一项复杂的工作。其生产过程主要包括：选材、拉磨、制浆、制粉、漏粉、储粉六个主要环节。具体生产流程如下：

首先，通过选土豆、洗土豆等环节备好料，才能进磨房，此环节叫"选料"。

然后，将土豆上磨，随着石磨转动，粉浆从出浆口徐徐流出，流进或倒入浆缸，这道工序叫"进跑缸"。

粉浆进入大浆缸之后，还要用棒子不停搅动，使上面的残渣和下部的淀粉两者分离，用梁瓢等用具将上面残渣撇出，这道工序叫"撇浆"。

撇浆之后还要将剩余的粉浆倒入大浆缸之中，将剩余的残渣过滤出去，这道工序叫"过包"。

经过沉淀后，将上部的清水舀出倒掉，剩余部分的粉浆则进入小浆缸进行沉淀，这道工序叫"进小浆缸"。

这时，粉面子逐渐下沉，上部的浆水变清，需将上部的浆水倒掉，然后将下部剩余的粉浆装入粉兜子，这道工序叫"上兜子"。

这时，几个人轮番晃动和拍打粉兜子，沥掉多余的水分，此时一个白白净净呈半圆球体的粉坨子就出炉了，这道工序叫"打兜子"，也叫"出坨子"。

这时，需将粉坨子放到户外晾干，这个环节叫"晾面子"。

漏粉的工序相对繁杂一些，但这些环节都比较重要，非一般人所能为，必须请来大粉匠操刀，此时和在此之前，如果自己家没有大粉匠，就需要请或雇有名的大粉匠了。

请来大粉匠，下一步环节就是漏粉了。

首先，要将粉坨子用粉擦子擦成粉面子，这个环节叫"擦面子"。

接下来，将粉面子平铺在烧热的东北大炕上，使之加热到一定温度，这个环节叫"炕面子"。

而另一边的烧火师傅早将一大锅水烧开了，然后大粉匠找个芡坨子，掰一块用温水稀释，用开水冲芡。制作粉芡很关键，决定能不能将粉漏成，这个环节最能显示一个粉匠的实力，这个环节叫"打芡"。

粉芡制好了，需就着这股热乎劲儿和面搋面，此时有四个以上粉匠围着大缸转着圈走，一只手不停地插进缸中的粉面里，这个环节叫"搋面"。

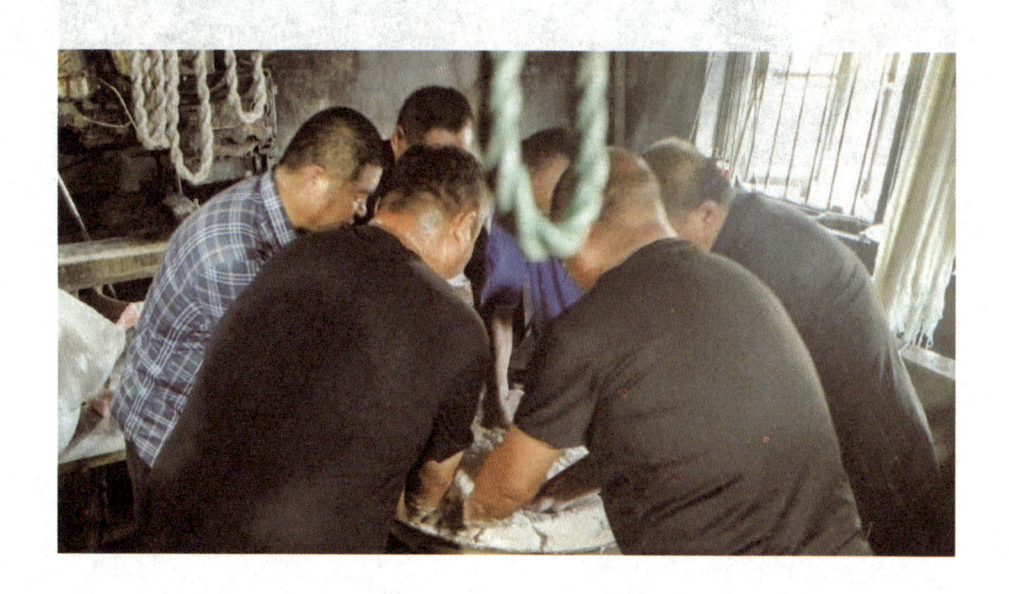

大粉匠开始拿着粉瓢坐上锅台，先将少许搋好的粉面子放入瓢中，随着"啪啪"的拍瓢声，人们的眼光都开始集中到大粉匠身上，这个环节叫"叫瓢"。

如果大粉匠感觉面子软硬和各方面条件都适合了，就开始拍粉了，发展到后来，为了节省拍粉的力气，大粉匠就会喊："上瓢！"这时就会有专人将手拍瓢把儿的另一端吊挂起来，高度与大粉匠手握的一端高度适应，这个环节叫"上瓢"。

此时，随着"啪啪"的拍瓢声，一缕缕银丝一样的粉条垂入锅中，在沸水中起舞，这个环节叫"拍瓢"。

煮少许功夫，用一根长筷不断拨动锅里的粉条，防止粉条粘锅、糊锅底，并从锅里往倒粉锅搜粉，这个环节叫"拨锅儿"。

接下来，就将煮好的粉条倒入缸中，进行冷却，这个环节叫"倒粉儿"。

然后将粉条逐一挂上一个个粉杆，再放粉池中进一步冷却，这个环节叫"拿粉儿"。

冷却结束后，就要将粉条提到粉车子上，这个环节叫"提粉儿"。

第七章 行话和生产过程

人们将粉条一层层平铺到粉车子上,要等过了12小时后,才能去晾晒,这个环节叫"省(xǐng)粉儿"。

第二天,把粉条运到室外的晾粉场的粉架子上去晾晒,大约需要两天时间,人们用草、马莲、秫秆等拧成绳子,将晾好后的粉条捆成捆,装车倒运到粉库储存起来待售,整个过程才算圆满结束。

第八章

谚语和歌谣

谚 语

家土掺野土，一亩顶两亩。

庄稼一枝花，全靠肥当家。

种地不下粪，等于瞎胡混。

小麦盖床被，搂着馒头睡。

不种千坰地，难打万石粮。

扫帚响，粪堆长。

七九河开，八九雁来，九九加一九，耕牛遍地走。

二月清明麦在头，三月清明麦在后。

谷雨前后，栽瓜种豆。

树叶关门儿，犁杖成群儿。

过了芒种，不可强种。

紧赶慢赶，芒种开铲。

六月六，看谷秀。

雨打秋头，无草饲牛。

种地没有鬼，全靠肥和水。

人糊弄地一时，地糊弄人一年。

有钱买种，无钱买苗。

九成开镰十成收，

十成开镰二成丢。

东风雨，北风开，再过三天还回来。

锄把出汗，天气要变。

乌云黄梢子，必然下刀子（指雹）。

横闪磨盘雷，必定挨雹捶。

远闻脆雷声，马上天转晴。

日落云长，半夜雨响。

早看东南，晚看西北，
南闪大门开，北闪有雨来。
十雾九晴。
九里风多，伏里雨多。
风转八遍，不用掐算（变天）。
交九北风多，春雨落地早。
九里雪少，伏里雨少。
冬春树挂多，春雨不能少。
里转东北必雨，外转西北必晴。
春风对秋雨，夏热对冬寒。
冬至长，夏至短。
春分秋分，昼夜平分。
长五月，短十月，不长不短二八月。
二八月，乱穿衣。
春前有雨花开早，秋后无霜叶落迟。

早起三朝顶一工，早起三年顶一冬。
一天省一把，十年买匹马。
秋天猫猫腰，胜过冬天走一遭。
滴水流成河，粒米积成箩。
看人下米，量体裁衣。
不怕外边挣块板，就怕家里丢扇门。

清明刮起坟头土，庄稼人一年白辛苦。
八月十五云遮月，正月十五雪打灯。
不怕初一十五下，就怕初二十六阴。
有钱难买五月旱，六月连雨吃饱饭。
七月十五定旱涝，八月十五定收成。

大旱不过五月十三。

一年两头春，黄土变成金。

处暑不纳头，到秋喂老牛。

五月大，瓜茄剩不下，五月小，瓜茄吃不了。

三九天，猪打泥，来年谷穗拖拉地。

春雨一犁深，遍地皆黄金。

夏至东风摇，麦子水中捞。

立夏刮东风，必定禾头空；黄豆不结荚，小豆胎里扔。

春耕早一日，秋收早十天。

三春不抵一秋忙。

龙多了靠，龙少了涝。

没有金刚钻，别揽瓷器活。

儿行千里母担忧。

宁绕十步远，不走一步险。

针鼻大窟窿斗大的风。

事是人干出来的，路是人走出来的。

争之不足，让之有余。

双桥好走，独木难行。

砂锅不打不漏，话儿不说不透。

远亲不如近邻，近邻不如对门。

编筐挝篓，全仗收口。

水浅了养不住大鱼。

没有弯弯肚子别吃镰刀头。

鱼找鱼，虾找虾，乌龟王八会亲家。

老王婆卖瓜，自卖自夸。

好籽儿出好苗，好葫芦开好瓢。

有志不在年高，无志空活百岁。

世上无难事，只怕有心人。

真金不怕火炼，松柏不怕严寒。
静坐常思自己过，闲谈莫论他人非。
刀不磨，要生锈，人不学，要落后。
不吃苦中苦，难得甜上甜。
平时不做亏心事，哪怕半夜鬼敲门。
浇花浇根，交人交心。
人怕见面，树怕剥皮。
不当家不知柴米贵，不养儿不知父母恩。
路遥知马力，日久见人心。
吃人家的嘴短，拿人家的手软。
少年读书不用心，不知书内有黄金。
悬崖勒马不为晚，船到江心补漏迟。
人见利而不见害，鱼见食而不见钩。
要使人不知，除非己莫为。
若要富，半夜就穿裤；若要穷，睡到日头红。
这山望着那山高，一到那山把脚跷。

耳听为虚，眼见为实。
眼是懒蛋，手是好汉。
没土难打墙，没苗难打粮。
无针难引线，无水难行船。
智者千虑，终有一失；愚者千虑，必有一得。
花无长开，月无长圆。
不怕不识货，就怕货比货。
人无头不走，鸟无头不飞。
一锹不能挖个井，一口不能吃个饼。

酒要少吃，事要多知。

师傅领进门，修行在个人。

良言一句三冬暖，恶语伤人六月寒。

人不保心，木不保寸。

家有千口，主事一人。

冰冻三尺，非一日之寒。

顺的好吃，横的难咽。

贪小便宜吃大亏。

一条鱼腥了一锅汤。

脚正不怕鞋歪，身正不怕影斜。

吃不穷，穿不穷，算计不到才受穷。

越吃越馋，越呆越懒。

水不来先叠坝。

不怕慢，就怕站。

百炼成钢，熟能生巧。

山高遮不住太阳。

言多语失皆因酒，义断亲疏只为钱。

家贫不言祖先贵，好汉不怕出身低。

在家敬父母，何必远烧香。

好花也得绿叶扶。

奸情出人命，赌博出贼性。

无益之食不可吃，无义之钱不可取。

家有良田万顷，不如薄技在身。

有钱当思无钱日，勿待无时思有时。

歌 谣

苦难捱
土豆花开一片白,
胡子没走鬼子来。
层层乌云把天盖,
粉匠个个苦难捱。

回到家
长白清水哗啦啦,
奔流千里回到家。
哪里才是它的家?
柳罐斗子大粒沙。

大熊包
粉下锅,没捞着,
粉匠是个大熊包。
一锅粉条泡了汤,
粉匠脸上没了光。

心发麻
粉条下锅像豆芽,
粉匠吓得心发麻。
拎着粉瓢就开溜,
从此没脸见东家。

丢了魂
粉匠漏粉扣了盆,

东家心里丢了魂。
三盆面子没出劲儿,
赶快给我去换人儿。

不 着 调

出西门,过横道,
腰里别着大粉瓢。
瓢不响,心里闹,
这个粉匠不着调。

种 土 豆

耕牛一对,白马一双,
先去破茬,回来掏墒。
浅一些种,深一些蹚,
土豆小苗,不能受伤。

相 对 象

土豆花开一朵朵,
我妈养活我自个。
长大了,相对象,
相中前屯兰粉匠。
兰粉匠,名气壮,
祖传手艺真是棒。
十里八村数得上,
提起他呀心痒痒。

乐 开 花

秫秆儿叶唰唰唰,

粉匠叫瓢啪啪啪。
今天漏粉顺顺顺，
粉匠心里乐开花。

声 洪 亮

粉匠叫瓢声洪亮，
漏出粉条一桄桄。
好吃好喝摆炕上，
头溜老酒先烫上。
快把粉匠炕上让，
叫声老哥你先尝。

情 谊 深

三青山，情谊深，
打断骨头连着筋。
粉瓢挂在屁股后，
直从远古走到今。

过 得 好

要想日子过得好，
得起三百六十早。
哪个能起这样早，
日子必定过得好。

扛活十二月歌

正月里来是新年，扛活哥们为了难，
今年有心不把活扛，东家撵咱把家搬。
地无一垄房无一间，可往哪里把家搬，

搬到何处也如此，急得两眼泪不干。
二月里来龙抬头，扛活哥们犯了愁，
一年四季把活扛，扛到何时是尽头。
从小放猪，长大放牛，下地几年就打头，
活计好的有人要，做活不好无人留。

三月里来是清明，家家户户上坟茔，
有钱的上坟烧张纸，无钱的上坟哭几声。
哭泣亡人死得苦，埋怨人间事不平，
财主不劳生活好，扛活辈辈受贫穷。

四月里来四月十八，娘娘庙前戏台搭，
东家老少去看戏，妇女坐车男骑马。
穷人有心去看戏，东家不把话来发，
若要偷着把戏看，恐怕遇见咱东家。

五月里来是端阳，富人家家饮雄黄，
东家老少把酒用，穷人哪里把酒尝。
有心要去把酒打，手中无钱不妥当，
左思右想拉倒吧，哪有心情过端阳。

六月里来数三伏，天长夜短日头毒，
东家坐在柳荫下，边喝香茶边看书。
穷人地里把活干，晒得阵阵发迷糊，
有心树下歇凉去，东家责骂不敢误。

七月里来七月七，上方牛郎会织女，
神仙都有团圆日，穷扛活的难会妻。

有心回家看一趟，东家知道他不依，
有财有势夫妻好，人若穷了事事低。

八月里来月儿圆，西瓜月饼供上天，
东家老少都圆月，人家吃梨咱嘴酸。
有钱人家吃月饼，咱穷人把唾沫咽，
有心去把月饼买，手中没有半文钱。

九月里来秋风凉，东家下令日夜忙，
庄稼熟了忙收割，收割晚了损失粮。
手拿镰刀下了地，霜露湿透咱衣裳，
衣衫单薄难遮体，冻得浑身直筛糠。

十一月里来雪花飘，东家打粮不老少，
穷人家中无有米，东家不给把粮约。
去了出荷没多少，七扣八扣不够了，
又饥又寒实难过，妻儿老小泪滔滔。

十二月里来要过年，穷人阵阵好心酸，
东家早把年货买，宗宗样样办得全。
穷人也想办年货，手中无有半文钱，
平日吃穿还不足，哪有银钱来办年。

过了冬来立新春，扛活哥们要听真，
咱们劳动还受苦，地主个个坏良心。
共产党，是亲人，领导穷人翻了身，
分了房子分了地，祖祖辈辈别忘恩。

（摘自《长岭县志》）

劝夫去担架

月儿出山崖，星儿满天洒。
为妻劝丈夫，放心去担架。
俩月转回家，丈夫你愁啥。
担水有人帮，纺线赚钱花，
全家没愁事，丈夫你去吧。
丈夫去担架，为国别想家。
用心抬彩号，好好保护他。
走路要平稳，千万别蹾哒。
平地还好走，就怕走山洼，
脚往平地踏，可别卡前趴。

战士上前线，枪子似扬沙。
拼着性命干，为国又保家。
丈夫你想想，人家为了啥？
果实要自卫，老蒋要打垮，
军民齐努力，准能战胜他。

打倒反动派，人人得安宁。
工农兵学商，大伙唱太平。
丈夫去支前，你也该立功。
担架两个月，千万别牵挂，
全当妻住家，你好好干吧！

丈夫听妻劝，不住笑哈哈。
咱们出担架，为国又为家。
我已下决心，一定去参加。

随军上前线，决心不想家，
不怕枪和炮，把老蒋打垮。

（摘自《长岭县志》）

旧节气歌

打春阳气转，雨水沿河边。惊蛰乌鸦叫，春分地皮干。
清明忙种麦，谷雨种大田。立夏鹅毛住，小满雀来全。
芒种开了铲，夏至不纳棉。小暑不算热，大暑三伏天。
立秋忙打靛，处暑动刀镰。白露割糜黍，秋分不生田。
寒露不算冷，霜降变了天。立冬交十月，小雪地封严。
大雪河插上，冬至不行船。小寒忙置办，大寒就过年。

（摘自《长岭县志》）

新节气歌

一月小寒接大寒，二月立春雨水连。
惊蛰春分在三月，清明谷雨四月天。
五月立夏和小满，六月芒种夏至还。
七月小暑和大暑，立秋处暑八月间。
九月白露与秋分，寒露霜降十月全。
立冬小雪十一月，大雪冬至到新年。
注：按公历月份。

（摘自《长岭县志》）

第九章

视觉粉文化

三青山秧歌《水中取财》

【开场式】

清凌凌的水瓦蓝蓝的天

红沙地里刨出了金蛋蛋

粉娘子妙手织银丝

水中取财步步生莲

【第一段】

土豆花开遍野满青山

红沙地里刨出了金蛋蛋

小媳妇赶着毛驴围着磨盘转

小伙子绕着大缸把面搋

老粉匠得意洋洋把粉拍

一缕缕银丝滑不出溜地直往锅里钻

号子悠长粉瓢拍得啪啪地响

筷子挑起了村落致富的天

【第二段】

拌碗水粉孝敬老太太

老太太乐得满脸皱纹开

提了秃噜一口还吧嗒吧嗒嘴

就咱们这疙瘩的水粉鲜

灶坑里扒拉出了粉耗子

老爷子捧着招人馋不再吹胡子瞪眼

黄里透亮活脱脱的金娃娃

粉匠的好日子一年赛一年

【第三段】

小伙推着粉车跑颠颠

小媳妇着急忙慌把粉晒

一张张的笑脸荡漾在晾晒场

一缕缕银丝飘出三青山

小伙子嘟囔着不会拍粉

老粉匠喊一声你麻溜地快给我过来

教你拍粉是为不丢祖宗脸

祖辈手艺千万不能断了捻

【第四段】

粉娘子故事流传久远

如今粉娘变成了粉老板

一双双妙手拍出了纯正的粉

一架架粉条洁白荡如帆

猪肉炖粉条东北家常菜

三青山一路高歌粉业根脉代代相传

碧水捞银丝啊青山种金蛋

咱要守护好这座金山银山

【圆大场】

清凌凌的水

瓦蓝蓝的天

村溪流水绕青山

水中取财步步生莲

碧水捞银丝啊青山种金蛋

咱们定要守护好这座金山和银山

三青山秧歌
——《水中取财》

曹保明 词
魏力政 曲

1=C 4/4
♩=120 欢快地

X X X X X -	X X X X X -	X X X X X X	X X X X -
清凌凌的水	瓦蓝蓝的天	红沙地里刨出了	金蛋蛋

X X X X X	X X X X -	X X X X X	X X X X -
粉娘子妙手织银丝		水中取财步步生莲	

‖: 3 5 6̲ 3̲ 5 | 6̲ 5̲ 3̲ 6̲ 5 - | 6̲ 6̲ 5̲ 6̲ 3 | 5̲ 5̲ 6̲ 5̲ 3̲ 2̲ - |

土豆花开遍野满夺山　　红沙地里刨出了金蛋蛋
拌碱水粉芋敬老太太　　老太太乐得满脸皱纹开
小伙推着粉车跑颠颠　　小媳妇着急忙慌把粉晒
粉娘故事流传久远　　　如今粉娘变成了粉老板

3 2̲ 3̲ 5̲ 3̲ 5̲ 6̲ | 1̲ 7̲ 6̲ 5̲ 6̲ 6̲· | 2 2̲ 3̲ 6̲ 5̲ 5̲ 3̲ | 2 3̲ 2̲ 1 - |

小媳妇赶着毛驴围着磨盘转哎　小伙子绕着大缸把面提
提了秃噜一口还吧嗒吧嗒嘴哎　就咱们这疙瘩的水粉儿鲜
一张张的笑脸落漂在晾晒场哎　一缕缕银丝飘出三夺山
一双双妙手拍出了地道的粉哎　一架架粉条洁白荡如帆

1̲ 6̲ 1̲ 3̲ 2̲ 2̲ 3̲ | 1̲ 6̲ 1̲ 2 - | 6̲ 6̲ 6̲ 6̲ 1̲ 7̲ 6̲ 5̲ 5̲ | 6̲ 5̲ 6̲ 3̲ 5 - |

老粉匠得意洋洋把粉儿拍　　一缕缕银丝滑不出溜地直往锅里钻
灶坑里扒拉出来粉耗子　　　老爷子捧着招人馋不再吹胡子瞪眼
小伙子哪嚷着不会拍粉　　　老粉匠咳一声你麻溜地快给我过来
猪肉炖粉条东北家常菜　　　三夺山粉业一路高歌根脉相传

6·̲ 6̲ 5̲ 6̲ 1̲ 6̲ 1̲ 2̲ | 3 2̲ 3̲ 1̲ 2·̲ | 6̲ 6̲ 5̲ 6̲ 6̲ 1̲ 2̲ 3̲ | 2̲ 1̲ 5̲ 6̲ - |

号子悠长粉飘抬得啪啪地响哎　筷子挑起了村落致富的天
黄里透亮活脱脱的金娃娃哎　　粉匠好日子一年赛一年
教你拍粉是为不丢祖宗的脸哎　祖辈手艺不能断了捻
碧水捞银丝啊夺山种金蛋哎　　咱要守护好这座金银山

3·̲ 2̲ 3̲ 5̲ 3·̲ | 1̲ | 2·̲ 1̲ 7̲ 6̲ 5 - | 6̲ 6̲ 5̲ 6̲ 6̲ 1̲ 2̲ 3̲ | 2̲ 1̲ 5̲ 6̲ - :‖

哎了哎嗨呦　哎了哎嗨呦　筷子挑起了村落致富的天
哎了哎嗨呦　哎了哎嗨呦　粉匠好日子一年赛一年
哎了哎嗨呦　哎了哎嗨呦　祖辈手艺不能断了捻
哎了哎嗨呦　哎了哎嗨呦　咱要守护好这座金山银山

三青山秧歌《水中取财》主要人物及扮相

达子官（大粉匠）：负责领队、指挥及唱秧歌帽。

扮相：黑色圆顶小帽，蓝色长衫，红色腰带，右肩搭白毛巾，左手持粉瓢，右手持一双长筷。

克里吐（牛头、马面）：逢场开路，打圆场。队外角色，在秧歌队进出场时，他摇晃着满身响瓢，倒退着小步在前打场或跑着圆场，回旋弯转、扩展场地。

扮相：秧歌队里牛头、马面的扮相。

拉棍（粉匠）：负责联络、领路、走阵图。

扮相：长袍，腰扎彩带，前大襟掖在腰带上，双手各持收子。

上装（粉娘子）：高发髻，头戴五彩缤纷的花山，花山上高挑颤丝，上边系着五六只蝴蝶，一袭白衣、长袖善舞，长袖打开后如一缕缕银丝般的粉条。扭起来花翻蝶跃，犹如满园春色，群芳斗艳，也似仙女村姑踏青嬉戏。

下装（小学徒）：负责保护粉娘子。

扮相：红色小帽，白色对襟镶边短衫，深色紧腿裤，左手持收子，右手持扇。

粉耗子：一个人在场内到处乱窜，随意出怪态、耍洋相逗乐。

扮相：大红大绿的耗子打扮，羊角辫，红脸蛋，身上背着粉瓢、漏子、收子等。

粉匠：扭腰、游走。模仿锅台上拍粉时的动作。

扮相：白色圆顶高帽，白色长衫，蓝色腰带，右肩搭白毛巾，左手持粉瓢，右手持收子。

擀面匠：负责擀面，6人以上。

扮相：白色圆顶高帽（矮于大粉匠的高帽），白色长衫，全身蓝色围裙，脖子上搭白毛巾，后腰挂着粉瓢、收子等，右手持扇，左手舞动腰扎的红色彩带。扭起来粉瓢、收子碰撞，不断发出叮咚声音。

提粉匠：负责拍粉，4人以上。

扮相：白色圆顶高帽（矮于大粉匠的高帽），蓝色长衫，全身白色围裙，脖子上搭白毛巾，右手持扇，左手舞动腰扎的蓝色彩带。扭起来粉瓢碰撞，不断发出叮咚声音。

拨锅匠：负责从锅里往外挑粉，4人以上。

扮相：黄色圆顶高帽（矮于大粉匠的高帽），灰色长衫，腰扎围裙，脖子上搭白毛巾，后腰挂着粉瓢，双手持筷子（短于粉把头的筷子），双手舞动筷子。扭起来筷子撞击，不断发出"啪啪"的声音。

倒粉匠：负责将粉条从大锅倒进小锅，4人以上。

扮相：蓝色圆顶高帽（矮于大粉匠的高帽），蓝色长衫，腰扎围裙，脖子上搭白毛巾，后腰挂着粉瓢，双手持筷子（短于粉把头的筷子），双手舞动筷子。扭起来筷子撞击，不断发出"啪啪"的声音。

推粉匠：负责将漏出的湿粉推到外场地，4人以上。

扮相：头上绑白毛巾，浅色对襟短衫，推车。

晾晒匠：负责将推粉匠运过来的粉晾晒到架子上，8人以上。

扮相：头戴草帽，深色对襟短衫。手舞类似粉条的丝绸。

捆粉匠：负责将晾晒好的粉条捆绑打包，4人以上。

扮相：头戴草帽，白色对襟短衫，手舞类似成捆的粉条。

后　记

在早春，当科尔沁的残雪还没有化尽，我和我的团队就已经深入到这片土地了。那时，在茫茫的科尔沁原野，在无尽的草甸当中，那些村屯在酝酿着一个未来的读本，这个读本怎样写？我们和镇、村干部及村民们一起，精心地梳理着每个村屯自己独特的制粉和漏粉的过程，以及那些传承人不同的生活经历。

记得在那些岁月里，我和我的团队在日夜地奋战，往往是深夜了，听着原野上的蛙声和蛐蛐的鸣叫，人们已经沉睡了，可我们依然挑灯夜战，我们依然被白天传承人那一个个生动的生活讲述所感染着。

我们已被生活感染。我们在写作这个非物质化遗产典型读本的过程当中，给我们巨大冲动和巨大激情的；是一个个传承人的讲述，那些传承人有的都已是很苍老了，许多人已经起不来了，就躺在炕上讲述，他们一旦诉说起来，就忘记自己的身体情况了……

他们还一个个兴奋地站在家里的炕上、园子里、烟架下，甚至在吃饭的时候，他们也放下碗筷儿，立刻与我们诉说。那些诉说，把我们带进一个又一个粉匠生活的久远的历程当中；那些诉说，让我们无比震惊。于是，也触动了我们要去记录这些不停歇的表述，这种不停歇的表述，使我们日夜忙碌着。

后 记

  每当深夜，我们都会走出工作的农舍，仰头抬望，点点繁星洒满无垠的夜空，乳白色的银河从西北天际横贯中天，仿佛能够倾泻到我们这片大地上……

  从春忙到夏，从夏忙到秋，从秋也就渐渐地来到冬天了。这本书的形成，经过了一年四季的沉淀、一年四季的忙碌。在这里，让我们深深地感谢这块土地上的带头人，以及那一个一个传承人，还有那些连成片的粉匠村落的老人们，他们从此成为这本书难忘的主角，这些主角是他们，也是我们；这些角色，是他们，也是我们；这些角色，是历史，也是未来。

  这个读本，其实留给人们的是一种感恩。我们感恩这片土地对我们的诉说，深深地感谢每一个传承人敞开胸怀的诉说，同时也感谢他们的亲人们，在我们听着这些讲述的时候，嘴里吃着他们从自家园子里摘下来的柿子、黄瓜、李子、海棠……一片片深情，在心头激荡。特别是那些老粉匠，自己弄好了水煮粉，烤好了粉耗子，一碗碗地端给我们，一个个地递给我们，在这些亲情当中，最后形成了《最后的粉匠村落》的文本。所以，我们要感谢这片土地，感谢长岭县三青山马铃薯特色小镇工作专班，感谢每一个赋予我们故事的人，更加感谢冯骥才主席，在他80岁时深情地为本书题写书名。

  我们还要深深地感谢过往的岁月，那些岁月在飘荡的光阴中，渐渐地远去，但是我们却留下了这本《最后的粉匠村落》。它是一个时间的刻度，这个刻度将永远地留在人类历史的记载当中，将成为我们生活中不可或缺的文化读本，我们献给它，我和我的团队共同献给它，献给历史。